U0585212

洁净安宁的言语叙述,
含蓄深切的情愫韵味,
细腻奇幻的异域光影,
使这个故事具有奇特的阅读吸引力

张建军 著

黑色的缠头

经历撒哈拉

作家出版社

张建军

曾下乡插队、当煤矿工人、医生、翻译、在中资机构驻国外的公司任总经理、个体承包经营者。

在撒哈拉沙漠南部地区长期工作近二十年，曾多次进入撒哈拉沙漠施工、考察，足迹遍布于沙漠、草原、丛林、部落、村镇及城市。

目 录

第一篇　行走撒哈拉…………1

第二篇　邂逅………………12

第三篇　Kady………………68

第四篇　未完的心愿…………85

第五篇　苦莲子树……………98

第六篇　走近大自然…………115

第七篇　工地手记（一）………136

第八篇　番茄？阳光？…………169

第九篇　过年………………180

第十篇　工地手记（二）………209

第十一篇　沙尘暴……………227

后　记…………………266

第一篇　行走撒哈拉

"我在撒哈拉沙漠里"不是废话，你知道撒哈拉沙漠有多大么？

1

　　车开到这儿，他停下来，往前他想要步行。头上孤伶伶地悬着一个大太阳，前方一望无际，是撒哈拉沙漠，单调、乏味，又充满神秘。

　　而眼下的他，只感觉热，来自四面八方的热辐射，干热的空气。空调车内外的温差，使他觉得自己像一条鱼，刚刚被从冰箱里拿出来，又直接被放进烤箱。

　　他取出沙漠人的缠头，——一条黑色的，足足有五米长的棉布，千襞百褶，松松软软，一层一层地细扎紧裹，把整个头连脖颈裹成一个肉粽，留在最里面的布头，在胸前垂下来，一直垂到膝盖以下。裹到最后一圈时，他把一只手掌也裹在了里面，只露出一排指尖在头的侧上方，像是插在头上的装饰。然后，另一只手把剩下来的一截布头交到这只手上，紧接着，这只手往里一缩，那截布头就被牵了进去。就好象做针线活，断线时，线头被勒进线轴里，再找出来也费劲了。

上次在沙漠里，他想用一个手摇发电的手电筒，换一个图阿雷格人的缠头，他对它已经垂涎了很久。这种布可以在店里买到，可是，他怎么也无法把它搞成皱皱巴巴，那么柔顺的一个长条。

"见过这种手电筒么？不用装电池，用手摇一分钟，最少能用两个小时，在沙漠里最实用了。"

他开始摇了，"哗！哗！哗！"好象有无数个齿轮在里面旋转，牙齿相互咬啮，碰出电来，手电更亮了。可是，在这个空寂的沙漠里，光走不远，不管照到哪儿，都是黑洞洞的，空无一物。他把光束挪到那个图阿雷格人的脸上，那人急忙抬起一只手，用宽大的衣袖把自己的脸遮住，似乎承认了那个手电筒的亮度。

"啧，往哪儿照！"图阿雷格人不高兴起来。

"先让你看看亮不亮，怎么样，亮吧？"他分辨道。

然而，那个人毕竟是跑骆驼帮的生意人，而不是那种一生一世都没有走出过沙漠的普通沙漠人，图阿雷格人不屑地接过手电筒，只管照他腰带上挂着的军用水壶："唔！这个解下来我看看。"

"你倒挺识货，这是法国特种兵的装备，是我用三筒茶叶换来的。"

"解下来看看！"口气还挺硬。

起初，他还以为那个沙漠人不喜欢手电筒，便解下军壶和他交换。谁知那个家伙一手接过水壶，另一只手却又紧紧地握住手电筒不放。他两样都要，否则便不和他成交！他只好割爱，只因为喜欢。

换来了，他又不知道怎样才能把它缠在头上。不是把自己五花大绑，便是把自己捆扎成一名头颈部严重受伤的战士。捆得稍微松一点，过不了一会儿，那块布就自己一圈一圈地脱下来，散落在肩膀上，像驯兽师的肩上盘着的一条大蟒蛇，害得那个沙漠人还得为他就地培训。他一边教他怎么缠，嘴里还一边嘟哝着，像是吃了老大的亏似的："行了，行了，你自己弄吧。"

月光下，沙漠人只教他两种缠法，"小气鬼！"不过，够用了。

他刚才用的就是其中的一种。缠好后，他又凑到汽车后视镜前照了照，把围在脸上的布往下拉一拉，把鼻子露在外面，然后，拿起一瓶矿泉水，不知怎的，他迟疑了一下，又把水给放了回去。他锁好车门，向四下里望了望。

——一片瀚海，起着黄色的波纹，渺无边际，有地平线横亘远方。如果把它们涂成蓝色，那便是海，只不过海洋是水的世界，而这里是无水的世界。

他从腰间拔出匕首，放在掌心上摆平，等着嵌在刀柄上的罗盘的指针停止抖动。方向不大好找呵！在这个广漠的沙海中，四周都是一样的景观，指南针找起来也感到很吃力。只见那个指针哆哆嗦嗦地向左嗅一嗅，向右嗅一嗅，好像方向是能嗅出来的，好一会儿，那个指针才又回到中间定住了。他记住了方向，向北走了下去。

北面是撒哈拉沙漠的腹地，穿过它，再穿过阿特拉斯山口，便进入地中海，中间有一千多公里的路程。他继续往前走，脚下一双宽底皮鞋分散了他自身的重量，使他走起路来并不觉得怎么吃力。沙漠人穿的宽大的棉布长衫，很管用地挡住了热浪的侵袭。他回头望了望，汽车俨如童车大小。

项目刚开始的时候，GPS和手机还没有普及到民间，他们曾经想过各种办法：比如，在车载电台不能使用的情况下，考虑白天放气球，夜里打信号弹等。他自己也学习了一些在无水的情况下自救的办法，包括喝自己的尿。不过，在这些措施还没有被实施之前，他已经习惯了这里的环境，如今，连电台也不用了。那个东西没多大用，天线架起来，调准了频道，像捕蜻蜓一样地捕捉自己想找的信号。

——捉住了！已经听见那面有人在呼叫："喂！喂！我是沙漠蛇，我是沙漠蛇，是骆驼刺吗？你是骆驼刺吗？你在哪儿？请告诉我你的方位。"

嘟！嘟！嘟！啾啾……信号跑了，调了半天才又找了回来。"喂！喂！沙漠蛇，沙漠蛇。我是骆驼刺，我是骆驼刺。我在……我在……?"

往四下里瞅一眼，周围全都是沙子。鬼才知道我在哪儿！
"我在撒哈拉沙漠里"不是废话，你知道撒哈拉沙漠有多大么?

他向一个看上去很异样的沙丘走去，竟发现是一匹垂死的骆驼。它吃光了储存在背囊里的给养，接着又消耗掉了身上的肌肉和脂肪，只剩下一张皮裹着骨头。

——一条破烂的乌篷船，一只沙漠之舟。

要不是骆驼的鼻翼微微地动了一下，他还以为它死了。人说骆驼的眼睛好看，是因为骆驼的眼睑上，长着双层又长又浓密的睫毛。这本是用来抵御沙尘，减弱沙漠中强烈的光线对眼睛的伤害，却无意地给它增添了一份美丽。可是，眼前这匹骆驼的眼睛，却是微微睁开，目光呆滞，像一个孤独无助的老人。

那匹骆驼，从表面上，倒也看不出它身上的哪个部位受到伤害，从它那一口稀疏的牙齿推断，也许是因为年迈体弱，要么就是身染重病，倒在了这里，而这里也就成了它生命的尽头。

空气中飘来奇妙的分子，骆驼撮起鼻翼捕捉它们，它嗅到了，那是水的气味，它来自大漠中的一个湖。蓝色的湖水和天对映，湖的四周生长着绿荫荫的棕榈树，像是大漠的一只眼睛，含情脉脉地望着天空。可是骆驼却再也没有力气往那儿走，它最后看了一眼沙漠，双膝跪下，侧转身子躺了下来。

"呵，好舒服啊！我喜欢这样的结局。"骆驼躺下来，沙子好松软，它躺舒服了，一心一意地等死。然而，死亡却总是姗姗来迟，只因为它是生命顽强的动物。

他心中黯然，不忍心看这凄凉的景象，便离开了那儿，继续往北走，没走多远，他站下来，把手伸进衣服下面。突然，似想起了什么事情，折回身，跌跌撞撞地向骆驼奔去，来到它的跟前，对着它的头部，撩起长袍，解开裤带，将一泡臊热的尿撒在骆驼的嘴上，对它实施救援。骆驼的嗅觉非常灵敏，在沙漠里，能闻到很远处的水源，当然，对近处的水源也很敏感，它似乎感觉到了什么，鼻翼又微微地动了一下。

一阵风吹过，沙子也能像水一样在地上流动，可是它却无法挽救那匹骆驼的生命了。

2

　　他的丰田Land Cruser沙漠越野吉普，是被他驾驭娴熟了的一匹野骆驼，他开着它，曾经多次深入大漠。宽宽的沙漠轮胎，像骆驼的蹄掌，能使车体浮在沙面上，轮胎上面凸凹不平的花纹，像厉爪一样固定住浮沙。进入沙漠前，他把轮胎里的气放掉一点，使轮胎和沙地接触的地方，被压出一个小平面，以免车体下陷。车上备有防滑板、铁锹等自救工具，车前的保险杠上还装着一个绞盘，绞盘的滚筒上绕着一百米长的钢丝绳，绳子的一头系着一个铁钩。它意味着，当汽车被陷住时，百米之内，如果有一棵树或者其它什么的，把钩子挂在上面，启动绞盘就可以把汽车拉出来。然而，在沙漠的腹地，寸草皆无，何况是树？请先不要以为这是一个天真的设计，这时候，你把钢丝绳绕在一个坚实的杠子上，然后，在沙地上挖一个坑，把杠子放在坑底，掩埋填实，启动绞盘就可以了。甚至有人说，如果把钩子挂在大树上，汽车会像一只大蜘蛛爬上去，吊在那儿，任下面发两米深的洪水，汽车也会安然无事，只是到目前为止，他还没有过这样的经验。这种汽车在沙漠里畅通无阻，如履平地，不过，今天他再次深入这无人之地，倒不是为了炫耀他那辆汽车的性能，而是要考验一下自己的耐力，他要用自己的身体，来体验这个世界上最大的沙漠。

转过一个沙丘，继续往前走，再回头看看，汽车早就没了影儿，地球刚刚经历了一场巨大的灾难，天底下就只剩下了他自己。他低下头，目光由远到近，像似在寻找什么东西。太阳垂直地照在头顶，在地上投下一个扁圆型的影子，每当他一举手，一投足，那个影子的边缘便鼓出来一块。左面鼓一下，右面鼓一下，鼓起来，瘪下去，又鼓起来，仿佛在一个黑色的布袋里囊了一头猎物，在黑暗中不停地向外面踢蹬着。

他看着那个小动物在自己的脚下蠕动，像一只被遗弃的流浪小狗，错把他认作自己的妈妈，亦步亦趋地跟在他的身后，寸步不离。他每向前迈一步，就把它给踢翻了，它挣扎着又跟上来，他快走，它就加紧脚步跟上，他慢走，它也放慢了步子。他从来没有注意过自己的影子，甚至不曾如此地自恋过，他瞧着地上的影子，它在动，而别的都死了。沙子死了，空气死了，连那匹骆驼也就要死了。在这个时段里，如果用影子来辨别方向，那就只能知道哪面是上，哪面是下，分不出个南北西东来。他又看了一下镶在刀柄上的指南针。

又走了几里路，他觉得鼻孔有些发干，他把堆在嘴边的布向上提了提，把整个鼻子也围了进去。呼出的水汽，又重新被吸入鼻腔，湿润着鼻粘膜，他感觉好了点儿。他想到那匹垂死的骆驼，不敢再往前走了，抬手看一眼腕表，大约走了近两个半小时，而在这两个半小时里，他没有听到任何声音，看到的只有沙子、垂死的骆驼、还有蓝色的天空和那个大太阳。

他确定方向，开始往回返。走着走着，他感觉呼吸有些困难，便加快了脚步，结果，呼吸和心跳也跟着加快起来，整个呼吸道都发干，似乎干出一个膜，阻隔了空气和红细胞之间的氧气交换。他心里发慌，开始紧张起来，后悔没有带那瓶矿泉水来，至少，那时应该喝足了水再上路。可是转念一想："水喝进肚子里，也得变成尿，而那泡尿，不是已经给了那匹骆驼了吗？"想到这儿，他又后悔起那泡尿来，恨自己没有经验，没有首先顾及到自己的性命，便把那宝贵的生命之源，让给了一匹垂死的骆驼。

转过几个沙丘，他惊喜地看见了他的汽车，——银白色的一块，像埋藏在沙漠里一个古老的神话，被风暴剥蚀，显露出来。原来，来的时候，只是有目的，而没有目标地在沙漠里乱闯，又在骆驼身边滞留了那么一段时间，实际上，他并没有走多远。

……

那一年的腊月三十，飞机票最便宜的一天，比利时首都布鲁塞尔国际机场。七个中国人在这里转机，去非洲位于撒哈拉沙漠南部的一个国家。别看他们全都是西服革履，却一句洋文都不懂，他们每个人的手里，极不协调地拎着一、两个廉价的彩条塑料编织袋，像是赶火车倒卖服装的农民，不同的是，那些编织袋里面装的不是衣服，而是五、六十斤重的冲击钻头、汽车变速齿轮、离合器片等非旅行用品。

"呵！这袋子死沉，还是扛在肩上得劲儿。"另一个人过来帮忙，把袋子上了肩。编织袋的带子勒皱了西装，——一种在中山装上缝了西服领子的西装，而那个领子，正被编织袋向后拉下，露出套在脖颈上的一条橡皮筋，橡皮筋的前端拴着一条领带，——那种不需要打结，套在脖子上就能用的领带，比系红领巾还简单的方法，栓狗似的。

临出国前，单位里对他们进行了外事教育，会上有关领导反复强调了当时的外事训令："在国外要'不卑不亢'"可是怎么刚迈出国门，就又背又扛的。看来领导的话也只能听听而已，不过听着听着又想睡觉，有一个人在会上就睡着了，好像他知道他要去的那个国家已经是深夜了。——那天的会开得太长了。

临走那天，单位出车把他们送到机场，车就回去了，剩下了他们自己。他们说不清楚自己去哪，那个国家太小，说了，对方反问过来："那是一个国家吗？"他们拿着机票到处给人看，接受机场工作人员的引领。就这样，他们来到了布鲁塞尔，可也不确定就是布鲁塞尔，也有人说是比利时什么的，机场人员让他们等，他们就等在那。他们中间没有人领队，却也没有一个人掉队，因为如果物以类聚的话，他们的特征也太明显了。他们肩负着支援非洲的重任，身背重负开始了他们的征程，任重而道远，像沙漠里的驼队。

他有幸没在这七个人当中，却不幸地一个人在大年初一的早晨，趁着飞机票还没有涨价，赶紧从埃塞俄比亚的首都亚的斯亚贝巴，转机过来。那个时候的领导，最损了，就是不想让人过个团圆年，每逢项目换人，专拣这两天走。

到了那里后，他发现公司里的中国人并没有过年，整个年三十到十五，星期天，节假日，黑天白天，都在干活。就这样日复一日地，他已经熟练地掌握了那里的工作。这天，从教育部出来，他一直微笑着，今天他高兴，倒不只是因为他这次的标做得好，也是因为在开标会议上，他遇见了另外一家中资公司的N翻译，虽然平时他们也经常见面，但是今天见面时，N翻译却感到很诧异："你自己来的?"

"是呀! 怎么?"他对N翻译的问话感到奇怪。

N翻译转头看了看自己庞大的阵容，面色有些尴尬。他的旁边坐着总经理、总会计师、总工程师、身后还有机长和司机，一行人都木愣愣地坐在那儿。他开始意识到了这一层，心里不免感激领导对自己的器重，让他在同僚面前露了脸。而那位经理的脸上，却不知为什么，现出一丝的晦暗。

那个标他确实做得好，事先做了充分的预算，又对施工地区的道路情况、地质结构，及物价等方面进行了实地考察，对当前打井市场的情况做了细致的分析。开标的结果是：他们是第一标，那家中资公司是第二标，后面是法国公司、瑞士公司、荷兰公司和几家本地公司。他们的基地正位于施工区域内，如果那家中资公司搬到这个地区来，就涉及到一笔建点儿费用，而正是这笔费用，使那家公司的标价高出来一些，排在了他们的后面。

说起来，这也是十多年前的事了。后来，他由翻译升为经理助理、项目总经理。再后来，又个人承包，当上了私营老板。倒也像在沙漠里行走，一步一个脚印，扎扎实实地走过来的。

第二篇　邂逅

那个亚裔女人对他说："我来非洲，主要是想看看撒哈拉沙漠。"

1

从边境来的公路上，每隔几米就堆着一堆树枝。它们是被从路边的树上给折下来的，断口参差不齐，有的还连着一截长长的树皮，是硬从树上给拽下来的。这一堆一堆的树枝是信号，是说前方的路段有情况，提醒过往车辆的司机，注意安全，减速慢行。

果然，在前方大约五十米的地方，停着一辆长途大巴车。路边的沙地上横七竖八地躺着一大片人，旁边的一堆篝火已经燃到了尽头，连最后一缕青烟也离开了它，带着一股辛辣的气味，飘到丛林里不肯散去。一个婴儿在熟睡的母亲胸前摸索着，看得出，他们是在那里过的夜。

一个亚裔女子比别人起得早，她猫着腰从一簇矮树丛里钻出来，到公路上散步。娇好的身材一身旅游打扮，上身是肥大的T恤衫，下身是土黄色的纯棉七分裤，裤子的前前后后挂着许多口袋，口袋里塞满了东西，鼓鼓囊囊的，都不知道里面装的是什么。太阳帽上面架着一副太阳镜，脚穿一双半高帮的旅游鞋，脖子上挂一架照相机，个头儿还不小，镜头伸出来半尺长。由于是清晨，她在身上披了一块纯羊毛的米色披巾。

一辆中巴车开过来，鸣着喇叭，减慢了速度，车上的乘客扔下两包蛋糕，一袋煮鸡蛋，几包袋装水。

他刚从边境那面过来。头天晚上，紧赶慢赶，赶到边境的时候，那里还是闭了关，只好就地找个旅馆住下来。边境上人烟稀少，到了晚上更加萧条，他无事可做，很早就睡下了。今晨六点，边境放行的时候，他是第一个通过的。清晨的气温使他感到非常惬意，他落下车窗，呼吸着新鲜空气。

他随手取出一盘音乐磁带，插进放音机的卡槽，马里女歌唱家特拉奥雷·罗吉娅（Traoré Rokia）开始唱她的咿呀歌（听不懂，因而咿咿呀呀），他觉得那首歌唱得还不错，只是音乐的节奏太强烈了点儿，他不喜欢太强烈的节奏，特别是在清晨，思绪像沙漠绿洲里的一泓清泉，还未被前来汲水的女人搅起涟漪的时候。他把那音乐往放音机的按钮上一压，声音被按了回去，却把磁带给挤了出来。

他一身当地人的装束，深棕色隐着暗花的棉布长衫，一直拖到膝盖以下，露出同样颜色的裤脚，脚上趿一双当地穆斯林穿的羊皮鞋，柔软轻便。鞋的后面没有提上，被踩扁在脚跟底下，变成一双拖鞋，——不是它们的主人邋遢，那双鞋就是这么一种款式。

长衫整体上宽松肥大，是长袖，袖口向里面卷起一寸半宽，是缝上去的，不能随便放下来。黑人的个子高、胳臂也长，一边一个大口袋向后面开着口，深得够不着底，都不知道通向哪儿。贵重的东西，他不敢往里放，扔进去，隔一会儿才觉得"咣叽"一下，肩膀上一震。衣服的上面是挖出来的圆领（也可以说没有领），领口用银色的丝线，绣着一些他看不懂的图案。看不懂，也就算了。

再说说那条裤子。裤腰撑开来可以装下两个他，裁缝在这条裤子上没有设计腰带，代之以长长的布带。抽紧了，系上，把堆在前面的褶子向两边将均匀了。裤子、袍子和布带是同样的颜色，是因为出自同一块面料，百分百的纯棉，非常柔软轻便。开长途车的时候，他愿意穿这身衣服，仿佛在裸体上面只盖了一条床单，周身滑爽，行动自如，没有那么多的羁绊。他最不愿意穿牛仔裤和制服裤子跑长途，在汽车里直挺挺地坐着，腰带卡在肚皮上，要怎么难受，有怎么难受。

粗糙的柏油路像一条青灰色的录音带，随着地形起伏蜿蜒，飘过远处的地平线。汽车驶过，拾起上面的音乐，音符排列有序，因为过于有序，就显得单调，"吱吱咕咕，嘎嘎咕咕"一唱数千公里，延绵好几个国家。不听？不行！

那个亚裔女人漫步在公路上，清晨是能拍出好照片的时刻，她不失时机地举起照相机，频按快门，拍下晨曦里的景致。她把镜头对准大巴车，却给倚在车旁的波尔族女人拍下一张特写，当然，那辆大巴车也给拍了进去，还有躺在路边的乘客。不过这些背景，又都被她巧妙地利用景深，故意给模糊了去。

可怜那个游牧民族的女人，魂魄给人摄了去，可是她的人仍然倚在那儿，赶紧抚正了头上的银饰，身子也摆摆正，心里自忖："只管照那辆破汽车有啥用？浪费功夫！还不如给我照几张。"然而，这个想法，目前也只能是一个想法，也许回到沙漠里，她才肯把它说出来，眼下，她就只能倚在那儿，一声不响，又一直在想。

一条大蜥躲在草丛里窥视了那位亚裔女人很久，正急速地走着"S"型，窜过马路，消失在一片乳油木树林里。大蜥在这里是应该受到尊重的，乳油木也应受到尊重。这里人的祖先被猛兽追赶到河边，是一条大蜥把他们渡到彼岸，在那里，他们遭遇了史上第一次饥荒，是乳油木慷慨地用油果养育了他们。不过年代久远，这些事情有些人已经记不得了。

一辆吉普车在那几堆树枝的提示下，放慢了速度，缓缓地开过来，晨晖映出一副黄色的面孔。那个亚裔女人向汽车摆了摆手，吉普车停了下来，右侧门玻璃缓缓地落下，那个亚裔女子走上前来，吞吞吐吐，欲言又止，最后，竟不知为什么，她下定决心，选择了汉语："你好！"

他已经没有必要再费心思地去想说哪一国话，只用汉语回答一句："你好！"那个女人的脸上，立刻闪出一种他乡遇故知的喜悦："请问，你的车去哪儿，我可以搭一程吗？"

"去首都，你上来吧。"

"那我去拿行李，麻烦你等一下。"她道了一声谢后，转身向大巴车走去，拿过来一个很大的双肩背，包左面的网袋里插着一双拖鞋，另一侧的小袋里露出一截矿泉水瓶。他下车帮忙，把她的大包放在后排座上，又随手为她拉开了右前门。他认为，把陌生人放在自己的身后，是不谨慎的做法儿，特别是在边境地区，情况比较复杂。

"谢谢你呵！"那个亚裔女人上车后，关好车门，又道了一声谢。

"幸好碰到了你，我坐的那辆汽车，昨天下午就坏在那儿了。快到晚上的时候，来了两个人，一个钻到汽车底下，搞了半天又钻出来，说是得回首都去拿配件，然后，就把我们扔在这儿，跨上摩托车又走了，到现在还没回来。这儿的汽车经常是这样的么？"她一口气把她的遭遇全都讲完了。

他对她说："这种事倒也不常见，不过地旷人稀的，遇见了就很麻烦。有时，如果汽车修不好，他们会派另一辆车来接你们。不过，这里离首都太远了，他们轻易是不会派车来的，即使派了车，一时半会儿的也赶不过来。"说着，他拿出一瓶矿泉水递给她。她道了一声谢，拧开瓶盖，咕咚、咕咚的一连喝了好几口。她自己的水，省着、省着喝，还只剩下了一点点。

汽车又开动了，这回，车里面已经多了一个人，多了一套行囊。

那个亚裔女人对他说："我来非洲，主要是想看看撒哈拉沙漠。"一直以来，这是她的梦想，她的宏愿。她翻阅过许多关于撒哈拉沙漠的资料，读过三毛的《撒哈拉沙漠的故事》，美国的《国家地理杂志》，和其它一些描写非洲的著作，如丹麦著名女作家伊萨克·森（Isak·Dinesen）写的《走出非洲》（Out of Africa），并不止一遍地看过根据同名小说改编成的电影。她为那里原始奔放的自然景观而感叹，被那些拙朴而热烈的人群深深地吸引，她对非洲和撒哈拉沙漠的迷恋程度，一年一年地加深。

她问："你进过撒哈拉沙漠吗？看见过那里的沙尘暴吗？"仿似一个天真的孩子在问："你骑过大马吗？马的尾巴是长的呢。"

他沉默了许久，没有回答。"进去过"或者"看过"显然不是她想要知道的，只是那个沙漠和沙尘暴？——那可不是一时半会儿就能讲完的。从哪儿跟她说起呢？

2

那年，他们在沙漠里施工，基地建在一个山脚下的戈壁滩上。这一天，天是湛蓝的，太阳实际上很高，可是，感觉上，却好像是餐厅里的灯，低低地照在头顶，而那光却是火一般的辣，烤得头发胀。远处的几座山，几乎都是同一样的高度，山的顶部像足球场一样，全都是平平的。——那里是很早以前的地面，而他们现在脚下的地面，则是被大风和洪水把原来的地面，一层一层地剥蚀，又像卷地毯似的给卷了去，才形成的，才使他们落到现在这个高度。

这天，他又孤独地站在那儿，望着那些平坦的山顶，呆呆地想："那上面原先住的都是些什么人呢?"

旷野里没有一丝的风，天上也不见一片云，大自然仿佛是在几亿年前被禁锢在琥珀里的一只蜘蛛，无法行动。在这块琥珀里，空气和阳光被变成了固体，一切都静止了，连时间也被凝住了。工人们都进沙漠里打井去了，这里只留下一片空落的寂静。在一块平坦的岩石上，躺着一只刚刚宰好的山羊，屠刀上面的血还粘着一只苍蝇。旁边的地上放着两只大盆，一个盆里盛着清水，另一个盆里装着羊下水，肠子、肚子，里面尽是咀嚼过的枯叶和干草。

　　一根长长的胶皮管子，连接着不远处的一个大水罐，水罐被高高地架起来，充作水塔，水塔的下面有一眼机井，靠一台柴油发电机来驱动一个深井水泵。水从胶皮管子里淙淙地流出来，打破了时空的静止。可是这水，没有长着骆驼那样扁平的脚掌，长了脚掌，也长不出那又厚又软的肉垫子来。在沙漠里，它走不远，它只是在沙地上印下骆驼蹄子那么大的一块湿痕，就陷了进去。

　　他找出肠子的一个头，把它翻过来一段，然后把胶皮管子插了进去。那根内脏便开始翻江倒海，不停地呕吐，折腾，身体痛苦地扭动着，直到把自己也给吐了出来。他抓起一把粗盐撒在翻过来的肠子上，轻轻地揉搓，去掉粘液，然后，又翻了几遍，把依附在肠子上的肠系膜、脂肪、淋巴等挂件全都拉下来，扔给在旁边等食的秃鹫。

　　那只秃鹫，热得脱去了头颈上的羽毛，光着一根通红的秃杆脖子，不紧不慢地放下白色的眼帘，又紧忙地拉起，瞪圆了眼睛。

　　按照餐馆里大厨的经验，这肥肠里面带点内容，烹起来才香。可是他手里的这段肠子，被他洗成了薄而透明的塑料管，以至于司机开玩笑，说要拿去给汽车加油。

"尽是说瞎话，给汽车加完了油，那肠子还能吃吗？费了好大劲才洗出来的。"然而，在这死寂的氛围里，这也不失为一个玩笑，直到那根肠子被吃完了为止。不过，这也用了很长的时间，因为那根肠子里面缺少内容，不香，没人愿意吃。

太阳照在他的头上、肩上、后背上。——他不是不出汗，而是那汗水刚一出来，就蒸发掉了。四、五十度的气温下，身上仍然爽爽的。他用清水冲了冲刀柄。在太阳底下，铁的东西全都烫手。他把刀拣起来，揩去上面的血迹，站起身来，挺一挺腰，伸展一下四肢，正想要去喝水，他看见那只秃鹫，距离三米开外，虎视眈眈地盯着盆里的肠子。他拾起一根木棒向它扔去，秃鹫跳跃着向后退了一步，他捡起一块大石头，猛地向它砸去。

"滚开！看什么看，又不是给你洗的。"那秃鹫似乎被惊着了，及时地用双脚点地，展开一米多长的翅膀，呼喇喇地向高空飞去。这里又只剩下了他自己，他想：他也许不该把那个秃鹫给赶走。

他看着那只秃鹫向山的那边飞去。秃鹫专吃动物的尸体，如果那个动物还有一口气，它就会耐心地等在一旁。有这样的一个家伙呆在自己的身边，他总觉得不好，仿佛自己是一块行尸走肉，甚至已经发出尸体的气味来。

一天，他从工地上回来，老远就看见两只秃鹫在他们的房顶儿上盘旋，像一阵风扬起的两只黑色的塑料袋，在半空里飘着。看着、看着，他突然觉得毛骨悚然："那边出事了！"他仿佛看见了血腥的现场。他匆忙地往回赶，把汽车藏在一块巨石后面。他下车后偷偷地向房子靠近，利用岩石作掩护，时而匍匐前进、辗转挪腾，心里怦怦乱跳，紧张得不行。

——他看见一个工人在给一只鸡拔毛。秃鹫的嗅觉也真是厉害，一只鸡拿在手上，操刀割开它的脖颈，把血滴在一只碗里，那碗里事先添好一点水，溶进去一点细盐。这时，并不见任何秃鹫的踪影儿，可是就在你切开鸡的腹腔，那股瘴气飘散出来后，很快，便有一、两只秃鹫飞过来。

他一直目送那只秃鹫飞过山的那面。突然，他被惊得目瞪口呆，站在那里不能动弹。他恐怖地看见，一条乌黑、肮脏、又厚又重的"棉被"，在山的后面被拉了上来。拉，再拉，把整个一座山、大地，及至整个世界全都蒙在了里面。霎时间，被窝里天昏地暗，飞沙走石，伸手不见五指。

还有一次，他从内陆由北向南，驱车日行一千多公里，来到位于大西洋沿岸的几内亚湾。一路上，天一直是灰黄色的，太阳被遮掩了，直到后来的两天里，天仍然是黄黄的，汽车像一只潜水艇，沿着弯曲的河道，航行在黄河的底下。——来自撒哈拉沙漠的微尘，经过一千多公里的长途跋涉，一路浩浩荡荡，飘飘洒洒，一直撒在赤道上。

远处一只驼队，载着重负，排成一条黑线，缓缓地向沙漠行进。沙漠里看似渺无人迹的地方，却可能是一条重要的商路，过往的商人、驼队经过数日、数个星期、甚至是个把月的行走，通过那儿，再接着往前走。

沙漠人不洗澡，脸也不洗，渴了，喝骆驼的奶，也喝水。他们一声不响地走着，四周死一般的寂静，沉重的骆驼蹄子，奋力地砸在地上，似乎想弄出点动静儿来。然而，这不可能，除非出现沙尘暴的时候，沙漠里可听见呜咽的风，凄凄楚楚，断续啁啾，幻如鬼哭。此外，这是一个无声的世界，一切耳朵和挂在上面的耳环一起，变成了一种装饰。

在沙漠里行走时，他们很少说话，他们试图和骆驼搭讪，而骆驼又是一种不会发声的畜生。他们绝望地沉默着，渐渐地，他们习惯了，他们耐得住。

方圆四周，在目光能触及的范围之内，比沙粒大一点的东西是沙丘，除此之外，便是那个水泵了。商队停下来，沙漠人取下羊皮桶放在井台上，一下、一下，有节奏地压着水泵的把手，深藏于沙漠底下岩层里的水，清凉闪亮地从泵口流出，灌满了羊皮桶，从桶边沿的一个破洞里溢了出来，一路婉转曲折，走下井台，消失在松软的沙地上。

　　别管它，让它流去，多压一会儿，把水泵里存了不知有多久的水替换出来，压出新鲜的水。沙漠人双手捧起水桶，自己先喝一口，那水清凉甘冽，沁人心脾，拿去饮骆驼，也沁骆驼心脾。骆驼唏溜唏溜地喝着，在水的倒影中，用它那双美丽的大眼睛端详着自己，心里纳闷儿：

　　"这可真怪了！以前经过这儿，没有这个水泵的时候，怎么没有感觉到渴？"

　　混凝土的井台被沙子埋了一边，井台的侧面，在一个不显眼的地方，歪歪斜斜地用汉语刻着"中国井队"四个字。浅浅的，"井队"两字已经被沙子掩埋，只剩下"中国"两个字。中国承包商深知"吃水不忘挖井人"这个典故，他们要让世人知道，要让沙漠人的后人知道，然而，他们的字却上不了台面，也幸而那个法国监理没有看出来那是文字。——什么字需要写在那个角落里，而写字的人非得趴在地上才能完成？

　　他们在这眼井上赚了一大笔可观的利润，现在，他们又想赚受益人的感情。然而，出资方早就料定了这一着，于是，一个坚固的金属三脚架，被高高地竖在井上，架子上面的三块大搪瓷牌子，用阿拉伯文和法文，赫然地向三个不同的方向宣示："沙特阿拉伯王国，撒哈拉沙漠地区乡村供水项目。"文字堂堂正正，赫然显亮，凛然不可侵犯，在茫茫的瀚海中，旗帜鲜明地挂在高耸的桅杆上，从很远就看得见。

镀锌水泵的一个角，反射出一缕阳光，不偏不倚地射入一匹骆驼的眼睛。那匹骆驼，立刻感觉身体的某一部位隐隐作痒。它撇开那个水桶，向水泵走去，一没留神，把水桶给踢翻了，水洒到地上，瞬时间就被饥渴的沙漠给喝干了，好像那个桶里本来就没有盛过水一样。骆驼来到水泵前，眯起眼睛，非常舒服地把自己的身体在那个角上刮了一刮。

——好一个畜性化设计，人与牲畜，一并摆平。

他对沙漠一直充满敬畏，这一切是无法用语言来表述的，即便说出来，对于没有进过沙漠的她，也是不可置信。

"我们刚刚在沙漠里完成一个项目。"
"真的！"她感到非常惊奇。又问："你们是做什么的？"
"我们是打井的，开发地下水资源。就是给那些缺水的地方打井，找水给一些村民们、部落里的土人、还有沙漠里过往的商人、驼队、游牧民族的人、畜饮用。"
"哦，那要打得很深吗？沙漠里面能打出水吗？"她一下子什么都想知道，然而，这是一个很专业的问题，他一时跟她也讲不清楚。

她说要下车方便，他把车停在一丛矮树旁边，她下了车，朝树后走去。他趁机把座椅调到最后，放平靠背，身体向后一仰，舒展了一下筋骨。开长途车，身体被保险带捆在座椅上，双腿屈曲，两只脚只能游走在几个踏板之间，时间久了，变成一双机器脚，人也变成了机器人。

莽苍苍的原始荒原，一条大路笔直通天，路上人迹渺茫，景色恒久不变。一路走下去，两只眼睛直勾勾地望着前方，心却不住地往别处想，对眼前的景物视而不见，神经开始麻痹，大脑便迟钝起来，反应变慢。这时，就要出事了。

他在路上捡了这么一个人，思想上有了一个转移点，消除了精神上的倦怠，现在他又把腰、腿这么一伸，缓解了肢体的疲惫。他扶起靠背，呷了一口水。她走过来，再上车时，他看见她的裤脚上沾满了草刺，两粒圆鼓鼓的草籽挂在衣襟上，像是叮在狗身上的虱子。

一路上，他也没说几句话，两只眼睛目视着前方，一直沉默着，但心里却好像在哼着一支小曲，手指在方向盘上有节奏地一磕、一磕。他开车时不大老实，总是有一些小动作。没办法儿，经常连续地开一整天的车，行程一千多公里，手老是僵僵地黏在方向盘上，也是不行。

她似乎也不大爱说话，坐在那儿，低着头用手去摘身上的草刺。她的手指刚一碰到那粒草籽，就像触电一样地缩了回来，她把手指放在嘴上吸吮着，一边斜着看了他一眼。他一副宽大的太阳镜，架在高耸的鼻梁上，——不知是否已经被他看见。她索性不再去理会那些草刺，因为她觉得，她不得不再一次下车了。

3

在边境停车办理入境手续时，那个亚裔女人在路边吃了一块烤肉。在这里吃烤肉，如果是在雨季，得先挥挥手，赶走苍蝇，露出那块肉来，然后，再选中一个部位割下，放在铁板上不停地翻烤。旱季天气燥热，到处干得不见一滴水，蚊子消失了，苍蝇也不多见，而这时，路边的烤肉摊却又暴露在尘土之中。

铁板下面是白色的炭火，是白天的缘故，不然火一定是红黄色的。肉在铁板上吱吱乱叫，因为上面的神经还没有完全死掉。卖烤肉的人，手里拿着一把用大树叶做成的扇子，呼呼喇喇地扇，不断地有油滴到下面的炭火上，就有青烟、白烟、黄烟从那里冉冉升起。

接下来，就可以吃了。像吃西瓜那样咬住不放，嘴唇把肉抵住不能漏气，一边咬，一边吸吮那肉汁，——粉红色的汁液流入口腔，在那里停留片刻，然后再顺着食道往下滑，鲜美无比，满口香。她来得晚，不在饭口，只有两块卖剩下的肉，盖在一块牛皮纸下面，都凉了。她拣了一块，卖烤肉的人从一个水泥口袋上，撕下一块巴掌大的牛皮纸，抖去上面残余的水泥，交给那女人把肉托在手上，又递给她一包调料，调料是把辣椒粉、炒熟的花生米、鸡精和盐放在木臼里舂出来的。接着，那人又拿起刀给她切葱头，女人摆摆手，告诉他不要切了。

那女人接过烤肉，没有马上去吃，她看着它，似乎有些不放心。想把它再放回铁板上加加热，可是，那铁板已经没有了热气，下面的炭火早已由黑转红、变白、化成灰、熄了。她试验着咬了一小口，肉烘烤的时间太长，水分失去过多，咬上去有些硬，但还是很香。无奈，她将就着，就把那块肉给吃了。都一天没吃东西了，肚子里面饿得咕咕叫，而长途客车又不等人。

一顾不及吃相，动作便有些夸张。只见她连撕带咬，连拉带拽，狼吞虎咽，没一会儿功夫，手里的肉就只剩下了一块骨头。她把那块骨头翻过来，掉过去的看，好像没吃够。看看再没有什么好啃的了，就把它扔给在一旁守候了多时的秃鹫。

那只大鸟，一直在她身边等着，眼看着那块肉变得越来越小，最后只剩下了一块骨头。秃鹫的心里非常着急，骨头一到嘴，便急匆匆地把它叼到一边，放在地上，再踏上一只鹰爪。然而，它却发现已经没有什么好啄的了，又不是狗，还可以用舌头舔舔滋味，便白了白眼睛，不满似的瞪了那个女人一眼。就好象这对它是一个莫大讽刺，不亚于那天狐狸请鹤吃饭①，用一个浅盘子盛了汤，而狐狸又明明知道鹤不会用勺。

那女人没事似的从口袋里摸出一片纸巾，先擦一擦油腻的嘴唇，然后，再把两只手揩干净。那只秃鹫见她把一团白色的东西放到嘴上，便又急忙地过来等。很守纪律地，一动不动，目不转睛，努力地表示着耐心。可是那女人却走到路边，仔仔细细地把那团东西塞进阴沟里。

噢！简直又是一番戏弄。那个秃鹫没想到会是这样的结果，在一旁看着，忿忿不已。幸好它是吃腐肉的动物，不会对那个新鲜的女人造成什么危险。那个亚裔女人吃完了，没觉得怎么好，却也不难吃。

"真是百闻不如一见，以后再也不吃这种烤肉了。"她对自己说。

一顿没吃好，却差一点否定了非洲最具特色的美味。

乘客们开始往大巴车那面集中，那个亚裔女人背起行囊，手里拎着一个塑料方便袋，也跟着走了过去。前几天，她乘另外一辆长途大巴车往这个国家来，汽车快到边境时，乘务员从座位下面拖出一个大纸箱，里面装满了钱，拿出来和乘客们兑换。她用少量的欧元换来半塑料袋当地货币。那些钱磨损得很厉害，黏黏的散发出浓烈而难闻的气味。她拾起一捆钱点了点，一股钱味冲进鼻孔，她把头扭了过去，两只手伸向相反的方向，背着脸，一张一张地数，没数几张就乱了，又不想回过头来看看，索性就不数了。她把钱扔进料袋里，系好，在外面又套上一个塑料袋，提在手上。

汽车在一个小集市旁边停了下来，车厢里的空气也随之静止，汗水却悄悄地从乘客们身体的不同部位涌出来。一股混杂的气味开始在汽车里弥漫，那个亚裔女人拿起太阳帽扇了扇。车窗外围过来一群叫卖的女孩儿，头上顶着木瓜、香蕉、橙子、袋装水和一些油炸的食品。她买了一袋水，卖水的女孩找给她很多硬币。她把袋装水的一个角在衣襟上擦了擦，用牙齿在上面嗑出一个小洞，站起来，把身子探出窗外，将塑料袋里的水挤到手上，洗了洗脸，她顿时感觉凉快了许多。

她回到座位上，手里拿的半袋水却不知道往哪放。那东西，软塌塌的，像一个未满月的婴儿，立也立不住，坐也坐不稳，而上面又被她咬出一个小洞，仿佛随时都会撒出尿来。

上来一个带小孩儿的女人站在她的旁边，还只是个婴儿，被一块布给兜在女人的背后。那块布和那女人身上穿的衣服是同样的花色，婴儿的头和脚从布缝里伸到外面来，冷眼看上去，就像是从那女人的身体上长出来的。孩子很乖，大热的天，紧贴在母亲的背上也没闹，还用一只眼睛看着那个亚裔女人，用另一只眼睛用心地研究母亲衣服上的花纹。

亚裔女人欠身往里面挪了挪，让背孩子的女人挤着坐下，女人说什么也不肯，坚持站在她的旁边，她便没再坚持让座。她伸手逗那个小孩，那孩子很不舒服地扭着头，斜着眼睛吃力地看着她，两只小手被裹在布里，根本就没法儿和她交流。更何况他一开口，还不知道讲的是哪一门子外语。于是，那个亚裔女人便把自己的头也扭了一个方向，转向了窗外。

汽车没停几分钟，司机下车买点吃的带上来，就又开动了。一路上，那个亚裔女人的头也没转回来，始终偏向车外，欣赏着外面的景致。她的目光时而放得很远，时而又拉到近处，像是一个变焦镜头在嗤嗤地伸缩，她看个不够，似乎不想漏掉任何一个细节。路边的一个小女孩头上顶一个大盘子，里面装着一些红色的颗粒。她猜测是一种水果，她从裤袋里拈出几枚硬币。

汽车没有停下，从女孩儿的身边开了过去。那个亚裔女人失望地把头转回来，在手里把玩那些硬币，欣赏着它们，仔细地辨认上面的纹饰，——那一枚小小的贝壳是早先的钱，最早的钱币是来自海洋。她知道了现在的人为什么都纷纷"下海"。

那辆大巴车载着她对非洲的第一次体验，把她带到边境。她打听到边境那边用的是另外一种钱，就急于把手里的钱兑换出去。正巧这时候，迎面有两个人向她走来："你好，中国人！（他们管黄皮肤的人都叫中国人）换钱吧？这边的钱在那边不能用。要是过了边境，再往前走，就没有换的了"。

两个年轻的男子手上提着旅行包，来找她换钱。她记得没买什么东西，那些钱就花得只剩下了少半口袋。她把手里的塑料袋递给他们，也不知道里面有多少钱，她要等那两个人把钱点完了，心里才能有个数儿。她对那些钱本来就不熟悉，只觉得它们的面值挺大，而用起来却又不值钱，再说，那些钱也不再是薄脆的纸片，而是象一摞破旧的毛布，一片黏着一片，无法轻易地用手指捻开。

然而，那两个人接过钱后，并没有仔细地清点，只是一小捆一小捆地数了数，便收进提包里去了。最后，她的那小半袋钱被浓缩成了一小沓。她把它包好，妥帖地放进扎在腰间的袋子里。当初，她用少量的美金，换来一袋子当地货币的时候，她的心里很高兴，可以放心地拎着那么多的钱在街上走，这在她还是头一回。然而，现在她把那么多的钱，换成薄薄的一小沓边境那边的货币，她的心里也很释然。手上一下子少了一样东西，好像减去了一个很大的负担。

她又伸手按了按那个袋子，检查一下上面的扣子是不是已经扣好。她觉得这些钱倒是挺实的，刚才的那些钱也太不值钱了！

4

　　去年的这个时候，他在邻国的一个中国朋友去世了，这次是为他扫墓回来。那个朋友是和他同一年来到非洲的，到了那个国家后，很长一段时间里，他那位朋友不知道做什么好，身上带来的钱很快就花光了，他觉得再这样呆下去也不是个事儿，挣不着钱，干受罪。经过再三的考虑后，他决定了。于是，他开始变卖东西，准备打道回国。

　　离开中国之前，他的朋友用心地研究了一下非洲，了解到那里的医疗条件不大好，费用又特别高。像别的长期出国的中国人一样，临行前，他去医院把身体上的各个零部件，全都检查一遍。一颗蛀牙也补好了，拇指上长着的瘊子，动手术拿掉，脚底的鸡眼剜去，不好的东西全部剔除后，剩下的也就没什么了。不过，再想挑出点儿毛病，也不容易，毕竟还是年轻。

临走那天，他又匆匆忙忙地跑去配了一副眼镜。

又了解到非洲的卫生条件差，有许多疾病。他害怕那些该死的病会传染到自己的身上来，就针对性地带了很多药品。不幸的是，到了非洲后，他并没有像自己担心的那样，染上很多病，那些贵重的药品，他一样也没用上，如果再不用，也就过期了，变成一堆废物。他后悔它们不是一些营养药，到非洲来，嘴上却是亏了不少，一只小小的青苹果，酸涩的很，也得大约四块钱人民币，而在中国，好苹果也就一、两块钱一斤。

也许是他年轻，身体好，抵抗力强，也许因为他在非洲呆的时间还不够长，或者他已经潜在地染上了某种叫不出名的病，只是他自己还蒙在鼓里，终有一天，那种病会突然发作起来，要了他的小命儿。不过，就当时来看，那些药品对他那位朋友来说，已经是没有用了。那些都是花钱买来的好药，留着无用，弃之可惜，他便琢磨着把它们卖出去，再添点钱，买回国机票。

非洲的穷人，有病很少看医生、吃成药。他们先用一些土药和土办法医治一下，接着便听天由命，所以死亡率极高。富人们又禁不住法国医生的诱劝，只认法国药，久而久之，在他们的身体里产生了抗药性，药量不断增加，病却老是不见好。因此，他这位朋友带来的药品，对这里的穷人和富人，都有特殊的疗效，可谓既换汤，又换药。更兼有中药治本，铲除了病根，一劳永逸。药房里的药品价钱不菲，他就把他的药卖得略微便宜一点儿。

然而，他的那位朋友并不懂得多少医术，只是根据药品说明书的提示，头痛医头，脚痛医脚。有时在医治头痛病时，碰巧把脚病给治好了，也有时在医好了脚病的同时，不幸把头给弄晕了。——反正他也连带地治好了许多疾病，包括一些疑难杂症（或许也连带地创造了一些疾病，也未可知）。

一时间，他成了那里有名的医生，有远方的病人慕名而来。就在他手里的药品快要卖完的时候，他意识到了这条发财之路，他火速地往中国发了一份传真。两个星期后，他在邮局里提出一个来自中国的包裹，里面尽是那份传真上列举的药品。

很快地，他的那位朋友就有了钱，他租一处别墅，雇了佣人、看守、司机，买一辆越野吉普车，开始到更加偏远的地方，那些缺医少药的地方卖药、治病。在当时的中国，秃子脑袋上爬着几只万元户的时候，他的那位朋友就已经名列其中了。

两年后，他那位朋友回到中国，潜心攻读了中西医理论、疾病诊断、临床治疗、推拿针灸、按摩美容等，并就他在非洲卖药期间所接触到的常见病，以及一些疑难杂症，和教授们进行了探讨，琢磨出治疗方案。两年内，他修完了六年的大学医学课程，并拿到了相关的证书，付出的心血，可想而知。再次回到非洲时，他开办了一家私人诊所，业务范围也随之扩大，在他的病例档案中，除了当地人之外，又增加了欧美人、亚裔人。他野心勃勃，想筹办一家中西医结合的私人医院，回中国招募医护人员。

就在他的那位朋友踌躇满志，准备大干一番事业的时候，灾难不幸降临，——是一头突然闯入公路的牛，让他躲避不及。他那辆新买来的奔驰卧车，翻倒在路下……

在中国，他有一个八十多岁的老母亲，身体也不怎么好，他是老人唯一的儿子。"儿行千里母担忧"也许在不远的某一天，老人会问起他的儿子：

"这孩子，怎么会忙成这样，连个电话也不打回来，养儿子也真是没用，啧啧!"

也许有亲人会对她说："你儿子那么小气，他哪里舍得打电话？国际长途，没说上几句话，就得百十来块钱。就是发个短信，他都舍不得多写，总是说自己忙!"说着，便从手机里翻出一个事先编排好的短信，拿给老人家看。老太太儿子不在身边，觉得别人都是外人，被人家说了那么一句，自己也不便说什么，便瞥了一眼那个手机。人老眼花，看着那些蝌蚪泡在液晶的池子里，规规整整的，僵挺笔直，毫无生气，像是碑文，如果把手机埋在土里，露出半截在地面上，也就是一块墓碑。她就觉得那东西冷冰冰的，一点儿也不亲切，不似一纸家书，捧在手上，暖在心里，甚至还可以落下几颗老泪，滴到那张纸上，晕出几个淡蓝色的印子来。

老人想着、想着，心里只觉得一阵凄凉，便转过头去，拈起衣袖，在眼角上沾了沾，像是看累了眼睛，那些电子的东西，眼睛不好，还真的不行。然而，这时她的心里，却急切地想知道那短信里面的内容："他都说些啥，你给我念念。"

那个人像小学生背诵课文似的，就把那个短信给老人念了一遍。

"没了？就这些？"只那么三言两语就完了，和上次讲的差不多少，无非是嘱咐老娘注意身体，儿子已经是大人，自己会照顾自己，请老娘不要多加惦记。老人听后，叹了口气："唉! 每次就只有这么几句话，都说好几年了。这孩子从小书没念好，别看平时咋咋呼呼的，有用的时候，一扁担都压不出个屁来。平安就好，要是不行，就赶紧回来。"说完，就去忙别的去了，然而，她却发现没有什么好忙的，她就是个劳累命，闲不住。儿子常用的几样东西还都摆在那，每天用抹布擦一遍，而且就只有那几件了，搬了两次家，旧东西越来越少，前几年儿子回来买一套楼房，搬家时瞒着她把以前的东西全都送人了。"那些东西怎么就碍了事？现在这些年轻人简直就是在扔钱！"还是她自己细心，留下来几样物品，摆在自己卧室的角落里，生怕碍着了谁似的。

也许有一天，老人在生命的最后一刻，想看一看自己的儿子的时候……

当一个人年纪过了八十岁，孤独地躺在病床上，想看看自己的儿子，而他的儿子，又总是因为工作忙而不能守候在他的身旁，哪怕是一刻钟时，他的儿子，可能已经先他而去了。要么，这种不孝的儿子，也只当他死了罢！

他把一束非洲菊放在他朋友的墓碑前。另一束鲜花已经摆在那儿，旁边有两个橙子，几只香蕉。不知道是哪个中国人送的，当地人，只送花儿，不管吃。

待会儿，太阳就会垂直地从上面照下来。那束非洲菊，多层的、细碎的浅黄色花瓣，中间一抹更黄一点的花蕊，会在阳光下，度过它们最灿烂的时刻，尽管是短暂的。

那个亚裔女人吃坏了肚子，再加上一路辛苦，颇感疲惫，坐在汽车里摇摇晃晃的，就睡着了。她把一条腿放在另一条腿上，怀里抱紧了一个包，两只手插进包上面的小袋子里，把头稳稳地扛在肩上，——这也许是一个独行女子在旅途中最安全的睡姿，像用一把无形的链子锁把她和她的行李连在了一起。以这种睡姿，如果有人想动她的包，就必然会牵动她的手，如果有谁想碰她的腿，必然会弄醒另外一条腿，如果有人想要她的脑袋……，就必须得拿一个重量相同的东西，放在她的肩上调包。

又像一个深藏不露的武林高手，喝得烂醉如泥，躺在地上，内行人一看，不禁大吃一惊，冒出一身冷汗，只见那个人，身体的各个重要门户，都防得挺紧。

她睡得很沉，他听见细微的鼻息。他放慢车速，尽量避开路上的沟沟坎坎。汽车快进城了，忽见警察拦路，他刹车不及，便硬着头皮冲了过去。那个警察直挺挺地躺在那里，任千人踏、万人跨，任往来的车辆碾压，——它不过是横卧在马路上的一道高约十五公分的土埂。也不知这里的人为啥那么恨警察，也许是这条埂对往来的车辆，实施强制减速，带有警察的职能。他们把这条埂命名为："卧地警察"，它的法语名字叫："Gendarme couché"（睡卧的宪兵）。过那道埂时，汽车剧烈地颠簸，使那女子从沉睡中醒了过来。她揉了揉眼睛，向窗外望去。

"快到了吗?"她问：
"嗯，就要进城了。"

窗外的土房改成了水泥房，茅草的屋顶儿换上了铁皮瓦。也不知什么时候燃起的路灯，马路上的自行车、摩托车、汽车、驴车、行人，渐渐地多了起来，卷起的尾气和尘土，弥漫在城市的上空，形成低迷的黄雾，在街灯的映照下，前途一片昏黄。烟尘越来越厚重，能见度急剧下降，当汽车完全驶入这个城市时，城市的本身却迷失在烟雾中了。

"城里的旅馆贵么?"她问：
"一般的旅店，空调房大约五十到一百美元，普通房间装有电扇，能便宜一点儿。不过现在这个季节，没有空调，没法儿住。"他告诉她。

"这个国家好像不是很富裕，住宿费倒是这么高，有人去那里住吗?"

"这是一个内陆国，交通不方便，以农、牧业为主，自然资源匮乏，出产不是很多，大部分物资靠进口，运输成本高，税收也大，因此，东西比周边的国家都贵。"

他又说："我们的驻地有五间客房，是公司为了创收，装修起来的，内部设施应有尽有，吃饭可以和我们在一起吃，不过饭钱另算。"接着，他又跟她说明了收费标准，自然要比别处便宜一些，而且可以吃中餐，还可以享受一些免费旅游，也可以根据客人的要求，专门去一些远一点的地方玩儿，当然，那是要收费的。

他对她说："如果你愿意，可以住到我们那里。"

她第一次来非洲，来到这异邦的首都，又是在夜晚，在这样的一个身体状况下，举目无亲，语言不通，又困又乏的，恨不得马上就有个地方歇下来，痛快地洗一个热水澡，喝碗热汤。跟着他走，是最好的选择。于是就说："好吧，那就给你们添麻烦啦。"她并没有在意他说的那些优越条件。

他对她说："不用客气，如果你住在我们那儿觉得不方便，明天白天，我再帮你找别的地方。"说着说着，汽车开到一个大院子前。

"到了吗?"她问:

"嗯，这就是我们的基地。"

因为是夜晚，四周的环境显得有些落寞，特别是刚才转过街角的地方，有一些断桓。他按一下汽车喇叭，等保安来开门。

"怎么没看见首都?"那个亚裔女人突然紧张起来，用眼睛死死地盯住他，怀疑自己是不是上了他的当，误入贼窝。

"我们已经在首都了，刚才，我还是特意带你从市中心穿过来的呢，这个城市就是这么大的。"他看出了她的顾虑，却不知道应该怎样来安慰她好。

　　大门被缓缓地推开，像拉开一帘帷幕，把一道风景展现在他们面前。院子里面灯火通明，一排整齐的活动板房，每个房前都有花圃，里面盛开着非洲菊。另一边有仓库、宿舍，许多汽车、钻机、和其它施工设备，整齐地排成一列，一排排集装箱和工程材料也都堆放得整整齐齐。院子里有花草树木，水泥通道。看到这些，那个女人才放下了心。刚才，她都准备跳车了。

5

住宿登记簿上，她写的是：叶维塔，女，×年×月×日生，台湾宜兰人。入住日期、时间，来旅游。名字听起来带点洋味儿，不过也不足为奇，他知道，港澳台地区的人，很多都有海外背景。他欣赏那一手漂亮的繁体字，有点硬笔书法的意味。

叶维塔写完后，放下笔，翻看一下那个簿子。倒是时常有些人来这儿投宿，客人基本上来自中国大陆，自然姓张、姓李的居多。他们有来做生意的，有来旅游的，过境的，也有什么什么单位的人，来这个国家考察的，看上去好象是公派。

一批客人刚刚走掉，五个客房全都空着。他把房门打开，是一个标准间，里面既干净又整齐。卫生间备有浴巾、香皂、洗发液、浴液。房间里有卫星电视，可以收看中国中央电视台，四套、九套的电视节目。他把另外的四个房门也都打开，让叶维塔拣了一间最好的安顿下来。

他对她说："你自己先整理一下，待一会儿，有人来叫你吃饭。"说完，他便马上出去安排厨师做饭。

厨师听见领导的汽车开进院子，就赶紧穿了衣服，向厨房走来，因看见他带一个女人回来，一时不知道做几个人的饭好，便等在那儿，先做些准备工作。他点燃煤气灶，烧上一锅水，又剥了一根葱，接着又从冰箱里拿出来几只鸡蛋，抓一把香菇用温水泡上。这会儿他接到了领导的指示，就马上动手做了起来，没多大一会儿，就开饭了。

每人一碗热面，上面打两只鸡蛋，摆上几个虾仁、几片香菇，几叶小青菜（是井队自己种的）。这本应该是赏心悦目的，只因放了过多的酱油，一切都变成黑色的了。一小盘切好的木瓜，两个洗干净的芒果，一碟子腌萝卜，黑色的。本来是早就腌好了的，那天从坛子里捞出来看看，觉得不够黑，便把水倒出去一半，又灌入两瓶老抽。都说黑色食品有营养，所以这里人不黑不吃。

北方人的习惯，送人吃饺子，也叫做"滚蛋饺子"，接人吃面条(没说是什么面条)。虽然知道南方人不习惯吃面食，年轻的女子又因吃面容易发胖，而情愿吃米饭、炒菜，但是基于这样的习惯，厨师还是做了手擀面条，反倒像是客人为了这碗面条，慕名而来。不过，叶维塔还是吃得津津有味，一碗面条全都吃了，筷子在碗里搅一下，没捞到东西，她端起碗，一仰头，把剩下的汤也倒进了肚里，看来她是真的饿了。

做饭的师傅姓胡（其实他不是个厨子），在一旁看着叶维塔吃饭的样子，心里很是欣慰，怕不够咸，还给她拿来了酱油。听说是台湾人，心里好奇，虽然是面条，却也着实地准备了一番，从接到领导的指示，到热面上了桌，只有几分钟的时间。他对自己比较满意，站在一旁剥着干在手上的面皮，耳朵却仔细地听着这边在吃饭。他听说日本人吃面条时，要故意吃得唏溜唏溜地响，以表示对厨师的手艺的赞许，他想也许台湾人也是那样。

夜深人静，只有冰箱和空调在一起冷言冷语，偶尔传来低微的"咻！咻！"的声音，那是他的领导搞出来的，小胡感到很失望。突然，他觉得那个声音非常刺耳，他气愤起来："看他那副吃相，当领导的出差还能饿成那样！"。仿佛领导应该吃出个胖子，或者吃出胃穿孔回来才对。

谈话中，叶维塔得知小胡是机械修理工，刚从北京来这儿还没有几天。小胡这次能来非洲，人说他是捡了一个便宜。在他之前的修理工姓任，是个老师傅，可称是技术高手，而小胡的高明，全是因为设备的技术含量太低，结构过于简单，这方面他自己心里也很清楚，可是他却坚信，在其他人的眼睛里，那些设备仍然是复杂的机器。为了证明这一点，他不辞劳苦，整天围着它们爬上爬下，不停地修理，设备就像一群小孩子，被他给宠坏了。时间长了，他自己也开始相信，那些设备离不开他，离开他，井队的生产就会受到严重的影响，甚至导致井队倒闭关张。

对于任师傅的能干，单位的领导也表示认可，不想，他却以此挟以自重，向单位提出一些个人要求，领导没予批准。上次回国休假结束，离开北京的前一天，他突然坚决地宣布不来了，单位里一时没有准备，来不及另安排人，只好临时派小胡来顶替。可是没过一会儿，那位师傅又突然打来电话，坚决地要来，说是一开始家里有什么事情，让他走不开，情急之下，话语没有组织好，本意是要来的，现在事情已经解决了，还得来。事情出在那么一个节骨眼儿上，倒也挺扳人的。

小胡年轻，很早就想到非洲来干几年，赚点钱回国娶媳妇，可是单位里想去非洲工作的人很多，他又没有个人关系，等来等去就是轮不上他。眼下其他的人都在忙着，只有他挂了个闲职，整日里无所事事。这次单位突然派他出国，他心里一阵狂喜，于是，便马上着手准备，又是办护照，又是办签证、订机票、等航班、交接国内的工作，安排家事等，紧忙。因害怕时间拖得太久，起了变化，有些准备工作是在偷偷地进行，好像故意瞒着这个消息，给人一个惊喜。他甚至有点担心："亲戚朋友们那里，是不是应该去告诉一声？"可是告诉了，又去不成，岂不让人笑话，虽然国外的项目上，已经明确地表示要他去，可是单位里的事情，向来都没准儿，说变就变，不是到了上飞机的时候，这种不确定的因素，始终不能确定。小胡想到了飞机，他家住在北郊，每天都有飞机飞过他家的房顶，他还没坐过飞机，坐上去了，会是什么感觉？往下面看会不会眼晕？航空小姐真的象人说的那么漂亮？一切都是未知，飞机还没坐过，他已经在云雾里了。

终于，在一个月以后，他启程了，而这时和任师傅一起回中国休假的人，早已经返回非洲干上了。大伙儿正忙得热火朝天的时候，小胡来了，他是被认为最不行的新手，来了之后，无大事可做，整天闲着大半个身子。中国制造的设备，大毛病没有，小毛病不断。好在机械结构简单，敲敲打打，补补焊焊，换上新的配件，手到病除。再加上小胡的细心保养，设备越发不坏。这样也就看不出来他有多大本事，当然，也看不出他没有本事。

不过当领导的看见大伙儿整天忙碌着，干得热热闹闹的，心里总是觉得安慰。所以，小胡他们在国内的机修车间上班时，每当看见领导走过来，便马上拿起砂纸往一块废铁上蹭，一直蹭到领导离开自己的视线为止。事后，才发现把自己的工作裤子蹭出来一个大洞，自己竟然一点都没察觉。然而在这里，大家整天工作、生活在一起，谁也瞒不过谁的眼睛，小胡倒是觉得有些为难。干呢？就只有那么一点活儿，干完了也就没有了，总不能让人家说自己无事忙。不干呢？呆在那儿也很无聊，再说，让人看着也不好看。他看出了小胡的心事，一天，他对小胡说："只要保证设备正常运行，你怎么闲着都行，没事找当地人聊聊天，多学点儿法语。"

不想，小胡偏偏又是一个不善于学习的人，这样做反倒更让他为难。最后，闲得无聊，他干脆下厨房做饭，一天做三顿饭、种菜、喂兔子、磨豆腐。在非洲能吃上豆腐，还真是一种口福。

小胡也是个难得的勤快人，闲不住。女佣艾米娜塔回家休产假，他就把厨房里的活全都包揽下来。他观察到艾米娜塔洗碗、洗菜的时候总是拼命地加洗涤灵，却舍不得用水。洗涤灵用过后也不冲洗干净，盘子洗完后，摸上去还是滑不溜叽的，有过多的化学品残留。他便把水龙头开大，然后对她说："东西用洗涤灵洗过后，要用大水多冲一会儿。"艾米娜塔听了这一连串的外来语，再配上一系列的示范动作，知道自己又做了错事。从此，连水龙头也不敢开大了。

小胡又观察到艾米娜塔擦地时，一桶水用黑了也不知道换，一用到底。小胡便又用手比划着跟她讲："把那桶水倒掉，换一桶新水来。"艾米娜塔抱歉地笑了笑，赶紧把桶提走了，可是一转身，却把空桶提了回来。她以为厨房里的地不用水拖，只是扫一扫就行了。小胡觉得这样很不卫生，因此也就不主张厨房里再顾佣人。

非洲大部分地区干旱缺水，有些地方水贵如油，所以这里的人从小就舍不得用水，把水看得很珍贵。井队在自家的院子里打了一眼井，用于日常生活、洗车、浇花、种菜，水随便用，不用计价。这个道理，他们和艾米娜塔反复讲过，可是出于打小养成的习惯，她就是改不了。在她前面的几个女佣，也都有同样的毛病，积习难改。

6

可是不久以后，小胡又观察到当地人是很爱干净的，每逢有水的地方，总能看见一些女人在那儿拼命地洗。她们把家里所有的坛坛罐罐、锅碗瓢盆、衣服床单都拿到水边来，两条腿笔直地插进水里，腰弯得低低的，屁股撅得老高，手里不停地搓着。

看着这样的干活姿势，小胡总觉得有什么地方不对劲儿，可是，"哪不对呢？"他一时又想不起来。他空握拳头，在自己的后腰上捣了捣，今天，他弯着腰修理一个汽车变速箱，整整干了一个下午，现在感觉有些腰疼。他脱下工作服，把它们扔进桶里，加上一点儿洗衣粉，他一下子想起来了，他想："那些女人怎么不用搓衣板？"

这种简单而原始的劳动工具，在中国家家必备，女人们几乎就离不开它，而小胡想到那个东西，却是因为一次在家里做了错事，媳妇让他跪在上面（这时他已经在乡下盖了新房，成了亲）。他明知道那是一句玩笑，可是，看到媳妇那副娇嗔的样子，就觉得特别可爱，要不是怕从此立下了规矩，改不回来，他真想跪一下给她看。

他这样犹豫着，在媳妇的眼里看来，却好像他要认真地跪下去一样。她开始着急起来，心想："这一跪下去还得，要是传了出去，别人会怎么看？"婆婆和哥嫂就住在隔壁，整天嘀嘀咕咕地不知道说些什么。他赶紧看了看窗外，又用眼睛扫了一下那块搓衣板，她万万没有想到，这样的一句玩笑，竟让自己的男人不知所从。

她恨他没出息，又恨他不了解自己，他常年在外，家里一切事情都推给了她，他究竟管过多少！她心里委屈，她哪是那种刁蛮的女人，她的贤惠，在村子里是屈指可数的。他都不知道他不在家时，她是怎么惦记他的，她爱自己的男人，心疼他，她听联合国说，非洲是不适合人居的地方，适合人居的地方是青岛①。在非洲，被蚊子咬了，都要留下后遗症，就更不用说那些狮子、鳄鱼、黑熊了。后来，她又听邻居的中学生说，非洲没有黑熊，不过那些白熊、大象倒也是常常出来伤人的。

小胡一想到媳妇，眼睛就有些湿润，鼻子发酸。婚后第九天他就又出国了，媳妇生孩子时他没回去，累计起来，他

① 广告中常盗用联合国的名义。

一共在非洲工作了八年，在这八年当中，他没有见过一块搓衣板。回国后，一天，他到处找板凳找不着，个子矮，他要站在上面，把挂在墙上的一串大蒜摘下来。看见媳妇坐在院子里洗衣服，便走过去要她屁股下面坐着的板凳。

"你没看见我正用着呢吗？"他媳妇不给他。

"人家非洲的女人都撅着屁股，弯着腰洗衣服，哪有坐着洗的。"他不直说，只是这么嘟哝着，他媳妇也就讨厌他这一点，一个大男人总是嘟嘟嚷嚷的，像个老太太。

他媳妇没有理他。虽然表面上还不太明显，但是她已经怀了身孕，她气他不会说话，又很无聊。他也觉得自己说走了嘴，便转了一个话题，提出了那个在他心里埋藏很久的疑问："哦！对了，你说那些非洲人怎么不知道用搓衣板？"他媳妇听了后，眼皮子也没抬一下，不以为然地说："谁还用搓衣板，现在的人都用洗衣机了。"

小胡一下子觉得自己很老土，出国这么些年，国内发展的真快，而他的思维却还停留在从前。于是，他便利用出国人员的免税指标，给媳妇买了一台原装进口松下牌洗衣机。两年以后，村子里接上了电，那台洗衣机转了起来，引来不少好奇和妒羡的目光。可是电费也跟着蹭蹭地往上涨，乡下人劳作惯了，舍不得用电来洗衣服，再说用机器也洗不干净，衣领和袖口的地方还得用手搓。他媳妇到外屋去找搓衣板，那块搓衣板被两摞砖头外面糊上旧挂历垫在下面，上面放一只米口袋。他媳妇提起米口袋把它放进洗衣机里，那米口袋的下面被她打了两块补丁，因为老鼠总是不在一个地方咬。她安心地把洗衣机盖好，然后就拿起搓衣板去洗被罩。

肚子越来越大了，婆婆好像对他们这面有些不满。小胡在国外一呆就是几年，婆婆年纪大，身体又不好，一有病全由哥嫂照顾，背着、抱着，像扛麻袋一样往医院里来回搬。可是，当小胡在外面发财回来，对哥嫂却没有做出应有的表示。婆婆夹在中间也很为难，想过来帮她一把，又怕大媳妇那面不高兴，将来两头都不养她。如果婆婆真的不来，自己的妈死的又早……"唉！"她叹了一口气，吃力地端起大盆，往地上一泼，一时间弄得鸡飞狗跳的。她又接一盆清水来，她想在孩子生下来之前，把剩下的活儿全都做完，不想活却越做越多，没完没了。"米口袋被拿走了，老鼠会不会咬别的?"她总是有操不完的心。

小胡趁着这功夫赶紧把板凳拿走，没过一会儿，又给送了回来，手里拎着一条用大蒜编成的辫子，还剩下两只蒜头挂在上面，像发辫上扎了两只蝴蝶结，硬是在那里充蒜。他顺手捡起地上的一件脏衣服，在板凳上面擦了一擦。

乡下的生活眼见得一年比一年好了起来，人们也不必再去计较电费。小胡的媳妇把米从洗衣机里掏出来，往里面灌上水，多了一个小孩儿，要洗的东西也多了不少。改革开放使社会生产活跃起来，可是电却老是跟不上，地底下的煤炭就快被挖光了，三峡里面的水又白白地流走①，频繁的、长时间的停电，使她有时候还不得不用搓衣板。这样搓过去，又搓回来的蹉跎岁月，也持续了有好几年的时间。后来，城里的人大面积下岗，乡下人大批进城打工，生活全都变了样，小两口儿卖了点外汇做本钱，由亲戚牵线在城里盘下一个小食摊，把家里交给亲戚的女孩儿照管，至于那些衣物怎么洗，

①那时三峡工程还未开工。

也就全都由着她了。

非洲的男人、女人都喜欢穿艳丽的大花衣裳。那些不知道什么是搓衣板的女人，硬是用双手把衣物洗干净，然后拧去水份，抖开了晾在沙地上，雨季就来了，沙地变成了草原，上面长满各种各样的花草。她们把洗好的布晾在小树上，那树就开始抽枝发芽，变成了花树。

叶维塔今天过度疲劳，吃过饭后就回屋休息了。她自己带了些旅行常备的药品，其中就有治拉肚子的药。他帮她把热水器的开关打开，问过她还有没有什么事情，就转身出去了。临走前，又想起有些事情需要交代，于是又对她说："如果在夜里，你听到房顶上"咚"的一声响，不要害怕，那是芒果从树上掉下来，砸在铁皮瓦上。如果你听到'咚……咚咚咚……'的几声响，你也不要害怕，那是芒果从树上掉下来，砸在铁皮瓦上，又向前滚了几滚。"那天夜里，叶维塔没有睡好，肚子里面叽哩咕噜地叫，好象有一辆驴车在里面奔跑，可奇怪的是，当那辆驴车跑起来的时候，她反而感觉好受一点儿。她起了好几次夜，他在那边的房间里，能听到这面拉抽水马桶的声音。

一只四脚蛇趴在纱窗上，向屋子里面窥探，"咯！咯！"地叫两声。要不是屋子里面住了人，它也就不来了，这种动物不吃人，可是它吃蚊子。有一次，竟然钻进他的蚊帐里来吃，他也懒得去管它，继续睡他的觉，不想，那个小家伙却爬到他的脸上来。动物也给鼻子上脸，这样不好。然而，他也犯不着和那样的一个小动物去计较。

房顶上"咚"的响了一声，听真了，只一声，那只芒果一定摔得不轻。叶维塔吓了一跳，要不是事先有过关照，这一夜她恐怕也无法入眠。她把身子翻了过去，隔一会儿，又翻回来，这样地，连续翻了好几次，她终于睡着了。这一次她睡得很沉，之后，又有几个芒果掉下来，她再没醒过，她太累了。

7

　　早晨，叶维塔从迷蒙中醒了过来。夜里她做了几个梦，梦见在自己的家里，进行一些日常琐事，像真的一样。可是她现在醒来了，却又像是在梦里，她睁开眼睛，迷迷瞪瞪的，竟一时想不起自己在哪儿，甚至想不起自己是在哪个地区、哪个国家、哪一个大洲，是在地球上还是在外星球。

　　此时，按照地球上时区的划分，正值宜兰的下午两点钟。她从午睡中醒来，可是家乡的午睡，时常被纷沓的噪音所搅扰，而这里何以这样的宁静？

　　还是房顶上的声音提醒了她，把她从迷蒙中拉了回来。她起床洗漱，在镜子里，她看到自己的脸色有些发暗，淡淡的浮出一点儿黑眼圈。近日来，她连续疲劳，休息不好，除了那碗面条外，也没吃上几顿像样的饭菜，又赶上拉肚子。她推开房门，门前一棵矮小的柠檬树上，有一只红嘴小鸟和一只绿嘴小鸟在那儿说话儿，叽叽喳喳，喋喋不休，看见门开了，走出一个人来，它们就都飞走了，嘴里吐出一串红色的和一串绿色的啾啾鸟鸣。

院子里面清静而整洁，房子坐东朝西。太阳刚刚爬过墙头，从房子的后面照过来，照在对面的一排集装箱上，把集装箱的上、下染成两种不同的颜色。集装箱一律编了号，挂着铜锁，被太阳一照，那些铜锁倒有点像金的了。透过一个装有纱窗的长廊，可以看见一颗巨大的仙人掌，仙人掌下坐着一口大缸，里面盛满了水，几只荷叶飘在水面上，衬托着一朵美丽的荷花。两只火鸡在花丛里散步。母鸡用爪子刨开地上的石子，发现一个土虫，便一头啄了下去。公鸡只顾对着一枝盛开的玫瑰，像孔雀那样翘起尾巴，练习开屏。

"咔咔"一阵清脆的咀嚼声，一个卡车轮子般大的旱龟在树下啃芒果，鹰一般的喙，深深地嵌在坚韧的芒果里面，拔不出来，乍看上去，很难分清是谁在咬谁。旱龟试图用前爪去抓那只芒果，可是它那粗短的前腿有些够不到，它晃着脑袋开始和那只芒果搏斗，最后，还是叶维塔帮忙，用一根木棍，把那只芒果从旱龟的嘴上给拨了下来。旱龟抬起头看看叶维塔，叶维塔看着那只旱龟，——一个硬壳子里面伸出四只大象腿，像四棵不老的松树撑在地上。脖子周围的老皮松松地垂下来，仿佛是一只装不满的皮口袋。因不知道那个旱龟有多大年纪，叶维塔一时不知怎样称呼它好。

那只旱龟，井队的人叫它："大仙儿"。黑人不知道是什么意思，也鹦鹉学舌似地跟着这样叫。在他们的语言里，没有那种音素，所以叫起来不大好上口，发音有点腔调，舌头根子太硬："大山"一点也没有仙气。

大仙儿抻长了脖颈看着叶维塔，放开嘴边的芒果，慢慢地向她爬过来。

叶维塔微笑着向它伸手招呼，就在将要接近她的一刹那，旱龟突然挺起胸甲，加快速度，凶狠地撞向这个冒然闯入它的领地的外来入侵者。以它的重量，和那副胸甲的硬度，一下子能把人的脚踝给撞断。幸亏叶维塔对陌生的动物，总是有些不放心，她一直提防着，别让它给咬着，却没有想到，它会用这样的方式来攻击人。她大叫一声，向后退了一步，旱龟又追过来，她只好悻悻地走开了，心有余悸，又回头看了一眼。她还没来得及发现，香蕉树下，有一只可爱的小鹿，一双漂亮的大眼睛，一直在静静地看着她。

给孩子起个名，往往煞费苦心，从头到尾地翻完了一本厚厚的字典，"佳佳"，"毛毛"，早已成了过气之人。字太偏，电脑字库里面又翻不出来。一只鹿的名字就可以信手拈来，所以井队的鹿叫："璐璐"，井队的狒狒叫："菲菲"，黑狗叫"阿黑"，黄狗叫"阿黄"。其实，井队养的动物的名字都是它们自己带来的，也可以说它们没有名儿，就连大仙儿的名字也是它自己带来的。它整天挂着两行老泪，像是看破了什么，又叹息人们不能参透它，只觉得它神秘兮兮的。

叶维塔绕到房子后面来捡芒果。那"咚"的一声，是熟透了的芒果，掉在铁皮瓦上，身子骨儿一软就瘫在了那儿。那"咚……咚咚咚"的几声，是生芒果，不会软着陆，崴了脚，疼得向前跳几步，摔了下去。叶维塔捡到的全是一些生芒果，青涩、坚韧、木然无味，要吃，还得放上五、六天才行，然而，她明天就准备离开这儿，向沙漠方向运动。

这几天，驻地接连丢失几只鸡。井队在院子里放养几只家鸡和火鸡，啄食地上的蛇蝎毒虫。一只花母鸡正在孵蛋，连蛋带鸡都不见了，今天又少了一只大红公鸡。清晨，因为它没打鸣，听惯了那声音的小胡，倒是睡不着了，很早就起来喊看守到隔墙邻居家里去找。早晨他好像听见那面有鸡叫，也没听仔细是谁家的鸡。看守过去说明了原因，惹得那家的老太太有点不高兴：

"没看见有鸡飞进我们家的院子里，你还是到别处去找找吧。"

语气何以这样不友好？又没有说你们家偷鸡。每次你们家晾在墙上的衣物，被风吹落到我们的院子里，还不是我们打发佣人，给你们送过去？

那家的小孩儿有时骑在墙头上，偷吃他们的芒果，也怪那个树枝偏偏长过了墙头，开花到那家的院子里。红杏出墙，哪能不招惹是非？但毕竟是几只芒果，也不至于因此邻里之间就伤了和气。更何况，即便那个小孩儿不去摘，等着芒果烂熟了，也会亲自掉进他家的院子，摔成一滩果酱，反倒让他在那个烂芒果和老太太之间不好做人。再说，除此之外，也没有谁看见那个孩子，拿过他们比芒果大一点的东西。

这个国家穷，据说，只有三分之一的人，一天才能吃上一顿很不象样饭。一个男人可以娶四个老婆，孩子多得险些让那些不负责任的父亲都认不出来。

"那个是咱家的娃儿么？"

当爹的喝得醉醺醺的，揉揉眼睛，用手指着一个小孩儿，很不肯定地问孩儿他娘，好象发现一个外来的鸡雏，混在自家的鸡仔中间，争食它们的口粮。那个女人顺着自己男人的手指看过去，不想，就这么一会儿的功夫，那个小孩儿又混到其他的孩子里面，分不出来了。

"看你，连自己的孩子都不认识。"女人抱怨地说。

"就你认识，你说，咱家那个老十三，是哪年、哪月、哪日生的。"

他没记得那个孩子是哪年、哪月、哪日出生的。当娘的也不知道生他的那一年，是什么历上的什么年。长大后，如果有了身份证，就写："大约生于××××年"，至于几月几日，就不用写了，怪费事的。

有的穷人家的孩子和一些流浪孩儿，几乎是自生自灭，自己在外面打食。一个芒果，可以是他们的一顿饭，所以，他并不去管束那些孩子，反而有些时候，他顺手摘一些熟透了的芒果递给他们。

今天，有人在一堆PVC管材旁边看见一张蛇皮，像是新蜕下来的，薄薄的，轻飘飘，透着鳞状的纹路。让人不可思议，眼球上的膜竟然也能蜕下来，像是一副隐形眼镜。

"该不会是一条眼镜蛇吧？"而谁都知道眼镜蛇是很毒的。看那张皮的样子，那条蛇至少也有手臂那么粗，有两米多长，想必那几只鸡被蛇给叼了去。那些管材就堆在叶维塔住的房子旁边。他想告诉她，又怕她害怕。想不告诉她，又怕被她撞见了，吓出毛病来，整日里疯疯癫癫的，又没有一个亲人在身边。

于是，他便吩咐几个当地工人搬走了那堆管材，然后，又仔仔细细地清理了周边的场地，他们没有发现那条蛇，可是，他们也没发现老鼠。按照往常的经验，他们应该在那堆管材下面，发现几只很大的老鼠，并且因为他们能力的原因，也是因为老鼠的狡猾，他们只能打死其中的一只。干完活后，他们把那只老鼠拿到一边，点起一堆火，烤熟了，大伙儿分着吃。

一个工人说那可能是一条过路的蛇，也有人说是一条常驻的蛇，原因就是他们没有看见老鼠，有蛇的地方一般不闹老鼠。他们有些怨恨那条蛇，使他们痛失一餐美味，可是如果抓到一条大蛇，同样也是一顿美餐。

事情没有叶维塔想象的那么顺利，她一连拉了三天肚子，后来索性拿本书坐在座便上看。为了预防肌体脱水，他每天带叶维塔去医院打吊瓶，补充体液。那么大号的针头直戳进血管里，叶维塔感到很疼，下次打针时，她忍不住问护士："小姐，对不起，你看这个针头是不是用错了，怎么这么粗啊？"

护士小姐说："没错儿，就是这种，我们这儿的医院全都用这样的针头。"

可不，这儿的医院全都用这样的针头，他也尝过它的苦头。后来据他的观察，可能是当地人的血液比较粘稠，针头细了，流量小，药液在血管里面会流通不畅。直到针头被拔出来好一会儿，那个针眼还在流血，叶维塔用酒精棉球按了好久才止住。他站在一旁看着那个针头，只觉得眼晕，所以，每当叶维塔打针的时候，他总是把脸别过去，不去看它在那只白皙、柔嫩的手臂上刺进去，又拔出来。叶维塔不知道他害怕打针，只当他是心不落忍。

8

三天过后，叶维塔瘦了一圈，这在平时她是求之不得的，而眼下却是人在旅途，多少不免有些忧心。她不得不留下来多住些时日，恢复体力，养精蓄锐，重返旅途。这里虽然不像旅馆那么正规，却比住在旅馆里方便，而且有什么事情也好商量。饭菜的口味有点不对，不过还是比在外面吃西餐和当地的食品习惯，卫生方面也让人放心，价钱也比较便宜，出门在外，能省一点就省一点，所以叶维塔就决定留在这里，不再另找住处。

有时外出办事，他也把叶维塔带上。带客人逛街、购物、游玩旅游景点，是他们的服务项目。今天，他们先到项目处递交一份结算单和工程款发票，买了好几个汽车零件，回去时，逛逛大街，顺便去邮局拿信，又绕到市场买些菜回去。

菜场里尘土飞扬，掺和着各种作料的粉尘，呛进鼻子里，害得他每次进去时，都要打几个喷嚏。这次因为有叶维塔同行，他预先就低下头，用手捂住了鼻子。不料，突然间，叶维塔却仰起头来，向上翻了两下白眼珠子，慌忙地摘下太阳帽，捂在脸上，身体剧烈地抽搐起来。几个猛烈的喷嚏后，她的眼睛里噙满了泪水。不知是剧烈的喷嚏引起面部血管扩张，还是她自己觉得有些难为情，她的脸上泛起了红晕。

一双水做的眼睛，栖在粉红色的莲花瓣上，——她本是一个非常漂亮的女人。然而，平时她好象又不敢太漂亮，单身女人出门在外，得存有戒心。

所有的蔬菜，除了土豆称重外，其余的都估堆、论匝、数个。叶维塔只对那些不知名的蔬菜感兴趣：有花、有叶、有梗，也有果实，有肉、有核、有根。这些菜大多来自树上，他们共同的特点，是被加热后会流出粘液来，拉出很长的黏条子，把饭和菜黏在一起，人们吃手抓饭时，米饭易结成团，又不会顺着手指缝溜掉。

他付给卖菜妇一枚硬币，那女人解开身上围布角上打着的一个结，取出一枚更小的硬币给他找零。这块长方形的围布，围在下面是裙子，围在上身是上衣，盘在头上是缠头，铺在身子底下是床单，里面裹了东西，它便是那包袱皮。由于这块布有这么多的功能，所以有人用"穿衣一块布，吃饭靠上树"来形容这块布的作用，另一方面是表示非洲的贫穷。

简单的一块布，围出了非洲女人曲美的身段：凸胸、细腰、翘臀，所有一切令中国女人垂涎的要素。叶维塔对那块布着迷得不得了，而且急着马上就想得到。

去布店，要经过总统府大街，宽阔的马路，中间的隔离带上种着粉红色的三角梅，满树的花，沿着大街开得轰轰烈烈，推波助澜，一塌糊涂。路的两边，分布着政府的重要部门，有教育部、工业部、警察总局、海关总署，还有其他的政府机构。

后视镜里，他看见一辆最新型的丰田LAND CRUSER越野吉普车紧跟在后面，左侧转向灯有节奏地闪烁，示意超车，他以右转向灯回应，随即向右打了一下方向盘，后面的车很气派地高速从左侧超了过来，又扬长而去。他认识那辆汽车，是属于一家连年亏损的中国的国有企业，经理衣冠楚楚，年轻有为。而他们的工程车却破烂不堪，连风挡玻璃也没有，常年挂着一块破布。一次，在公路上遭遇他们的车队，像一群要饭花子走了过来。他赶紧闪开了，他恨不得自己的皮肤晒得再黑一点儿，或者干脆变成黑人，白人也行，反正在那个时候，他不喜欢自己的颜色。

"傻逼！"一句地道的中国话。他们循声望去，前面是一个建筑工地。大约在四层楼高的位置，一个年轻的黑人在热情地向他们招手。此人叫穆沙，他正在指挥一辆吊车，吊车的悬臂上用汉字写着："浦沅工程机械制造厂"。这是中国政府援助给该国的一座政府办公大楼，由一家中资公司来承建。穆沙是这里的领班，之所以中国人让他当领班，是因为他念过几年书，聪明好学。为了那句话，他曾经请教过一个名字叫"大叔"的中国工人（有中国人自称"大叔"），大叔告诉他："'傻逼'这句话带点打招呼、问好的意思。"

穆沙似懂非懂，一直放心不下。因为他观察到，在这里名字叫"大叔"的中国工人，好像素质都比较低下，而他自己是受过良好教育的人，话搞不清楚不能随便乱讲，讲出去容易失礼。于是，他又试探着去问一位名字叫"大爷"的中国哥们儿，他曾经细心地比较过，中国人里面，名字叫"大爷"

的，比名字叫"大叔"的人的素质还要差一点，文化水平也相对较低。果然那位大爷也是闪烁其词，支支吾吾的解释不清。最后，穆沙不得不承认：

"你们中国话忒不好学。"

街角上，黄灯闪了几闪就熄了，红灯亮起来，他把车停下，一群乞丐围上来，嘴里喃喃地念着唱词。一个妇人，背上背着孩子，怀里抱着孩子，手上牵着孩子，后面还有两个孩子牵着她。一个老头，由一个小女孩领着，两只眼球凸出来，翻向上面，看不见有黑眼仁儿，他也看不见别人有没有黑眼仁儿，他是个盲人。叶维塔落下汽车玻璃，往小女孩伸过来的铁罐里投下一枚硬币。铁罐原先是装番茄酱用的，番茄酱吃完了，在罐沿上凿出两个小孔，装上一个铁丝的提手，便成了非洲国家乞丐们手中的专用工具，是番茄酱的副产品。硬币落到罐底，声音提醒了老人，他嘴里又念了一句，也不知是道了声谢，还是问那个女孩：中国人给了他多少钱？遇见这种事，中国人难得出手，即使出手，也不大方，老人听出来那是一枚很小的硬币。……一个残疾人在地上爬。

已经是绿灯了，他还没有起车，心里也不知道在想什么，身后的汽车不停地按喇叭催他，警察抓起挂在脖子上的哨子，插进嘴里，还没等吹，他一踩油门，汽车冲了出去。警察失望地摇了摇头，他要是早吹，那个中国人就会靠路边停下来，然后，他上前例行公事："先生，您好！请出示您的证件。"中国人把驾照递给他，他翻开驾照，把夹在里面的一张一千块钱的纸币捏在手心里，假装认真地看一看驾照，然后还给他，说一声："下回注意！"便示意放行。以后为了这钱，有的警察见到中国人的车就吹，吹到一千五，后来不给两千块钱还懒得吹呢。

回到驻地，从汽车里出来，脚刚一落地，迎面就走过来一个人："您好！

经理先生。对不起，我的摩托车没油了，想向您要点钱加油，我家离这十五公里，我想您总不能看着我这么远的路，推着车往家走。"

那辆摩托车是中国产的，看上去还挺新，却时不时地出现各种各样的毛病，因为它不出毛病，它的主人便不好意思开口要钱。他从车门的扣手里翻出几枚硬币给了他，它们都是刚才买菜找回来的零钱。而那个人也从来都不嫌少，把钱接在手里，道了声谢，又回到大树底下坐着。

那棵大树，他至今也不知道是棵什么树，在他来非洲之前，就已经长在井队大门外的空地上，恐怕也有六、七十年的树龄吧。敦实的树干苍劲粗壮，树冠像核爆炸产生的蘑菇云。枝叶繁密，把太阳雨遮蔽得纹丝不透，在树下形成半径有十多米的阴影。

俗话说："树大招风"。雨季树头迎风狂甩，一头秀发飘飘然，把满头的花饰抛落在地下，——一地火红的绒线球球。树上的雨水漏下，地面便沸腾起来，荔枝般大小的绒线球，在水中上下翻滚，竟有点像在火上熬着的一锅糖水山楂。地上，树根贴着地面横行，伸出去好远。夜间有生人走过，不小心被它绊上一跤，惊出一身冷汗。一个树根钻到围墙下面，把墙给撑开一道口子，另一个树根钻到门房的水泥地下，把地面隆起一个大包，在屋子里面走动，也像爬山似的，后来，它们被挖了出来，给拦腰斩断。

那个人每天早晨骑摩托车来到这儿，坐在那棵大树下，一坐就是小半天儿。国有打井公司被卖给了个人，像他那个岁数是没人要了，他下岗了，等着再过几年拿退休金，眼下一点进项也没有，家里老婆等米下锅，七个孩子嗷嗷待哺，他心里烦。可是眼下燃油的价格，已经飙升到历史上的最高点，他每日往返三十公里，躲在那颗树下，难道这三十公里之内，就没有其它的树？真不知道他的账是怎么算的。不过那次他没要钱的时候，又说他住得离这不太远，只有几公里。不管距离有多远，在非洲这样一个贫穷的地方，骑摩托车出来乘凉，也是一件豪华的壮举。

有时，有人朝他要，又正赶上他身上有零钱，他就给。然而，他只给一些小孩儿、抱小孩儿的妇女、残疾人和老人，他不给那些成年的健康人。

"叔叔你看啊，我的鞋子破了，我没有鞋穿了。"说着便伸出一只脚给他看。一个七、八岁的小男孩，一双天真无邪、对他寄予希望的大眼睛。他看一眼那孩子脚上穿的一双塑料凉鞋，已经破得不能再破，用细铁丝补缀着，也许是他自己补上去的。他就觉得心里一阵难受。可是他有什么办法呢？在这个贫穷的国家里，即使他每天在一个面口袋里盛满了钱，拿出去布施，也还是杯水车薪。

叶维塔心里正在为那位失业工人算一笔账，这时，那面又走过来一位修指甲的。

"哒……哒……"那位失业工人扯开嘴角，舌尖抵住下齿，发出"哒哒"的声音，把修指甲的给唤了过去。修指甲的走到他的面前，蹲下来，拿出剪刀，拉住他的一只手，全神贯注地给他剪起指甲来。看到这个情景，叶维塔有点惘然，也不知道是应该同情他好，还是羡慕他好。后来，叶维塔才发现，这里很多穷人都是花钱来剪指甲，包括井队的看守。

9

晚上，他在编写标书。这是世界银行的一个支援非洲的项目，一共要在六个省打七十二眼井。世行的项目，随着工程的进展按时结算，不像地方政府出资的项目，付款总是不及时，多有拖欠，总得三番五次的催索，还得看经办人的脸色。他准备搏一搏，他的思绪无法集中在那上面，他不时地抬头看墙上的挂钟，那里发出轻微的"嚓！嚓！"的声音，却总不是他期盼的脚步声，叶维塔说过晚上来使用他的电脑。他把电热杯擦洗干净，里面灌满了水。

国际原油上涨了几个百分点，本地的柴油，也已经涨到一块半美元一升。燃油的上涨，导致运输成本增加，运输成本增加，又导致商品全面涨价。这些因素带来的附加成本，他把它们分摊到搬迁、钻进、和提供工程材料等几个大项里。又考虑到前不久，有两家当地的大型国营钻井公司被私有化，设备流落到民间，雨后春笋般地成立了许多私人打井公司。这些私人公司和官方及各方势力，有着千丝万缕的联系，势必给打井市场带来巨大的冲击，加剧行业竞争。考虑到这些外在因素，他又把工程总报价下调了几个百分点。

他终于听见有人敲门，是她。叶维塔身着当地人缝制的传统短袖衫，下身围着一块新买来的棉布。大块的色彩，相互交错晕染，近朱者赤，近墨者黑，构成不规则的图案，是出自非洲传统的手工扎染工艺。那块布围在叶维塔的身上，很有韵致，他不失时机地加以赞赏（真心的）。她的头发是刚刚洗过的，还没有完全干，披洒下来，顺滑流畅。也说不准用的是哪个牌子的洗发水，淡淡的散发着香气。

叶维塔来借用他的电脑发邮件，她打开邮箱，先阅读了所有的来信，接着，又发出去几张照片，——有风景照、野生动物、人物特写等。他看见一个异族的女人倚在一辆大巴车旁，头上贴着大片的圆形银饰，耳下坠着硕大的耳环，黄黄的在晨曦里闪着光。她被纹黑的嘴唇有点向上撅起，好象在和谁负气，两只大眼睛不屑地瞅向一边。她目中无人，是因为那个摄影的，只管照那辆破汽车，根本也没有把她放在眼里。那女人倚在一辆大巴车上，又像是一面广告牌，看不大清楚。地上散乱着一些杂乱东西，花花绿绿的，也说不上是什么。照片照得非常专业，可以拿去做杂志的封面。

他要给叶维塔泡茶，她回到自己的房间取来一盒苦丁茶。他烧开水给她泡上，顺便也给自己泡了一杯乌龙茶，茶是叶维塔送给他的，他对茶叶很外行，晚上喝，睡不着。但当他看到那一杯晶莹碧透的苦丁茶，和一杯橙黄明丽的乌龙茶，并排摆在一起时，从感觉上，他知道它们都是好茶。

"你来非洲这么多年了，觉得非洲怎么样？"她问。

知道他在非洲呆这么长时间的人，都这么问过他。可是，他却一直也说不出来自己在这方面的确切感受。

是呀，都这么些年了，他感觉到了什么？他从来都没有认真地去感觉过，就这样匆匆地过来了。每次都是雨季来了，他才回国休假，多少个冬天让他给错过了，他经常费劲地去想下雪的样子。刚来非洲的时候，他对什么都感兴趣，看见没吃过的东西，就想拿过来尝一尝，遇到没见过的东西，就非得看上一眼不可。就连走路，也从来都不走回头路，从一条路走去，必定从另一条路回来。

他在撒哈拉沙漠南部地区的几个国家长期工作，二十几年下来，他跑了二十来个非洲国家，现在，那份新鲜感已经完全没有了。他晒黑了，黑得像当地的一种沙漠民族。他对这里的一切都习以为常，走在大街小巷，如果别人不把他当做外国人，他也绝不会想到自己是老外。倒是回家休假的时候，对祖国日新月异的变化感到陌生，反倒觉得自己像是从外星球来的。而这种感觉，一直延续到他再次回到非洲时，才像又回到了自己的家一样。

叶维塔把双手放在键盘上，纤细的手指暴风骤雨似的一阵敲击，瞬间回完了所有的来信。他坐在她的侧面，没有面对荧屏，从侧面看，那一排排的繁体字，又黑又浓，像有一只墨笔从左向右涂了过来，只有在行间或者是有标点符号的地方，才能看到那些字相互之间不是连在一起的。

他又说，非洲也在进步，前面挂两片树叶的那种部落人，已经很少见了，这足以让一些人感到失望，西方人喜欢站在世界科技的巅峰，俯看那些活化石，而且这种差距越大，他们就越感到刺激，就越有优越感。他们乐此不疲地往最原始的地方钻，在那里，如果见到现代化的痕迹，便像是杀了风景，令他们大失所望。他们并不在乎这里的发展，只顾追求他们浪漫的理想，就像他们看待西藏问题一样。

他给叶维塔看他们在沙漠里施工的照片，背景非常简单，全都是黄黄的沙子，从自己的脚下，一直延伸到看不见的地方。远处的沙丘，起伏着柔美体贴的曲线，体态丰腴，饱含水分，是一幅护肤品的广告。文人把它们形容为女人的酮体，可是，它们仍然是沙子，如果是女人，充其量，只能是一具木乃伊。一台破旧的老式钻机，构成古老沙漠文明中的现代部分，而且今天尤为现代，是完全自动化的无人操作，——烈日把工人们都驱赶到汽车底下躲藏起来。

水从井口喷出七、八米高，清凉透彻。每一滴水珠都是一颗珍珠，争先恐后地从黑暗的地底下挣扎着跳上来，在太阳的照射下闪着耀眼的光。被压抑得太久、太久了，一经释放，便感到无比的轻松。这些水珠欢快地相互追逐着、比着，一颗比一颗跳得高，又踊跃地，一颗接一颗地，摔到沙地上跌死。极小的水珠集结成雾，被太阳利用，在井口织就一弯彩虹。

没有好奇的村民来围观，没有女人把自己家里所有的坛坛罐罐，大盆小碗，拿来排队接水，没有小孩子们在水中嬉戏，如鱼得水。照片中听不到空气压缩机震耳欲聋的吼声。一切都僵住了，连纷纷扬扬的水珠，也僵到了那个方寸之间。

在沙漠里，他开车跑了两百多公里路，给工地上送来几箱可口可乐和雪碧，拍下了那张照片。工人们没有去碰他带来的饮料，连他们自己随车带的可口可乐也没喝，他们情愿喝水，他们知道把可口可乐加热到四、五十度，是否还继续可口。既不可口，又哪来的乐趣？

对于非洲，他不想说得太多，他要留给叶维塔自己去体验。井队接待过一些客人，每个人对非洲都有不同的感受，其中很多人都是败兴而归。他们用钱，特别是用公家的钱来丰富自己的游历，在地图上圈点着一共去过几个国家，这是他们回国以后炫耀的资本。因此，他们只满足于到几处标志性的地方拍几张照片，如：××××国际机场，或者是随便拉一个非洲人合影留念，而每当那个被邀请合影的人，伸出手要和他们握手时，他们又总是敷衍着回避开去。

一次，有两个中国的客人要求到邻国去玩。两个人上了车就开始睡觉，司机把他们叫醒时，已经到了边境，在那里，他们每人花四十美元办了落地签证，结果过了边境，刚走出不到十公里就要往回返。其实，走出两公里的时候，他们就可以打道回府了，费了那么大的周折，只是想用那个签证来佐证他们确实又到过一个国家。只可惜那个国家太小，在地图上不大好找，说出来，别人也不知道。

也有些有钱人专门来摄影。摄影是一种豪华的嗜好，光是器材就有几大箱。他们历尽艰辛，守株待兔，以求达到艺术上的完美。他们在颐和园也常常为荷叶上的一滴露珠，株守一两个小时。

他觉得叶维塔和那些人不同，这是她的梦想之旅，仿佛她在前世许下了这个愿，至今仍然执着地一定要还。她对撒哈拉沙漠怀着虔诚的向往，这种激动，也许在她经历了之后，会有所改变，但是至少现在不是这样。他拿给叶维塔一盒预防疟疾的药，叮嘱她一定要吃。他对她说："非洲的蚊子很多，人被蚊子叮咬后，会打摆子，对身体的危害很大。"

"你自己留着吃吧。"

"我不用吃的，蚊子不咬我"。

"蚊子不咬你?"她好奇。他说蚊子咬他，蚊子会打摆子。

　　她台北大学工商管理硕士毕业。讲一口流利的英语，喜好音乐、擅长绘画、摄影，人也长得漂亮，集众多优点于一身。而他，除了喜欢在荒山野岭，或者在青山绿水中，漫无目标地行走，此外，再也看不出有别的嗜好。当然，在行走中，他的大脑也一直在思考着，但又不像在集中思考一个什么问题，尽是一些胡思乱想。有时想入非非，自己就笑了，只那么一笑，又急忙收敛起来，瞅一瞅四周。

第三篇　Kady

做男人，就做非洲的男人，做非洲的男人，就做非洲乡下的男人。

1

　　前边的路口，有一大帮行人等着过马路，他们沿着马路中间线，站成煞齐的一列，往来的车辆，在他们的身前、身后疾驰而过，他们诚惶诚恐地被夹在了两股车流之间。谁也不愿意先出头，又谁都不甘心落后，脑袋都偏向一侧，一律向右看齐。汽车首尾相接，川流不息，每一辆车都被其前后的车辆绑架着，涌往指定的方向。

　　忽地，一个女人勇敢地从人群中走了出来……

　　事情来得太突然，他下意识地紧急刹车，丰田Cresida卧车沉重的底盘，增加了汽车的惯性，轮胎伴随着刺耳的声音，在柏油路面上拉出两条长长的黑线，汽车带着难闻的焦糊味停了下来。

当时，他只看见一个人背着一个大包袱，从列队中走出来，紧接着就是一声沉闷的轰响，汽车的风挡玻璃就花了。他仿佛一下子掉进一个冰窟，洞口挂着结了冰的水帘，洞外什么也看不见，"完了"他想："那个人活不了了。"

镇定了几秒钟，抖掉手臂上的玻璃碎屑，慌忙地下了车，他看到地上有一个巨大的包袱，应该是它砸碎了风挡玻璃。稍远一点，一个女人躺在地上，再远一点，地上坐着一个四、五岁的小男孩儿。他想上前扶起那个女人，不料，她却自己硬撑着站了起来，抚摸着路人给她牵过来的孩子。

那个孩子，惊恐万状，哭声噎在嗓子里不肯发出来，也许他不敢把它吐出来，站在那儿，不知道应当怎样表达内心的恐惧。他抽泣着，半边的脸沾着尘土，黑白分明。眼泪挂下，又描出一条黑线，像是京戏的脸谱。那女人活动一下孩子的胳臂、腿，又摸一摸他的头，面部表情开始有些释然，——孩子没事。

那女人怯怯地看他一眼，也不知道说什么好，看得出，她在承受着剧烈的疼痛，而却又装出"不要紧，没关系"的样子。当她看到粉碎的风挡玻璃和卷曲的发动机罩时，又变得很惊慌，惊慌之中似乎又充满了歉意，好象她是一个肇事者，大老远的从乡下背一个大包袱，跑进城里来，就是为了砸他的汽车。

路人围了上来，有人带着怨愤的表情，用手指指点点地斥责他。他无言以对，从裤袋里掏出手机，拨打了两个电话。几分钟后，一辆警车喔呜喔呜地赶了过来，警察们跳下车后，首先急切地问："有没有伤着人?"然后，不紧不慢地进行现场勘测。

又是一阵尖利的警笛声，救护车也随后赶到。汽车停下，警笛关掉，警灯还亮着，一闪一闪，一道道金光在人们的脸上划来划去，各种脸在忙不迭地变换着，仿佛是川剧电影的拍摄现场，他无意地成了剧中人，而且还是男主角，而且他的脸也在变着。救护队员下车后，没像警察那样，先问有没有伤着人，大概也是因为不用问吧，但是他们却急切地问："伤员在哪儿？"

他们给那个女人做了例行的检查，用担架把她抬上救护车，和她的孩子一起送往医院。那个女人一切听从别人摆布，什么话也没说，除非有人问她："感觉头晕恶心吗？"那她也没说话，只是摇了一下头。

汽车开动了，他才发现自己怎么也在救护车上。虽然一个救护队员也问过他伤着没有，然而他感觉一下自己的身体后，却幸运地发现没有受伤。下车已经来不及了，救护车闪着警灯，拉着警报，在马路上横冲直闯，连总统也拦它不住，甚至还得给它让路。在救护车上他想："上来也就上来了，这样也好。"

他没有必要呆在事发现场，接受警察们的询问和路人的指责。他不需要辩解，他知道，根据当地的交通法规，汽车撞行人，司机要负全部责任，而因为他的汽车买了民事责任险，他的民事责任就被转移到了保险公司。剩下的事情，完全由保险公司来处理，他只管修自己的汽车。

救护车接连闯了几个红灯，一路畅通无阻，很快地就到了市医院。进了大门向右拐，直奔后院的外科急诊部，在门前停了下来。人们自动地让开一条路，救护队员把那个女人抬下车，推入急诊室。经过检查，排除了有生命危险，但还需要用X光诊断是否有骨折。医院的X光机早已损坏停用，他拦下一辆的士送她去本市的一家X光诊所拍片。等了一些时间后，胶片被冲洗出来。先用电风扇吹干，然后，医生把胶片卡在观片灯上，仔细地查看了一会儿后，对他说："根据X光胶片上的显示，Kady（那女人的名字）的骨盆有一处骨折。"

他没有感到意外，他想，人能活下来，已经是一个奇迹。但是他的心里头，却感到非常内疚，他指着一道很宽的骨缝，不安地说："唉！都怪我不小心，把人给撞成这个样子，那不是快要掉下来了？"

医生说："那里是正常的骨缝，喏，你看，骨折的地方是在这儿。"说着，医生指给他一道迂回的白线。回到市医院，医生根据X光片的诊断报告给Kady开了处方，拿去到药店买药，并且特别嘱咐她不要动，卧床静养一段时间。

他向叶维塔讲述那场车祸，她听得很仔细。马路上发生车祸是司空见惯的事，是那个乡下女人在车祸中的反应，吸引了她。她说台湾大部分是山区，地狭人多，特别是有很多的摩托车，免不了出现交通事故，引起一番口舌。他说在大陆也是一样，但是，事故发生后，双方因为责任的问题，总是扯不清楚，有时搞得人精疲力尽，倾家荡产，以至于有的肇事司机，悔不该当初把人给撞死，一了百了。

车祸的第二天上午，在城边一个破败的院落里，一堆土屋前，Kady正侧转着身子，以一种很奇怪的姿势在舂米，——这也许是她感到疼痛最轻的体位。木椿失去了以往的节奏，一上一下，忽高忽低地跳着。每当木椿落下时，木臼便被砸得呻吟一声，那声音低沉隐忍，似乎比Kady还要痛苦，Kady的面部也随着那声音一下、一下地抽搐着。车祸后她心里一直很内疚："小时候跟妈妈进城，没见到有这么多的汽车。"她这样为自己开脱着。

住在别人的家里，Kady不愿意麻烦人，她强忍着疼痛，害怕给人家看出来，仿佛那个木椿是砸在自己的脚面上，而又是因为她自己干活不小心，碰伤了自己。

一只珍珠鸡在地上跑来跑去，追逐着从木臼里跳出来的粟粒①。

①一种类似于谷子的农作物，当地人叫它"米尔"，在这里我权且把它叫做"谷子"。

——她无法弯腰拾起散落在臼边的谷子。

今天的米舂得特别不好，今天的饭比哪天都难吃，今天Kady的心情，比哪天都过意不去。

"西努瓦（中国人）来了"一个大一点的女孩说。

话音刚落，在车祸中惊魂未定的男孩儿突然"哇"的一声向母亲扑过来，两只瘦小的胳臂紧紧地抱住她的大腿。剧烈的疼痛使Kady感到一阵眩晕，一颗颗汗珠从额角渗出来，她艰难地用双手支撑在木臼的边缘上，稳住身子，如果不是黑人，她的脸色一定会像纸一样惨白。熬过了撕心裂肺的疼痛，Kady强作笑容："真的很对不起，你自己没伤着吧？你的那辆汽车……?"

他顿时感到无地自容，两只眼睛有些湿润，他别过脸去，调整了一下情绪，又把脸转回来，反嗔："医生让卧床休息，你怎么又在干活?"

他不得不又一遍解释说："这件事情真的不能怪你，而是我不小心撞上了你，再说，按照你们国家的交通法则规定，也是我的错儿。"最后，他们的意见非常不容易地统一为："这事谁也不怨，是安拉的安排。"

在后来的几个月里，他心里一直惦记着Kady，听说她已经完全康复，保险公司负担了全部的医疗费用，可是她的伤真的好了？受了那么重的伤还要干活，如果骨头愈合不好，留下了后遗症，作为主要劳动力的非洲女人，在她年纪大一点时，如果劳累过度，或站立久了，会不会留下一个腰腿疼的毛病？

叶维塔一直在认真地听着，她喜欢上了那个淳朴善良的乡下女人，她说："如果有机会，到Kady乡下的家去玩儿。"

2

　　他和叶维塔来到Kady乡下的家。乡下不常出门的女人，被外国人的汽车给撞着了，连人带包滚到路边，骨盆也给砸碎了。"听说那辆汽车给砸得还要惨。""想不到人的骨头会有那么硬。"这在村子里可是一件破天荒的新鲜事儿，一提起来，满村子的人就没有不知道的。一个小孩儿自告奋勇给他们领路，他指了指稍远处的一个土院子，领着他们朝那儿走。

　　一堵土墙后面伸出几颗脑袋，几双好奇的眼珠追随着他们，好奇的脖颈跟着他们转动，有人隔着老远向他们摆手，手也跟着他们走。一条土狗冲过来，狂吠几声，仰起头看着他们，——两张白脸，前腿也是白的，没长毛，不便挨着地，在空气中走着，不知可是异种的同类，歪过头来仔细打量，想看个究竟，却被主人给唤了回去："诶啵瓦嘎（回来）！"主人呵斥。接着，又用土话咕哝一句，说它狗眼看人低。

狗回去了，他们继续走。Kady家的房子最靠边，位于村头上，房子的旁边就是田野，连接着远处的一片小树丛，小树丛生长在公路的路基下面，这一段的公路给垫高了。

村头上，一棵巨大的面包树拔地而起，桠桠叉叉覆盖了半亩地，树下放着一个陶罐，一个水瓢扣在上面，矮墩墩的像个什么似的。旁边有一把用树条和生牛皮编成的躺椅，Kady的男人就躺在那把椅子里，地上摆着一个铁皮砸成炭炉，炉子上煨着一个小小的深蓝色搪瓷水壶，旁边的一个盆里放着茶叶、薄荷和白糖。壶的盖子被蒸汽顶得不上不下的，一个劲儿"得儿！得儿！得儿！"地颠着，听上去像是茶馆里说书人手中的响板，只不过这里没有书听，除了Kady的男人即将尚未发出的鼾声，就是女人和孩子们干活的声音。

太阳还早，斜着把树下的景物晒成金红色。老汉仰面躺在椅子里，那把椅子是长在他屁股上的一块赘肉，从来没有见过人体和木头有那么紧密的亲和力。老汉把自己的后腿（应该说腿的后部）、后脚跟、后屁股、后背、后脖颈儿、后脑勺儿、后胳臂肘儿以及整个他后面的部分，紧密地贴在躺椅上面，——那躺椅原本就是他按照自身的曲线，为自己设计编制的。

高处是粗悍的树枝，老汉脑袋正上方的一个枝杈上，吊着一个硕大的面包果，绒嘟嘟的披着一身绿毛，活脱脱的一只猴子。他恨不得那个果子掉下来，砸在那个人的头上，以此解放了非洲的劳动妇女。可是，那个人仍然很有安全感地躺在那儿，怡然自得，闭目养神。他知道，这种果实的柄很结实，不会主动掉下来砸人。其实，掉下来倒也好，岂不是天上掉面包？

几个孩子围坐在地上，从一个盆里抓饭吃。小姐姐从弟弟的脸上捉下一只饭粒，往他的嘴里填，那孩子撮起小嘴，往前探着头，捕捉那颗饭粒，——Kady的儿子，小依卜拉辛，打那次车祸以后，对他产生了恐惧，经常在梦魇中，遇见一个白面长发的鬼，骑着一个庞然大物，在身后追他。他用尽全身力气，怎么也无法逃出它的魔爪，便只好自己大叫一声，从梦里挣脱出来。好险！他从此害了小儿夜间惊厥症。

孩子这会儿已经看见了他，慌忙把头低下，这一低头，那颗饭粒便又粘在他的额头上。他低着头，两只大眼珠子在眼眶里叽里咕噜乱转，从斜刺里瞄着两侧，小脑瓜里面在谋划逃跑的路线。很快，就有一团黑影，从人们的脚旁蹿了过去，没有人注意到。

老汉三个女人其中的一个，和一群姑娘们在春米。几把木桩一个接着一个，此起彼伏地落在同一个木臼里，谁也没碰着谁，互不相扰，各干各的。看见他们到来，女人们并没有放下手中的活计，而是把手里的木桩抛得老高，空出手来"啪！啪！啪！"连击三掌，待木桩落下来，再用手接住，顺势重重地春下去。沉闷的声音，通过粗笨的木臼传到地下，地也跟着"嘭噔！嘭噔！"地跳，好象下面埋着一颗忐忑的心。她们的嘴里咿咿呀呀地唱呵，脸上挂满知足的笑容。——她们用这种方式迎接她们的客人。

老汉的另一个女人站在房顶上，下面的一个小女孩儿，从一个很大的陶罐里舀出一盆臭臭的酱汤（牛粪掺合着从蚂蚁窝上挖下来的泥土，发酵而成），递给房上的女人。房顶儿上已经铺了一层米粒大的红色砾石，那女人把酱汤薄薄地洒在上面，浆液干燥后，形成坚固的硬壳，风雨不能把它剥蚀，烈日不能使它龟裂。她们在为下一个雨季的来临做准备。

房顶上干活的女人是老汉的大老婆，在Kady受伤的那些日子里，老汉恢复了对她的宠爱，每个老婆两天轮换着的夫妻生活，也有了质量，使她容颜焕发。按例，这两天也该她给老汉做饭，她拿一个小搪瓷盆去集市上买菜，先买两条熏鱼、又买一小颗卷心菜、三块鸡精。烂熟的西红柿五个一堆，摆在铺在地上的编织袋上，里面的肉已经化成了水，像五只可爱的小沙皮狗，懒懒地躺在那儿，用手提捏起来，只觉得把皮抓在手里，身子直往下坠，她用另一只手托住下面，小心翼翼地把它们摆进搪瓷盆里，又去市场的另一边，买一把老汉喜欢抽的那种烟草。全部东西都办齐了，她把盆放在头顶上，用一只手扶着，扭着腰肢往回走。从后面看，她更年轻，实际上她也不老。

回到家里，她燃起一块阿拉伯树胶，屋子里渐渐地充满了淡淡的幽香，她把那一对最喜爱的耳环找出来，挂在耳垂上，下身裹一块新的围布。她很珍惜这段日子，想起这样的日子以后会越来越少，心里不免有些怅然。老汉后娶的两个老婆，都比她年轻漂亮，她无心去嫉妒她们，因为老汉最近又看上一个比她们更年轻漂亮的女孩儿，并且已经派人给她家送去一箩筐克拉果①，过不了多久，老汉就会把女孩儿娶回家里。

她心里虽然安命，可是表面上却不愿意输给她们，今天一大早，当自己的男人还在身边酣睡的时候，她就起来了，在茅屋里面，借着柴扉缝隙里透进来的一缕缕晨曦，打开包袱，取出那片她平时舍不得用的奔得勒②，把它浸湿后晾在外面，就像刚刚洗过的一样。接着又把一盆水用力地泼了出去，

①一种粉红色的果子，当地人向女人求婚时，常常送一些给女方家里作为聘礼。
②一小块很精致的白布，有的女人在上面刺绣，如："I love you"，也有的绣着自己爱人的名字。这里的女人结婚后便不穿内裤，只是把这块布围在里面。

故意把那几只鸡弄得咯咯乱叫，尽管这两天她的身子不大方便，老汉又有些力不从心，他们并没有例行房事。

返回茅屋的时候，她用脚在门槛旁边的地上踩了踩，那下面埋着一双鞋。她瞒着别人去见巫师，讨教一种办法把老汉吸引到她这边来。巫师神秘地对她说："你回去后，找一双老汉以前穿过的鞋，把它们埋在门槛的下面。"说着又交给她一件东西，看上去像是风干了的动物脏器，让她把那东西和鞋子一起埋掉，而她觉得失去的岁月已经无法追回，便把老汉最近常穿的一双鞋埋了下去。晚上，老汉光着脚借口去二老婆的房里找鞋，就再没出来。她怀疑是自己埋错了鞋子，也可能让狗把那个东西刨出来吃了，怎么不见那条狗？她正在琢磨着，这边Kady就出了车祸。如果是偶然的巧合，为什么受伤的部位不是手和脚而是骨盆，让Kady和老汉无法媾合？她心里有些自责，这不是她期盼的结果，可她却是车祸的直接受益人，——她顾不得那么多了。

3

　　房子的旁边有一个土台，台子上铺着一块磨光了的石板，石板上面放着几件大大小小、形状不同、浑身被磨得光溜溜的石器。Kady正在那儿干活，看见他们便高兴地迎了上来，他把Kady介绍给叶维塔，叶维塔拉着Kady的手，问她的伤怎么样了？Kady把一只手撑在胯间，微笑着扭了扭臀，表示已无大碍。

　　"孩子呢?"叶维塔问。

　　"咦！刚才还坐在那儿吃饭。"说着，Kady瞟了一眼那个饭盆，几个孩子还在继续吃着，唯独不见了小依卜拉辛，她心里已然明了。

"乡下的孩子不到吃饭的时候，就甭想见到他们的影儿。"饭吃完了自然也就没了影儿。

叶维塔把Kady拉回土台前，让她继续手里的活计。Kady抓起一小撮米，放在一块马鞍形的石头上，手里拿着另一块卵圆形的石头，在米的上面碾了过去。米被碾碎，变成细小的颗粒，再碾回来，颗粒更小，越碾颗粒越小，颜色越浅，最后变成了雪白的面粉。叶维塔也在另一块石头上照着做，她磨得也很细，可是得费很大的力气，而且产量也不高，要是照她这样做下去，一家人今天甭想吃饭。

这是一项技术含量较高的工作，Kady是个聪明能干的好女人，她是老汉的三个女人中最后娶的一个，也是年龄最小的一个。如果他喜欢，如果他能公平地对待她们[①]，按照当地的法律规定，老汉还可以再娶一个，也是法律允许的最后一个，——法律上的女人，传统上的女人，女人多了，体力透支。所以在非洲，乡下的男人不怎么干活，干活的主要是女人和孩子。

做男人，就做非洲的男人，做非洲的男人，就做非洲乡下的男人。

他们在那里度过了一个愉快的上午，他们帮着干活，试图用自以为先进的方法，可是，后来又发现总是行不通。叶维塔想要那只面包果，他不知道怎样做才能满足她的奢望，他看着那块天鹅肉，知道这是一个奢求。怎么办？她已经开口要了，像是对他的一个考验，攀爬是万万不行的，那岂止

① 真主在《古兰经》中说："如果你们恐怕不能公平对待孤儿，那么，你们可以娶你们所爱悦的女子，各娶两妻、三妻、四妻；如果你们恐怕不能公平待遇她们，那么，你们只可以各娶一妻。"当地的法律，根据伊斯兰的教义规定，穆斯林男子可以娶四个女人。

是树呢，简直就是一面城墙，丈八米高，平平光光的找不到一个抓手。他满可以捡起一块大石头，然后奋力地扔上去，可是，Kady的男人又回到那把椅子里睡着了。他刚才也在那椅子上躺了一回，身长不一样，上下不体贴，一根树条直接抵住脑后的反骨，咯得他脑袋瓜子生疼，怎么都不自在。要是他，他就会在上面设计一个吊枕。

　　他问Kady要，Kady打发一个小孩儿到院子里拿出来好几个。毛茸茸的，拖着一只长长的柄，像是猴子的尾巴。摇一摇，里面的种子"格朗，格朗"地响，当地人有时在它们的身上开些孔，用它们当做沙球来伴舞。叶维塔拣了一个大的拿在手上，好奇地看着，用手轻轻抚摸果子身上的纤毛，把它放在鼻子底下闻了又闻，接着，又抬起头来看了看他。一双水汪汪的大眼睛里面充满了问号、惊叹号、逗号、句号，被一池秋水载沉载浮。内容丰富，却谁也不知道里面都是些什么主意。他正在旁边注视着她，现在他又被她所注视。两人目光相遇，对视了一会儿，她不说，他也没问。可是他的心里却在想："她为什么要这样看我呢？"她一定是说："你看，人家是怎么摘下来的。"

　　"可是我一开口，东西就到手了，不是比他们更厉害？难到轻易得到的东西，就那么不值钱？"他心里委屈不平。但是，当他想到自己刚来非洲的时候，对面包树的那份好奇心，他的心里也就明白了叶维塔的意思。他觉得这件事情他能做得很好，因为他干过，他从叶维塔的手里接过面包果，把它放在石板上，拿起一块石头往上面使劲一砸，"哼哧"一声，果子的身上裂开一道缝，他把它掰开来，露出里面的白瓤。叶维塔抠出来一块放在嘴里，认真地品尝，先是小心翼翼地用舌尖舔一舔，不像她吃过的任何面包。又咬下来一小块嚼着，也不知道她嚼出了什么滋味。他站在一边看着她的表情，腮帮子里面一阵难过，他吞了一下口水。

今天的面磨得比哪天都细，今天的汁儿调得比哪天都香，今天的Kady特别高兴，今天她是一个吸引众目的人，有外国的客人专程来看她。然而，今天她却穿着她那一身最破的衣裳，谁都没有给她时间。叶维塔用手抓起一块"冻儿"[①]，蘸上绿色的调汁儿，调汁儿是用树叶和木棉树的花晒干后熬成的，黏黏的，像是中餐的酱汁里勾了水淀粉。她把那块"冻儿"放进嘴里嚼着，点点头表示好吃，转身问Kady怎么个做法儿。

吃饭的时候，没有见到孩子们，在乡下，都是大人们先吃完了，孩子们才吃。饭后，他们把Kady带回城里。Kady给叶维塔带上几只面包果，又带一小袋面粉给他们拿回去做"冻儿"。她的男人一直把他们送到小镇上，在那里买几条熏鱼给他们带着。——用不起冷冻设备，鱼捞上来后放在炭火上熏烤，去掉水分，以便长期储存。

这时，他觉得Kady的男人也挺好的，非常纯朴善良。家里有好几十口人，他是头儿，要是按人员的编制算，比他自己的官还要大呢。在这样的一个大家庭里，统管一切，安排生产、生活，让一家人都能填饱肚子，还要体己三个老婆，已经够难为他了，看给他瘦的。

他们一直没能见到小依卜拉辛。回到首都，叶维塔带着Kady去美容店做了头发，给她买一身衣服，又到裁缝店里量身缝制了一套。到家后，让她痛快地洗了一个热水澡，她帮Kady拧开水龙头，水刚流出来时是烫的，自来水管道经过一

①一种米粉做成的糰子，音"dú"。

段水泥地面，就像经过太阳能加热器一样。叶维塔送给Kady一瓶洗发香波，那个东西真好，倒在手心里一点，放在头上轻轻揉搓，就起了泡沫。细绒绒的头发，弯弯曲曲的，纠结在一起，像一块苔藓长在头皮上，一遇见那个液体，就化开了。洗去泡沫，头上还是滑不溜叽的，也不知道是应该洗掉，还是留下。嗳！她犯了愁。

　　Kady一直微笑着，她不好意思在镜子里多看自己几眼，从头到脚的上下打量。她的心里明明知道，自己家里的镜子，只够照见自己的一小部分。

　　Kady回到乡下的家时，她的男人竟然一下子没有认出她来。

第四篇　未完的心愿

从此，这条街上的人，便都知道了他们这里住着
一个叫"法蒂玛塔"的漂亮的中国女人。

1

供电部门没有预先通知，就把电给停了。这里的电是完全没有预知性的。有时，它是一扇双面开的门，你一松手，它就"哼嗒、哼嗒"，不停地关，不停地开，到底把电器给搞坏了。

没了空调，屋子里的温度立刻上升好几度，闷热难当，汗水开始从头发里涌出来，顺着后脖颈往衣服里面直灌，蚊子也趁机出来捣乱。黑暗中，他把自己拍得"啪! 啪!"响。

屋子里面是呆不得了，他拿起一筒灭蚊药向叶维塔的房间走去，经过小胡的房门口，小胡因为工作忙，回不了家，井队安排他的媳妇从老家来探亲。那女人的乡音很重，说话快，嗓门也高，吵架似的。他不由自主地放慢了脚步，他听见里面"啪"的一声脆响，是两片肉皮高速贴在一起的声音，让人不能想像是接吻。他赶紧快走几步，给人看见了还以为是在偷听。

屋子里的女人把手伸到沙发垫子下面，抹去掌心里的一点腥湿，嘴里恨恨地咕哝一句。也不知道是埋怨电业局还是埋怨蚊子，或者是埋怨自己的丈夫，把她带到这样的一个地方来。村子里的电接得晚，使她家新买的原装进口松下牌洗衣机当了两年的米缸，而到这里来，连一块搓衣板也找不到。自己家里养的蚊子，咬也就咬了，可是这里的蚊子，把你给咬了，却又把一种寄生虫注射到你的血液里，在里面繁殖，使你发高烧，打摆子①，直到全身都摆起来。那个节奏比较符合非洲的音乐，而她自己又不懂音乐，也不会跳舞，怎么摆也跟不上。她埋怨来埋怨去，觉得都不是自己的错，她冤。可是突然，她却又"啪"的一声，把一个巴掌扇向自己，是那么心甘情愿地，没留情面。

①在中国，民间称发疟疾为"打摆子"。因为高热，浑身发冷，抖成一团。

他心里一惊，脚步更快了，好像那个巴掌随时会向他甩过来，而那种巴掌又总是冷不丁地，让人猝不及防。

他敲叶维塔的门，敲门声正好落在里面一个脆亮的声音上，两个声音重合在了一起，她没听见，他再敲。叶维塔把房门打开，因怕蚊子飞入，他又赶紧把门拉上，只留一条缝儿，他在门缝里对她说："停电了，我就不进去了。你出来，我们一起去外面坐坐。"叶维塔也正要出来，她说她的屋子里有很多蚊子，平时不知道藏在哪儿，一停电，它们就飞出来了。

他说："我给你捉了一只四脚蛇，你把它放在屋子里捉蚊子吃。"随后，他把手伸进去说："接住！"叶维塔吓得尖叫一声，接着又嗔怪他，说他尽是出一些馊主意。然而，当她抬起头来看时，却发现是一筒灭蚊药，她乐了。

喷洒灭蚊药后，他带叶维塔来到郊外的一个露天酒吧乘凉。酒吧搭建在一片桉树林里，他们拣林间僻静处坐下，叫来啤酒、烤鸡。

月亮歇在一个树杈上，和栖在另一个树杈上的一只猫头鹰对望着，树下一明一暗地对坐着两个人。月光透过树枝的间隙，柔和地洒在叶维塔的脸上，她的两只大眼睛一眨一眨，双眸水汪汪的在月光下闪闪发亮。他看着她，肆无忌惮地欣赏着她的美貌，因为他自己是背对着月光坐着。

躲在黑暗中的眼睛，总是让人感到不安，叶维塔似乎知道他在黑暗中窥视着自己，便害羞地低下了头，心里后悔不该熄掉矮桌上的蜡烛。他挪开椅子，侧过身来，让自己的眼睛也染上点月光，现在他们平等了，叶维塔抬起头看了看他："今天我去玛姆家，看见她的父亲心情很不好。你知道他盖的那座清真寺，已经被拆掉了吗？"

"刚才路过那儿，看见一些人正在那里推倒一面墙，我还以为他们要更改原设计，推翻重建，没想到这么快就拆了。"他回答说。

"对方不是说给他赔偿吗？"他问。

"是呀，一开始，对方想给他赔点儿钱，并希望他能说出一个对方能接受的数目来，可是老人心里觉得别扭，就请了一位律师。"

"请律师有啥用？拿点钱算了。"

"后来，双方的律师碰了一下头，说这个官司还是不要打了，老人肯定打不赢。""那后来呢?"他追问。

"后来老人同意拆了，他要求对方给他赔偿。"

"只能这样了，得一点是一点，能挽回一点损失，就比白白丢掉了好。"他说。

"可是……"。"可是怎么了?"他问。

"可是对方因为不高兴老人请了律师，决定一分钱也不给他赔。"

"哦，这样就不好办了，老人一辈子就这么一个心愿，而且把毕生的积蓄都用来建那座教堂了，如果能得到一点补偿，多少在心理上也是个安慰。"他这样说着，心里很为老人难过，因为那座清真寺也是他看着建起来的，象一个孩子一样，在他的面前长高。

老人这几年身体越来越不好，哮喘病不断地加重，他本想在有生之年，把那个清真寺盖起来，而且现在已经正在上梁、封顶。

老人在二十多年前，在他的身体还壮实的时候，就想自己建一座清真寺，和传统的土教堂不一样，老人要建的是一座真正的清真寺。宽敞、宏大的礼拜大殿，里面有十二根柱子承接着来来往往的屋梁，主墙的中间凹了进去，形成一个龛，那是信徒们做礼拜时叩拜的方向。龛中有教长领诵古兰经用的阶梯形讲坛，高门、高窗，门的上方有一座圆形的尖塔，叫做"宣礼楼"，又称"邦克楼"，楼上每天清晨日出时刻，有专人用阿拉伯语召唤穆斯林们来上早课：

"大家快来礼拜呵……，礼拜呵……!"

声音雄浑，音调平缓，尾音经久不衰，和其它教堂的唤拜声交织在一起，形成一席巨大的网，张在城市的上空，疏而不漏，牵一线动全局，不管你是在哪个角落里，只要你还在城里，它就张在你的头上。

教堂的外面有喷泉，信徒们净手洗面后，才进入礼拜大殿。进门之前把鞋子脱掉，摆在入口处的一排廊柱下。

"一个普通人建一座那么大的清真寺，真不容易呵。"叶维塔感叹地说。

"是啊，可他还是建起来了，封完顶后，还有内部装修，和外围的附属设施，那也是很大的工程，而且费用会更高，如果真的继续干下去，又不知道得用多少时间、多少钱，才能把它完成。"他说。

那个教堂，在没有开建之前，一直在老人的脑袋里，他总觉得在哪儿见过它，非常眼熟。他家住在城边，不远处，有一条大沟把路南北隔断，沟不宽，却很深。旱季沟里无水，经常看见有人扛着自行车，一步一矮，走下去就没了踪影儿，紧接着，又一步一高，从沟的对面冒了出来。对面来的人也是这样，老远看上去，好象几个人在那里玩跷跷板，一上一下，悠悠闲闲的。

雨季赶上小雨，沟底水深及膝。几个孩子站在水里，为过往的行人扛自行车五角钱，扛摩托车一块钱，偶然没带零钱，搭一下手，帮个忙，不需要感谢。雨大的时候则整条沟里注满了水，一直漫到岸上来，水连成了片，再也看不见什么沟，只见一片汪洋。水势汹涌，夹带着大量的垃圾，干糊糊的，像泥石流一样，涌向下游的一个湖。

就这样的一条沟，每年总有几个不识深浅的人，把脚伸下去试水。先把裤脚卷起一点，再卷过膝，卷至大腿，一脚没勾着底，忽遭灭顶，连人也给洪水卷了去。情急之中捉住一只拖鞋，泡沫的，人字梁已经脱落了一边，又不成双，放开了再捉别的。忽觉鼻孔壅塞，胸腔不能扩充，恍如一只瘪了的救生圈，救不了别人，也救不了自己。

再上岸时，已经成了招领告示上一具日久了的浮尸。浮尸都是面朝下，生前曾努力向上，不得搭救，心灰意冷，遂别过脸去，发誓再不求人。

路的对面是一大片空地，老人在那里清理出一块洁净的地方，腋下夹一片凉席，每日五次去那儿做礼拜。

旱季，在炎炎的烈日下，朝着麦加的方向，老人跪下来，把头扣在凉席上。气血下沉，涌到他的脸上，他昏昏欲睡，像个小学生在夏日午后的课堂上。雨季，他把凉席铺在潮湿的地上，手里捏着念珠，闭起双目和安拉促膝谈心。蚊子在他的耳畔嘤嘤呓语，他分辨不出哪个是上帝的声音。

"得把那个教堂建起来"他对自己说，也对安拉这样说过。

他见过那个教堂，也许是在梦里，也许是在沙漠里看见的海市蜃楼，他记不得。然而，他熟悉那个尖顶，那一排高窗，太熟悉的影子，熟得像自家的房子，即便是半夜三更从外面回来，摸着黑走进屋里，也能轻而易举地摸到蜡烛，插上烛台并找出火柴把它点亮。

教堂就建在他常年磕头的那片空地上，主墙自然要朝向麦加克尔白，那个即使给他穿上芭蕾舞鞋，原地旋转三百圈骤然停下来，也能立刻辨认出来的方向。十几年前，那真算是一个建筑，因为那一带还尽是土坯房、土墙、土院子。

教友中有内行人给他指点施工，在基础阶段，他就耗尽了所有的材料。然而有了房基，他心里也就有了数，他知道，上面的部分即使每天加两块砖，终有一天也会完成。他看见草原上的蚂蚁，用自己的唾液，粘合泥土，平地起高楼，垒起五米多高的蚁穴。丛林中的小鸟，把棕榈树叶和纤草，撕成细细的窄条，编织成精美复杂的鸟巢。

然而，有些事情不是力量和智慧所能完成，建筑材料昂贵，他总是凑不出钱来。后来，他又娶了第三个老婆，孩子越生越多，他开始入不敷出，只能筹到几个钱，就买一袋水泥，添几块砖，使得这个教堂看上去像一个在建的燕窝，时不时地出现一点新泥。

一日，他送给老人四袋水泥，老人马上召集孩子们运沙石料、拉水、和泥，紧接着，墙头上又粘出一线湿润。当晚，老人带着几位穆斯林长老，来登门拜谢。老人们紧紧地握住他的手，不停地为他祈福。

2

　　教堂最终没能建完，可是，在它的周围却竖起了各式各样的房子，自从五年前在那条沟上建起了一座桥，把那条路南北贯通起来以后，这里又将在今年年底，完成一座立交桥，铺柏油路面。昔日的城郊，如今变成了商业区，店铺林立，地价因此大增。

　　前几日，区政府派人到这个街区来丈量土地，划块出售，临走，给老人留下一张条子，让他带着教堂那片地的土地证明和建筑批文，到区政府去一趟。老人接到传票后，想到这些年的心血和财物可能要付诸东流，心里有些不安。

　　那里亘古以来就是一片荒地，几年前，当老人听说土地证的时候，并没有把它当作一回事，后来风声越来越紧，他又没有钱把那片地买下来。但是他没有停工，他想，不会有人和上帝争地，和一座清真寺争地，就把这件事情给拖了下来。眼看着，到了现在这个地步，已经无法挽回，他是一个虔诚的穆斯林，区政府的人告诉他说："这是市里对咱们整个首都的总体规划。"

老人才不相信他那套鬼话，他深信世间上的一切，都是上帝的安排，即使是政府，也不能违背安拉的旨意，除非安拉也是赞成这样做的。

叶维塔被老人虔诚而执着的信念所感动，同时也为那座教堂感到惋惜："真可惜！就差那一张纸，他要是早点把它给办下来就好了。"另一方面，她也觉得区政府做事有些过了头："他们把那片地批给老人不就行了。"

叶维塔心里很不好过，在那个清真寺没被拆除之前，她还特意到那儿去看了看。她伸手摸一摸最下面一层十几年前垒上去的砖，经历了多少个雨季、旱季。又看看最上面一层新砌上去的砖，它们之间一层一层，由下到上，由陈旧到簇新，像是地质构造，每一层都记录着老人岁月的变迁，家庭的兴衰。那年，年成好，他多垒了几层，娶第三个老婆那年，花销太大，停工一年。那一面墙似乎在讲述一个现代愚公移山的故事，叶维塔就佩服老人那股执着劲儿。

其实，老人虽然在表面上没有露出来，可他的心里一直比谁都着急，他觉得自己还有一把力气，把那个教堂建完，只是他筹不到钱来买下那片土地。

老人的愿望最终没能实现，反倒赔上了一生的积蓄，心里着实难过了一阵，好长时间在心里放不下来。后来他想，这也许是天意，是上帝的安排。这样一想，心里也就宽慰了许多。

他自己到现在还住着土坯房，院子很大。一个角落里拴着两头牛，旁边堆几捆干枯的花生秧，每天限量地喂给牛吃。一只母牛挺着很大的肚子，小牛生下来，养大了可以换点钱。

院子里另外还有几间房子，分别给老婆和孩子们住。他的第二个老婆每天走两公里路，到一个市场上去卖菜，菜是在市场上批发来的，然后再零售出去。家里也没有什么值钱的东西，日子过得紧巴巴的，一切从简，因为节俭惯了，倒也不觉得缺少什么。屋里屋外到处都是整齐干净，一家老老小小，和和气气的，其乐融融，很温馨的一个家。

现在，老人改在自家门前做礼拜。一块凉席铺在地上，他跪在上面，双目紧闭，举着双手，掌心向里，心中默默祈祷，仿佛把自己置身在他的礼拜堂里。

月亮悄悄地离开了树梢，离开之前，把树上挂满了星星，调皮地眨着眼睛，像圣诞树上奇幻的小灯，再过几天，就是圣诞节了。

叶维塔拿一块鸡骨逗弄地上的一只花猫。

夜渐渐地暗了下来，一阵沙沙的声响，夜风吹进树林，拂下一片枯叶送到矮桌上来，疑是服务生递过的账单。他看一眼手机上的时钟，觉得应该回去了。

回到驻地时，那里已经恢复了供电，几位工人还在卡拉OK，大概是因为喝多了酒，无论唱什么歌，听起来只是在喊叫。看见叶维塔进来，大伙儿力邀她唱歌："叶小姐，唱一首给咱们见识见识。"说着便鼓起掌来，叶维塔不好意思唱，但更不好意思推托，便微笑着接过话筒。

厅里顿时静了下来，目光全都转向了她，她也知道，这是她来到这儿后，第一次唱歌，大伙儿都在等着，看她的表现。她也就不能太马虎了事，只见她从从容容地调节了一下音量，就开始唱了起来。

然而，她毕竟非常聪明，她先用闽南话唱了几首他们北方人听不懂的台湾民歌，找一找感觉。接着，才用粤语和普通话唱港澳和大陆的歌曲。

一个是阆苑仙葩，一个是美玉无瑕。

若说没奇缘，今生偏又遇着他。

若说有奇缘，如何心事终虚化。

啊……

一个枉自嗟呀，一个空劳牵挂。

一个是水中月，一个是镜中花。

想眼中，能有多少泪珠儿，

怎经得秋流到冬尽，

春流到夏。啊……

叶维塔唱这首"枉凝眉"时，有些动情。后来，她觉得他们可能不喜欢这种歌，便又选唱了一些流行歌曲，同样是声音甜美，抑扬徐疾，赚足了大家的喝彩声。她接连唱了好几首，大家才允许她停下来，而她停下来后，别的人却都不好意思唱了，你推给他，他又推给了别人，因为他们的水平相差得太悬殊了。

叶维塔的到来，给他们带来了少有的欢乐，这里的人都喜欢她，邻居的女孩儿们也常来找她玩儿，教她说当地话，给她编头发，教她缠头，教她围身上的那块布，怎样围在下面，又怎样披在了身上，又是怎样缠到头上去的。她们把自己身上的那几样东西，差不多都搞到叶维塔的身上去了。

女孩儿们拿自己当模特，给叶维塔演示着，而叶维塔就像一个亿万富婆，享受着她们专门为她举办的时装表演。当然，她也参与其中。她裹了一身非洲的衣服，她们欣赏着她，左看右看，总是觉得有什么地方还不够非洲，于是，便又给叶维塔起了一个当地的名字。

你叫："法蒂玛塔"，"法"、"蒂"、"玛"、"塔"。也不知道是什么寓意，大概就是个名字罢！

从此，这条街上的人，便都知道了他们这里住着一个叫"法蒂玛塔"的漂亮的中国女人。

第五篇　苦莲子树

那令鸟儿纷至沓来，前赴后续，奋不顾身的诱饵，竟是一浅盘子的清水！

1

　　叶维塔拖着疲惫的身子，从长途客运站走了回来，心里郁郁不快。她看不懂那张用法文写的告示，可是围在那儿的人群里面，已经有人用英语把事情的来龙去脉，都原原本本地跟她讲清楚了，而且比那张告示上讲的还要详尽。事情的英文意思大致是这样的，这也许和法文的意思有些出入，不过听叶维塔回来用汉语跟他讲，大概也就是这么一回事，而且在非洲，这也不算什么大事：

　　沙漠部族的人因为领地的事，和政府军干了起来。政府军一开始以为自己很行，是专业队伍，思想上轻敌，再加上武器装备陈旧，火力不够狠，开战没多久，就被打得七零八落，狼狈不堪。部族的人占领了几个村镇，通往北方的道路被关闭了。

听到这个消息后，叶维塔的心情非常沮丧。世界上有那么多的好地方，她都没想着要去看看，反而不顾家人和亲友们的劝阻，到这个地方来，可偏偏又遇到这样的事。她觉得命运对她太不公平，好像一个日夜思念大海，憧憬着太阳在海面上喷薄而出那辉煌一刻的人，历尽千辛万苦，在生命的最后关头，从遥远的内陆赶到海边，坐在一座礁石上等着日出，不想，却让他赶上一个阴天。叶维塔试图努力地说服自己，并希望这只是一时的事件。可是客运站的人却对她说："目前的形势谁也说不准，至于什么时候通车，还得看双方谈判的结果。"

又有一个旅客接过来说："就算通了车，有谁还敢坐？没听见人家说连政府都落到别人的手里了。"

"要我看，那个结果也不容易达成，有那么好商量的事，还用得着去打仗？"说什么的都有。叶维塔越听越闹心，便离开了那儿，回到驻地，心里想着下一步应该怎么办。

前进无路，后退又不甘心，叶维塔来找他给出个主意。他原想政府军不会那么无能，可能是因为事件在被用土话改成法语，然后再由法语转成英语，又被用汉语把英语的意思说出来的时候，给弄拧了。可是现在这件事情，是由叶维塔的嘴里讲出来的，他也就信了。他心里知道，这种事可能会很快解决，但也可以很严重。反政府武装为了制造声势，杀几个外国佬，扩大国际影响，给政府施加压力，增加谈判的筹码，这样的事，在以往也是有过的。

他说，除了这里之外，还可以从北非的摩洛哥、突尼斯等地，随着旅行团进入撒哈拉沙漠。可是，叶维塔又不愿意随团对几个沙漠景点进行走马观花似的游览。此外，另有一条路是从阿尔及利亚南部进入撒哈拉沙漠，不过，出于安全考虑，他没有向叶维塔推荐这条路线。说来说去，好像只有一条路可走，他建议她暂时先住下来看，一旦局势有了好转，再想办法。井队按长期包住的价格，给叶维塔减免了一半的住宿费，对伙食费也作了相应的减免。叶维塔听了他的话，便也做好了长期坚持下去的准备。

他带叶维塔去后院一个长久不用的库房。除去厚厚的灰尘和蜘蛛网，打开外层的铁门，他一下子怔住了，他的眼前出现一堵褐色的土墙，——里面的木门完全被泥土给封死了。幸亏他没有冒冒失失地闯进去，否则他就会撞在墙上。不过，即使撞上了，他也会轻而易举地穿墙而过，因为那墙……

是蚂蚁用自己的唾液粘合泥土，把门包上一层巧克力脆皮，以便它们躲在里面偷吃门框和门板。他找来一根木棍，往那堵土墙上轻轻一戳，那层薄脆的土皮上便被捅出一个大洞。里面的木门，仿佛是装在纸盒里的液体饮料，被插进来的一只吸管给吸了去，只留下外面的包装。

透过那个破洞，叶维塔看见里面有两个书架。井队原先有许多藏书，很多流行的小说和书刊、杂志，早已被一些人给读烂了，他们生怕里面的武功秘笈给别人学了去，也怕他们抄袭的情书也被别人给抄了去，于是，便把书中最精彩的部分，包括插图，给撕了下来。接着，又有人撕去了比较精彩的部分，那些书便面目全非了。他们看书是很马虎的，平时工作忙，很少有时间阅读，往往是在吃过饭后，拿上一本书去后面的山坡上，蹲在一块大石头后面看，等他们再站起来时，那本书便少了几页，弄得漫山遍野都是碎纸片，像是空投下来的宣传广告，被突然的一阵风给吹到这里来。

他把那些残破的书整理出来一大堆，放一把火烧掉了。如果书是有生命的，烧去的这一部分也许才是精华。自从那些书被全部焚毁以后，那间库房就再也没有人光顾过。

到底还是蚂蚁比人的品味高，经过叶维塔的认真清理，发现又有七、八十本书被蚂蚁啃得破烂不堪，面目全非，失去了收藏价值。它们都是一些长期被人们遗忘在这里的书：有科普读物，专业书籍、工具书、外语教材、世界名著，也有中国的《散文获奖作品集》、《中国新文艺大系》、哲学、史书、社会、美术、摄影作品、厨艺、花鸟鱼虫的养殖、还有鲁迅、沈从文、钱钟书、张恨水等人的书，以及台湾作家白先勇的《孽子》等。那本他曾经读过的《沫若剧作选》，也被蚂蚁"读"掉了一半。里面蔡文姬的《胡笳十八拍》已经残缺不全，只能断断续续地读到：

> 雁南征兮欲寄边声，雁北归兮为得汉青。
> 雁飞高兮邈难寻，空断肠兮思愔愔。
> …………
> 为天有眼兮何不见我独漂流？
> 为神有灵兮何事处我天南海北头？
>
> 我不负天兮天何配我殊匹？
> 我不负神兮神何殛我越荒州？
> …………
> 东风应律兮暖气多，
> 知是汉家天子兮布阳和。

下文就没有了，也许蚂蚁会拿着另外的半本书接着读下去：

> 羌胡蹈舞兮共讴歌，两国交欢兮罢兵戈。

——他真的该把那半本书给抢过来。

他想到西游记里观音菩萨莲花池里的金鱼，每日浮头听经，终于修成手段，下界为害百姓。而这些蚂蚁在这一年的时间里，细嚼了七、八十本中外名著，得到人类的真传，却反过来加害于人类，不杀必定会遗患后世。可是，他并不懂得怎样处理这样的事情，他重新温习了一遍西游记，发现里面竟没有一只蚂蚁成了精，他找不出法宝来对付它们，最后，只好请神仙来相助。他喊来看守，看守帮他买来灭蚁药粉撒在地上，他担心那种廉价的药粉质量不好，里面含有过多的淀粉，于是，便又往蚂蚁洞里足足地喷了一筒灭蚁药。看着在地上垂死挣扎的蚂蚁和成片的尸体，他想，如果它们啃的是经书，唐僧也会赞成这样做。

打那天起，叶维塔每天开始晒书。她把两块凉席拼起来，铺在水泥地上，再把书整整齐齐地摆在上面，仿佛是个旧书摊。同时她也在看书，有很多书让她耳目一新，因为那些书，都是在台湾不曾出版过的。她如饥似渴，如获至宝，甚至忘记了时间的流逝。她看得很快，一本接一本地看，把看过的书摆在一边，眼看着，看过的书比没看过的书多了起来。这样，不知不觉的，又过去了好些日子。

2

　　天旱呵，缺水。坐在院子里罗雀，一根细小的木棍支起一个大筛网，木棍的下端系一根细细的线绳，绳了绕过车棚的一个柱了，连接到不远处一棵芒果树下一张板凳的腿上，那些斑鸠的命运就系在那根绳子上。

　　看守坐在那儿，把绳子牵在手里。

　　满地是金子般的阳光，映得人睁不开眼睛，黄金一下子变得不值钱了，人们一时茫然不知所求，便都歪在那里昏昏欲睡。几只斑鸠落下来，一步一观察，小心翼翼地迈着步子，徘徊在筛网的旁边。院子里面静悄悄的，一切如常，然而，已经有几只斑鸠钻到了筛网的下面。

命悬一线！那个筛网还没有来得及扣住猎物，却已经扣住了大伙儿的心，他们马上又振作起来，屏住呼吸，等待那千钧一发的激动。然而，看守却是那样的沉得住气，把线绳绷紧在手，却又引而不发，直等到最后两只斑鸠也钻了进去。

线在地上簌簌爬行。

大厦将倾，谁都没来得及察觉，只侥幸逃出来一只，其余的斑鸠，全部落网。

这边还没有收网，那边却已经燃起了红红的炭火，三十几只肥硕的斑鸠，被拧断了脖子，拔去羽毛，放在炭火上烤。那种原汁原味竟让他舍不得蘸一丝的盐，放一丝的佐料，——几种乌七八糟的香料，加上鸡精，混制成一种不伦不类的"香"。

他们脱去上衣，赤着身子，就在那炭火前，吃着烤好的野味，大碗地喝着冰啤酒。嘴里忙个不停，却也能够匀出一会儿功夫，不断地重复着一个字儿："香！"

大伙儿尽情地吃着，品尝着那无与伦比的美味。而那令鸟儿纷至沓来，前赴后续，奋不顾身的诱饵，竟是一浅盘子的清水！

秘书到后院来告诉他说："项目主任打来紧急电话，说有要紧事，听那语气，好像有些不高兴的样子。"

原来是工地上出现质量问题，工程已被勒令停止。一个建井台的分包商，因为一开始自己没有计算好成本，价钱报得偏低，施工过程中发现有些吃亏，便要求追加合同额。他没有答应，而那个人为了保持关系，不敢强求，便开始偷工减料，降低成本。

"井台的尺寸是不能缩小的"那个分包商琢磨了一下。那样做容易被人看出来，而且得另做模板，得不偿失。"那么就少用点沙子吧？"这里的沙子遍地都是，是免费的。"少用点水？"还是不成。最后，只好从每个井台上减掉两袋水泥，把粗钢筋改换成细钢筋，接着又从每个井台上减掉六根短钢筋。也是此人自己运气不好，刚开始作弊，就被一个日本监理给识破，监理让先把工程停下，听候处理。

他马上带着那个分包商赶赴施工现场，了解到那里的情况后，非常气愤，当场就把那个人训斥了一通，并且宣布与他解除合同，另选他人。"你给我马上离开现场，我不想再看见你!"他对着这个分包商吼。

离开工地时，他突然想到还得送那个人回家，把一些技术资料和工具拿回来。他看到他的家里一贫如洗，老婆病倒在床上，孩子们一个比一个小。

"你们都过来，认识一下我的老板，是他在养活咱们全家。"

那个女人硬撑着想坐起来，被他制止了。一群孩子走上来，踊跃地向他伸出稚嫩的小手，接着就响起一片中国的问候语："你好!"，"你好!"。面对这样的一家人，他无话可说。他给那个人加价，让他注意质量继续干。

回到基地，他刚刚静下心来，就听见院子外面传来轰隆隆隆的马达声，是钻机从野外回来了，像是归航的飞机，呼啸而至，带来高空的气流。加上随行的五辆卡车、一辆越野吉普车，七台发动机一起轰鸣，搅得满世界的震动。

叶维塔赶忙跑出来，把晒在地上的书集中在一片凉席上，和看守一起把它们抬进屋里。紧接着，汽车就鱼贯而入，开进院子里，顺着墙根整整齐齐地排成一列，司机们习惯性的在停车前猛踩几脚油门，汽车们暴怒起来，怨气排出，在它们的身后卷起一股股烟尘，接着便关掉发动机。

院子里面突然又奇静起来。车门一个个地被推开，工人们风尘仆仆地从驾驶室里出来，可是他们非但没有下地，反而向汽车顶上爬去，搬下来木柴、木炭和粮食，还有鸡和羊，前几样东西是在乡下买的便宜货，鸡和羊是村民们白送给他们的。他们出去有些日子了，今天满载而归，和家人团聚，脸上都是美滋滋的，高兴地和院子里的人互相问好。

玛玛杜给叶维塔带回一个鸟巢，那鸟巢像一只蜗牛，口朝下倒挂在一个树枝上，也因而连累了那个树枝，被一起给折了下来。据一个工人说，当时鸟巢里面还有两只没长羽毛的小鸟，叽叽待哺，给叶维塔说得都不忍心去接那个鸟巢。

鸟巢编得十分精美，从入口看去，里面是一个走廊，走廊的尽头往左拐，有一间卧室，再往里……，也许还有厅吧，不过在外面，就只能看到这些。他羡慕那一双小鸟，能拥有这样的一所房子，一所一居室的房子构成一个温馨的家，它吊在树上。如果鸟巢有足够大，如果他能变得足够小，他情愿做一个鸟人，住在里面，娶妻生子。

可怜的雄雀，费尽艰辛，只有把房子造得尽善尽美，才能引来雌鸟的垂青，男人何尝不是如此？可是话说回来，如果雄鸟无能，连这样一个遮风避雨的场所都不能提供，谁还会来同它苟合？

玛玛杜是一名老工人，和别的工人相比，他更憨厚老实一些。原先，他在中国驻该国的大使馆工作过，二十年前被招募到井队，就一直跟着钻机在野外打井。近年来，由于年纪大了，体力也大不如前，干活时不免要些小奸小滑，他看在眼里，他容忍他。玛玛杜信奉伊斯兰教，是真正的信，虔诚的信。方便的时候，他总是按时祈祷，而且祈祷前要净身。用一个小水壶，把水倒在掌心里，洗头，洗脸，眼、耳、鼻、喉要清理干净，耳朵里的灰尘要掏出来，然后洗手、洗脚。

在他的额头上有一个铜钱大的茧子，比铜钱要厚，是他磕头时在地上蹭出来的。玛玛杜也是一个少有的负责任的男人，很顾家，在村子里遇上便宜的东西，如粮食等，他就买下来，储存在家里。在野外遇见一小段木柴，就会把它捡起来，扔到车上，带回家去。大一点儿的木头当然不敢捡，路上有森林警察设了关卡，被逮住了要罚钱。

二十多年在外资企业工作，工资、加班费、野外补贴加出差费，老婆也做一点小生意贴补家用，再加上夫妻俩日子过得仔细，他攒下一笔钱，盖了几间房子，自己住两间，剩下的房间他分别把它们给租了出去。玛玛杜不吸烟、不喝酒、也从来都不嫖女人。一次，在钻机搬家的途中，经过一个小镇，工人们没有料到后面的中国佬会赶上来那么快。分手的时候，他们还有两眼井要验收，说好了在前面的村子里会合。然而，他们也做了坏的打算，如果不幸被中国老板撞见，就说是汽车坏了，等着修理工来修车。中国制造的质量，总能成为他们的借口。

一切布置妥当，他们向镇子里面走去，经过一间小酒吧，里面的吧女向他们招手，他们没有时间来喝酒，身子里面已经有一种欲望在燃烧，胜似对酒精的渴求。他们加快脚步，继续往前走。

经过那个小镇时，他看见他们的汽车停在路边，其中，一辆汽车的发动机盖敞开着，像一只河马张大了嘴巴，等待着兽医来医牙齿，果然，他猜测是汽车出了故障。汽车旁边没有他们的人，玛玛杜没有跟那班人一起走，他从来都不做那种事，情愿留下那些闲余的钱，来经营自己的小家庭。他盘算了一下，再攒两个月钱，他新盖的那间房子就可以封顶，而且房子尚未建完，早已经有人来认租，租金都已经商定好了。

但是，呆在汽车的旁边，中国人来了，他又不好照本实说，然而却也不能撒谎。他左右为难，想来想去还是先躲起来，躲在一个阴凉地里，静观其变。在那儿，他既可以乘凉，又看得见这面发生的事情。

3

他游目四盼，找不见自己的工人。身边的一个小男孩儿知道他们在哪儿，他塞给小孩儿一枚硬币，跟着他向镇子里面走去。孩子们好奇心强，人多势众，又勤快，消息也灵通，无论走到哪儿，都有孩子给他们指路，心甘情愿地帮他们做各种各样的事情。

经过那间酒吧时，他往里面瞥了一眼，小孩儿没有停下脚步，他们继续往前走。穿过小镇来到一个土院子前，小孩儿把脑袋向院子里面一撇，用下巴告诉了他，然后就躲到一边去了。

土墙坍颓，塌掉的地方形成两处豁口，透过豁口，看得见院子里面的一排土坯房。在房子的正面均匀地排列着七八个矮小的木门，门上钉着铁皮瓦，没留窗户，其中有两个门是敞开着的，挂着脏兮兮的布帘。院子中央有一颗苦莲子树，树上星星点点地开着细碎的花儿。树下放着一个大长板凳，旁边有一些待洗的衣物，泡在一大盆肥皂水里。一朵花正从树上轻轻飘下来，滴溜溜一路风车式的转着，落在盆里，漂在水面上。

他走进院子，静悄悄的，没有一点动静，他咳嗽一声，不够响，拍拍手。忽地，门帘像被一阵狂风给卷了起来，紧接着，就从屋子里冲出两个肥胖的女人，她们半袒露着上身，腰间扎一块布，也看不见里面穿没穿短裤。她们强行把他往屋里拽，他见势不妙，用力地挣脱了她们。两个女人见他板着脸，面色严冷，便又笑眯眯地搂住他的脖子，高耸的胸脯，在他瘦削的身体上揉来揉去。

他被挤在了中间，四面滔滔波涌，暗香流动，一时便似一叶扁舟，沉浮大海。他忽而被浪掀峰顶，忽而又跌入幽谷，身体摇摇晃晃，不能自控。他不惯坐船，但觉头晕。他拼命地向四面冲突，然而，无论冲向哪儿，他都会被软绵绵地弹回来，他疑心遇上了以柔克刚的太极高手。

"吱呀"一扇门开了，一个他们的工人走了出来。他心里那个高兴呵，自以为得救。可恨那个工人，只是站在那儿笑嘻嘻地看着他，还一边系着衣服上的扣子。

忙里偷闲，还不赶紧？脱个精光，还要解开那么多的扣子！他绝望，窘极了，脸憋得通红，就快要窒息了。他猛地向下一蹲，仿佛是把自己从女人的身体中抽了出来，他感到十分羞耻，他大喊一声："你们给我快点!"

他逃离了那儿回到公路上，惊魂未定，余悸未消。险些被轮奸，更糟糕的是让人占了便宜，恐怕还得由他自己来付钱。

玛玛杜已经守在汽车旁边，一会儿，其它工人也都回来了。不知是疲惫还是紧张，每个人的面孔都绷得紧紧的。好事被打扰了，没人说声"对不起"，只有那一位还是笑嘻嘻的。他笑谁？中国人为了赚钱，在这里苦熬，大多不找女人，他们小气，舍不得花钱，其实又不是很贵。玛玛杜想不通，跟着中国人干了这么多年，他还是不懂他们。

"玩女人是你们的自由，不过，今天是在工作时间，所以，每人罚五千块钱。我这里写了一张纸，同意的签字，月底在工资中扣除，不同意的，马上结算工资走人。"

他又说："玛玛杜虽然没有参与嫖妓，但是他也擅离职守，因此，罚款两千。"

工人们承认错误，同时又认为罚款太重，这些女人要不了那么多钱，而且常来常往的，还可以优惠打折，怎么一下子就变成了许多？刚才的快意早已烟消云散，事一过后，既已有悔意，每次都是如此。而眼下却又要让他们付出更多，心里未免心疼那钱。于是他们便相互交头接耳，用土话来表示不满，不满的结果，好像要集体罢工。

"事情已经决定了，没有改变的可能，不服气你们自己去找劳动监察局。"他郑重地说。

他看了一下他们，继续说："我马上要在小镇上就地招工，一旦名额招满，你们便再也没有回来的可能。"

工人们被他坚定的口气给镇住了，他们知道在这方面他向来说到做到。非洲经济落后，就业率非常低，能在外资企业工作，享有优越的条件，已经是很大的运气。他们给村子里打井，村民们给他们杀鸡宰羊，免费供吃供喝，他们一个个吃得胖乎乎的，膀阔腰圆，面皮发光。雨季休假三个月后，他们再回来时，全都是衣裳褴褛，面黄肌瘦。然而，有很多人不珍惜这样的机遇，不认真工作，不遵守劳动时间，盗窃公司的财物。这样的工人，被他毫不留情地开除了好几个。

工人们权衡利弊，不情愿地在那张纸上签了字。玛玛杜怯生生地向他解释："当时，我去小解，但是汽车始终没有离开我的视线，我看见你们的汽车开过来，老板下车后，跟一个小孩儿向镇子里面走去，我马上就回到了汽车旁边。"玛玛杜说得有理有据，理由充分，天衣无缝，无懈可击，甚至于如果他不相信，他可以带他去看他撒的那泡尿。

那泡尿就撒在一个小红土岗的后面，可能现在已经干了，或许会留下一滩印迹，也许那是一个专门撒尿的地方，有数不清的，不知是谁尿的印子。站在那儿，居高临下，一、二、三、四、五、六辆汽车历历在目，可是一跪下去①就只能看见坡顶上的干草，极不整齐地歪在那里。

①这里很多男人跪着撒尿。

玛玛杜庆幸自己在站起来的时候，看见了老板的汽车，而在他跪下去之前还没有。

老奸巨猾！就这样，被玛玛杜溜掉了。"下次没有那么便宜！"

人无完人，玛玛杜有时也犯一些小错误。事后，他总是跪下来，把自己做的错事细细地讲给安拉听，表示忏悔，求得安拉的宽恕。上帝是仁慈的，很容易地，玛玛杜被宽恕了，所以下次他还要犯错误。犯了，再忏悔，忏悔了，再……。

叶维塔为那个巧夺天工的鸟巢而惊叹，同时她也被玛玛杜从几百公里外，带回来的那份细心所感动。一天，叶维塔央求他："我也要跟你们去打井，好么？我什么苦都能吃，不会给你们添麻烦的。"

他们的钻井公司，原先是为了执行中国政府支援非洲的任务，到这儿来打井。任务完成后，井队便留了下来，自谋生路，自生自灭。就好比当年的一支国民党军队，流落到了金三角。多年来，他们辗转在撒哈拉沙漠南部地区的几个国家，一共打了几千眼井，其中，有沙特阿拉伯王国援助的撒哈拉沙漠地区供水项目、荷兰援助的乡村小学供水项目、非洲发展银行贷款的，撒哈拉沙漠南部地区乡村卫生院供水项目，以及一些来自国际上的非官方组织、慈善机构等方面的善款资助的一些打井项目。

从沙漠到戈壁，从戈壁到草原，从草原到丛林，从部落到村庄，有路的地方，没路的地方。

第六篇　走近大自然

他的心砰砰地跳，禁不住又抬头朝那儿瞥了一眼，不舍地扭过脸去，

——他没有去打扰她。

1

　　叶维塔的身体渐渐恢复了元气，她不再忌食那些平时害怕发胖的食品，身子也有了些力气。想到来非洲也有些日子了，还没有真正地接触到这片土地、这里的大自然，观赏到那些在大自然里赖以生存的野生动物，以及土人们用纯自然的手段获取生活的方式。心里便跃跃欲试，有些呆不住了。

　　好久没有远足了，他也想出去走走，这是他的习惯。每隔一段时间，总要跟着钻机到野外转转，吃一顿小镇上的烤肉，到部落里东家瞧瞧，西家看看，闲逛。

　　他驾着汽车行驶在草原上、丛林中、戈壁滩上、沙漠里。每当这时，他总是有一种说不出来的心情，——也难怪他说不出，因为这时，他的心里是空荡荡的，一切工作和烦恼都抛在了脑后，心情非常轻松自在。

有时，他觉得自己是一只野兔，在草地上蹦来蹦去，寻找自己喜欢吃的草。有时，又觉得自己像一只小鸟，在丛林中，从一棵树，飞到另一棵树上，自由自在地唱着歌。有时，他也觉得自己是一只秃鹫，鹰眼圆睁，浮游俯瞰，在高空翱翔。

他只需张开翅膀，并不去搧动它们。

他不止一次地在晒蛋架子上睡得涎水横流，引来蜜蜂、苍蝇吸食。这种架子，是在村子里或村头上用原木搭成的平台，因为只有男人才有闲工夫躺在上面，所以，井队的人给它起了这么个诨名。其实也晒不着什么，那些架子一般都搭在大树底下。

"呵呵，……扯蛋!"

这几天他吃得特别多，体重增加了两公斤，叶维塔经常下厨房，做出一些非常好吃的台湾饭菜，并且把每一道他们喜欢吃的菜的做法儿，写下来，钉到厨房的黑板上。如冬菜鸭：1、熟鸭切块，2、碗底先放冬菜，再放鸭肉，用大火蒸八分钟后，倒扣在汤碗里，再将盐、味精、酒、白胡椒粉、香油、高汤适量，倒进汤碗即可食用。

又如啤酒肉末茄子：取紫长茄子两条，肉末六十克、小葱三根、独蒜一个、姜五克、红椒半个，花生油、啤酒三十毫升、黄豆酱三大勺……

他去过很多国家，做过环球旅行，到过北极。唯独有一个地方，他要特意去吃，那就是台湾。叶维塔对他说："如果你去台湾，我来给你做导游，带你吃遍岛上的小吃。"——他已经口水涟涟了。

多少年了，他一直吃集体伙食。大锅饭，胃口是别人给的，端上来什么吃什么，既来之，则吃之。技术工人兼职厨房，北方乡下人的口味，无论荤素凉热，一定要酱油，否则便没有色。他们说的色，不是色、香、味的色，而是"色儿 (shaier)"，这种"色儿"盛到盘子里，就是无论什么菜都是黑乎乎的，这使他经常晕菜。

玩儿命的抽烟，喝酒，味觉神经麻痹，需要强刺激才有感觉。五香太少，一定要十三香（只恨没有七十二香，八十四香），而且什么菜都用十三香，用法、用量完全一样，仿似一单中药配方，在不同的病家身上，被重复地使用。他的口味偏淡，可是在这炎炎的大太阳底下，那些出力、出汗的工人，需要补充盐分，所以每道菜都是苦咸，他吃了太多的盐。

在中国，谁过的桥多，走的路、吃的盐多，谁就聪明。他们不远万里，从中国赶到这里来，走了那么远的路，经过那么多的桥，又吃了那么多盐，自然很聪明，可是他们却固执到新事物只接受流行歌曲，口味也只是沿袭了自家的传统习俗。做饭，是他们的外婆教给他们的母亲，而他们又是吃母亲做的饭长大，耳濡目染，熏出来的。他们也经常吃馆子，可就是没有发现餐馆里的菜，并不都是黑乎乎的，而真正的厨师是该用什么，用什么，不是一律的十三香。

然而，他们做饭却是认真的，他们知道自己不怎么会做，生怕做得不香，怕不香，便猛加佐料，结果越发不香。他们没有学习的习惯，他们不需要学习。他们的技能，是师傅传的，而师傅们，比他们念的书还少，是在国营企业的大锅饭里混过来的。就这样，没几年，便青出于蓝而逊于蓝了。

他看着盘子里面叶维塔做的菜，胃口大增，多少年了，吃着和民工一样的伙食。而那些人，碍于面子，没有往盘子里浇上酱油，加点细盐，咕咚咕咚地撒上十三香，就将就着吃下去了。

路边的树木一点一点地多了起来，他把汽车开下公路，在丛林中高速穿行，左避右闪，汽车时而被枯干的枝条抽打得尖叫一声。几个低矮的游牧人的帐篷，搭建在一大片空地上，是为了避免野兽和蛇蝎的袭击。空地的边缘，散落着一丛丛的灌木，树枝上长满尖利的刺，几只山羊站在树冠上，低着头，小心翼翼地躲开利刺，采食枝头的嫩叶，仿似采茶姑娘们在作业。

穿过树丛是一片沙地，他挂上前驱，选好档位，油门踩到底，一鼓作气冲了过去。又穿过一片丛林，汽车进入泥沼，他根据以往的经验，采用四轮驱动，低速大油门，中途不换挡的技法。汽车像爬犁一样在烂泥里滑行，车身忽左忽右地飘忽不定。他踩紧油门，双手握紧方向盘，轻轻地修正方向，紧接着，车轮粘着湿漉漉的泥水，又吃力地爬上一个陡坡。

下了坡，他摘下前驱，连续加了几挡速度，汽车就隐在一条沟壑里不见了。在沟里急速行驶，卷起的尘土迅即填满了那条沟，像一条拉链一样，就把那个地缝给拉上了，而汽车正是那个拉链头。出了大沟，他松了一口气，转头问叶维塔："怎么样，怕不怕?"

叶维塔不怕，反而觉得挺过瘾的。她扶稳了，回头看看那滚滚的黄尘，转过身来，兴奋地说："从来没坐过这样的车。"

他告诉她："这里是当年巴黎——达喀尔汽车拉力赛的一个赛段。"

"哇! 太刺激了。"她没想到会是这样，她跑在声名显赫的汽车拉力赛的赛道上。

他看了一眼速度表，右脚微微抬起，收起一点油门，汽车减慢了速度。

系在后视镜上的一条红丝线，在他的眼前飘来飘去，好像在提醒他那件事情：井队的一位中国工人，开着这辆车，撞死一个骑摩托车的黑人。事发时，那位工人行驶在主路上，享有绝对的优先权。然而，也不能因为有理就可以横冲直闯，漠视人的生命的存在。就在那个工人回国几个月后，井队接到法院发来的一封警告信，收信人正是那位工人，信中把他痛斥一顿。

2

车祸后，有人在汽车后视镜上，系上那根红丝线，说是能辟邪。

迷信的人家，在户外的墙上贴一面小镜子，便把邪气反给了邻居。也许是那根红丝线在起作用，那辆汽车以后再没出过事，直到它被卖掉之前。也许是那根红丝线在起作用，祸事被转移到另外一辆汽车上。

只记得那一觉睡得特别香，好久没那么睡过了，他伸直两腿，非常舒服地伸了一个懒腰，可是他的腿却伸不直，他卷缩在一个角落里，——一天夜里，他感觉在沉睡中醒了过来，睁开眼睛，发现自己不知道躺在什么地方，身子底下铺的是一种纺织品，身上压着一些杂乱的东西。他想翻一下身把那些东西抖掉，他的手碰到一件物体，他摸摸索索地发现，那是一个汽车方向盘悬在他的头上方。

他的记忆力立刻恢复过来，从被压扁的车窗里挤了出来。夜色中，他蒙眬地看到他的汽车四轮朝天，车的顶部平铺在地上，车窗全都变了形，玻璃一块不剩，汽车报废了，他自己却完整无损。然而他知道，好运不会总是落到同一个人的头上，在公路上看见过多少次车祸，有的就发生在身边，都好像是身外之事，这次轮到他自己了，才知道生死之间的距离有多么近，就像翻开一张扑克牌，反过另一面，你就完了。打那以后，他开车的速度就减慢了许多。

每次井队来新人，他都带他们到公墓里去，那里一排竖着十座同样的墓碑，都是因车祸留下来的中国人。中国医疗队第一次车祸，惨死四个，第二次车祸又死四个，另外两个是别的中资企业的人，也是死于车祸。这个国家不允许火化，他们回不到自己的祖国，不得不在这里入土为安，成为这里的永久居民。

医疗队出事的那天，他正在施工现场，村里的人给他搬来一张土制的躺椅，他躺在上面，展开四肢，让身体的每个部位都充分地向外冒着热气，——那天怎么那么热。

太阳在正头顶儿，不过中间隔了一棵大树，使他自己和太阳、大树处在同一条直线上，这样的现象，在天文学里面叫日全食。他躺在树的影子里，微风吹过，卷起地上的沙土，落在他的脸上，他抓起草帽把自己扣在里面，工地上的噪音已经成了催眠曲。

他的头上方垂下一个树杈，监理的收音机吊在那个树杈上，就好像把主播本人吊在那儿，惊恐地述说。声音尖利，锐出一个角来，刮在汽车的反光镜上，再反到他的耳朵里就有点变了调。也不知是反光镜的质量不好，还是收音机的质量不好。汽车是新的，收音机很低档，不知Made in哪个国家。

"车祸……"，整天都是车祸，汽车也真是个祸害！

"中国医疗队……"。

他的大脑像是被安装了间谍软件，一下子抓住一个关键词，便认真地听了下去，——一段音乐后面是例行的节目，可是在节目中间突然插播一条消息，让他听起来非常震惊，起初，他还怀疑是自己听错了，他愿意是自己错听。他很想说一句："别瞎说了。"可是他面对的却是一架比他还要痛苦的收音机。最后，事实被重复的插播所证实，他无法抵赖：

"今天早晨，中国医疗队在通往×××的公路上发生车祸，造成三女一男，共四名中国人死亡。"

他发动汽车，直奔中国医疗队，一路上心情沉重，那里的中国人他都熟悉，一共才有十几个人，今天突然走了四个，他们会是谁呢？那把那几个人轮番地想了一遍，可是，在他的脑袋里，他们都是活生生的。他突然看到速度表的指针已经接近一百五十公里时速，他慌忙地收起油门，手里握紧了方向盘。他尽力地克制着自己的心情，心里不断地告诫自己，几次把开得飞快的车速又降下来。

内科是一个慈眉善目的女医生，长得白白净净的，因为有了些年纪，身体略有些发胖，也因此更显得富态雍容。这次来非洲，也是她职业生涯的终结，那个时候的中国，工资低，人民的生活水平还处于温饱阶段，医院的领导觉得她辛辛苦苦地干了半辈子，像这样的老知识分子，组织上理当给予照顾。于是，就在退休之前安排她出一次国，以两年丰厚的工资加上艰苦地区补贴，颐养天年。

会有她吗？……他不愿意再往下想。

"这里的蔬菜水果太贵了，平时谁都舍不得吃，这瓶VC药丸，你带回去，每天吃几粒，对身体有好处。"护士小禾，在他打摆子住院时，一直得到她的细心呵护，临出院时还送给他一瓶营养药丸，滋补身体。

不会有她吧？——这个年轻漂亮的姑娘。还有司机老李、队长、厨师黄师傅、X光医生、翻译、妇科医生小尤。

公墓里，一个抢眼的位置，已经安息着四个中国人，他们是医疗队前几期的队员。二十几个黑人正在旁边干活，他们分头挖着四个墓穴。数米深的棕红色铁帽石，覆盖在地的表层，镐头下去"吭唧"一个白点儿，镐把断裂，筋脉震动，手臂发麻，——有着数千年传统习俗的中国人，谁愿意让自己的尸骨流落异乡？

旁边站着一个当地企业的老总，没有看出其中的玄机，派来一台挖掘机，义务协助施工。中国医疗队救死扶伤的人道主义精神，和精湛的技艺，在这个国家被广为传颂。下葬的那天，人们从各地赶来，给他们送行，为他们洒下哀思的泪水。

后来，又有两名因车祸死去的中国人，加入了这个行列。十个同样的墓碑，整齐地排列在那里，两边还有延伸下来的空地。他从第一块墓碑逐一地看下去，看到最后一块，他的目光停留在墓边的空地上，心里若有所思，——他希望那里永远空下去。

他带他们到这儿来，一方面是为了凭吊死难的同胞，更主要的是让他们引以为戒，开车时注意安全，并队原先的一位经理，一个生前就众口赞誉的好人，就是因为车祸惨死在这里。死前，只来得及叹一口气：

"唉!……"不知留下多少遗憾。后来，他的遗体被运到邻国火化，骨灰有幸送回中国。

回去了，又怎么样? 十三亿活人已经拥挤不堪，人满为患。千年古墓被盗挖，新鬼被囚在盒子里，寄人篱下，因后两代人没有去交钱（后人已经忘记了有那么一回事），他们被从盒子里揪出来，信手一扔，身上穿的塑料衣裳被跌破，他们便随风飘散，顷刻之间化为乌有。莫不如当初移民非洲，在那十位中国人的旁边，安居下来，立上一块同样的混凝土墓碑。日后，中国人越聚越多，说不定也发展成为唐人街，——一条本街区内不太卫生的马路，许多富有中国特色的店铺里，摆着一麻袋、一麻袋的高丽参、西洋参、来自中国东北的千年老人参等一些延年益寿的滋补品（当然，那是他在美国看到的唐人街）。

3

又穿过一片丛林，前方出现几棵巨大的面包树，粗壮的树干，得十几个人才能合围，树干呈紫铜色，下半部分风蚀严重，相对比较粗糙。树冠也是由很粗壮的树枝组成，树叶还处于萌芽阶段，尚未长出来，一些白色的大花拖着长长的柄，从树枝上吊下来。

他们倚在树上拍下几张照片，他曾经把这样的照片带回中国给人看，那里的人还以为他是靠在一面岩石峭壁上。

树下是一块开阔地，一堆堆比足球小一点的球状物散落在那儿，他把汽车停下，从车上拿下一把铁锹，这辆双排座的三菱皮卡，后面有一个货斗，可以装一吨重的货物。叶维塔拿起另外一把铁锹，俩人携手，把那些象粪装

驴：回来时，她们头上的东西都将变成钱，而我的背负却丝毫无减。

非洲的土教堂、民居 —— 灵与肉的交流，点与线的汇合，不过是他们随意的构思

粮囤——全族人的温饱都在这里面了。

这些蒙面人常使我发怵，可他们都是好人。

青春随着雨季悄悄而来，可很快又会从你的身边溜走。

难道非洲的牛也学骆驼那样把养料储存在背囊里？

听……无言的面包树
听……风与沙的交流

听……

这是沙漠里的蚂蚁山。我是中等身材，草帽的位置是我的身高高度。

把脸捂上就成了"他们的人"。二十多年的非洲生活,我已经很象"他们的人"了。

在美甲 ——在非洲，就是穷到乞讨的人，也爱出钱让人来修甲。不知为什么。

这是书中讲到的教堂。后来被拆除了，上面还有我捐赠的四袋水泥。

晚饭是这样开始的。

世界上的童年，总是一样的无忧。 —— 偶遇学生们放学。

丛林人家
路边叫卖的女孩
为何让人伤感

割礼后的男孩 —— 今儿起我成人了，不再是家庭的负担，可从哪做起呢？于是，我站在路边乞讨。

非洲的男孩割礼后一般都被家里赶出来，自己独自生活一段时间。

几内亚湾的渔妇

采摘 —草和树叶都被牛羊啃光了，人只好向更高处求索。

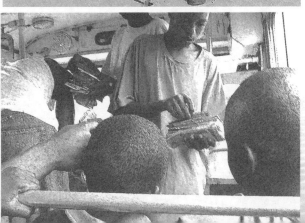

国际大巴上，常常进行这样的货币兑换。

到车上。干的象粪很轻，块头又大，几个球黏在一起，搬起来往货箱里一扔，一会儿功夫就装满了一车。叶维塔似乎对这份工作很感兴趣，只是那把铁锨拿在她的手上，有点儿不像那么回事儿。

凹地里冒出一股黑烟，阴惨惨的，滚滚而来，不知道是哪路妖魔。飘过头顶时，却发现不止是一个，它是由无数个个体组成，乌灼灼的一片，蔽日遮天。若不是江河倒流，乾坤扭转，赤道落雪，白日里怎么会出现黑色的繁星？

叶维塔诧异地望着天空。

它们飘了过去，竟然也有不少落了下来，落到树上、落到地上、也落到他们的身上，——两三寸长的大蝗虫，身穿金色的铠甲，披了金色的斗篷，宽宽的胸脯，后腿壮硕，借助于蹬力才起飞。

一只大个儿的落在他的肩上，他不敢冒然赶走它，悄悄地准备用手指去弹。最终，还是被蝗虫发现，它双腿用力一蹬，双翅借势一鼓，向一棵树上飞去。就在起飞的一刹那，脚后的两根利刺在他的身上猛扎一下。

大旱的年节，旱极而蝗，成群的蝗虫如乌云压顶，重重叠叠，浓浓地罩在树冠上。一棵枯树瞬时间便长满了茂密的"树叶"，——一种黄绿色的条形树叶，比真的树叶还要浓密。

蝗虫所到之处，也没什么好吃的，只有枯叶和干草，顷刻之间它们便只剩下叶骨和零星叶片。它们具有极强的消化能力，在树上一边吃一边排泄，排泄物落到树下的枯叶上，只听得"啪嚓！啪嚓！"像夏日午后睡眠中的檐雨，轻轻而又逼真。

在中国古书当中有这记载，说是："凶饥有三，曰水、曰旱、曰蝗，地有高卑，雨泽有偏被，水旱为灾，尚多有幸免之处，惟旱极而蝗，数千里间，草木竭尽，其害尤甚。"

是呀，水旱灾害，还能根据地势的高低有所幸免，但是这个蝗灾，让人一筹莫展，在国际社会的帮助下，几个国家联合起来用飞机灭蝗，屡灭不绝。

前面是一片矮树丛，旁边有一条河，河水下切把岸边削成陡坡，河面不宽，却是水深流急。在一个干枯的河叉入口，河水侵了进来，泥沼中深深地印着几个大象的脚印，脚印从泥泞中走过来，消失在岸上。叶维塔递给他照相机，要和大象的脚印合影留念，她伸出一只脚放在大象的脚印旁边做参照，把那脚印比得像一口深井。她把目光避开镜头，转向旁边的小树丛。

蓦地，她脸色大变，身子向后一仰，纵身跳进河里。她看见一条大花蟒蛇，盘踞在阴凉的树下，向她吐着红色的信子。

他突然不见了叶维塔，是失足落水，还是被鳄鱼给叼了去？他来不及去想，扔了照相机跟着也跳进河里，河水很深，一下子他就没了踪影儿，他在水里定了一下神，睁开眼睛。对面陡峭的岸上，浓郁的树丛映入水里，遮蔽了天光，四周黑暗，河水深不见底。他心里害怕便向上浮去，这时看见了叶维塔，他深吸一口气，准备再次潜入水中，从下面把她托起。但他看见她比自己游得还好，她什么都是那么优秀。

叶维塔在仓惶中跌入水中，呛了几口水，清凉的河水很快就使她恢复了平静，她开始划水，头部浮出水面。他猛划几下追上来，两人一起向前游去。河水流得渐渐缓慢起来，河面也宽了许多，前方出现一个浅滩，黄黄的沙子晒在太阳光里。

他们在这里上了岸，脱下鞋子，倒空里面的积水，把鞋晒在一边，俯下身来，躺在沙滩上。身子底下的沙子近乎烫人，身上是暖融融的阳光。叶维塔伸展一下四肢，挺直了身体，接着就软绵绵地把自己摊在那儿，——看上去竟是很享受。

他躺在那里，闭着眼睛，心里想叶维塔为什么要跳水，一定是光顾着照相了，脚底下没留神，失足滑了下去。好危险！幸亏她自己会游泳，否则后果将不堪设想。然而，她现在正安逸地躺在自己的身旁，闭着眼睛，尽情地享受着阳光，湿濡的身体清晰地从衣服底下浮到上面来，玉体横陈，一对双峰骄傲地耸起。他的心砰砰地跳，禁不住又抬头朝那儿瞥了一眼，不舍地扭过脸去，——他没有去打扰她。叶维塔以为他也看见了那条蟒蛇，也没再提起那件事。

"你在非洲呆这么久，不想家么？"她问。

他像一只候鸟，每当雨季来临，天空布满乌云，大雨滂沱，滔滔的洪水阻断了道路，他们不能再继续施工时，他便飞回自己的祖国。

他从互联网上了解自己的国家。在那里，车祸专业户抱起自己的孩子，义无反顾地向汽车撞去。奶粉商把石头放在婴儿的肾脏里①。北京人的素质，终于因零八年奥运会而提高，却又在闭幕式后摔了回去。就像伊辛巴耶娃②，凭借一根杆子把自己撑到那个高度，而她却不能呆在那儿，一松手，便摔了下来。

①指当时震惊全国的三鹿奶粉事件，婴儿奶粉中含有过多的三聚氰胺，引起肾结石。
②08年北京奥运会，俄罗斯女子撑杆跳冠军，她打破了该项目的世界记录。

然而，他知道这些都不是主流，他切身感觉到祖国突飞猛进的发展，百姓的生活水平大幅度提高，国家日益强盛。这使他在国外也欢欣鼓舞，常常感到很自豪。

　　他每年回国休假三个月，向领导述完职后，就再也不用到单位去了。单位在国内的业务很多，经济效益不错，因此，对国外的业务也就不那么重视，只要他不出现在领导面前，领导基本上也想不起他来。单位里的人，他大都不认识，而那些人，也大多只听说他的名字，知道有他这么一个人。

4

　　有时，他也出差去外地采购设备和配件，供货商们总是要请他吃饭、洗浴，享受各种服务。他只是推托着，说他近日身体不好，正在服药，忌食那些他们想要请他吃的东西，也禁忌那些他们想要给他提供的服务。然而，他也给他们安慰，绝对不像是敷衍，他对他们说："你们放心，货是肯定要的，只要你们保证质量（他对质量要求得特别严格），价钱要合理，付货要准时。"

　　他倒不是刻意的去回避什么，也不认为那样做有什么不好，别人喝酒，他看着馋，自己不会喝，喝一点儿就脸红、头晕，练过，也没练出来。闻见烟味嗓子就发紧，因为这个，牌也不会打，有些不够爷们儿，似乎没来到这个世上走一回（特别是没来中国走一回）。他拿自己也没办法儿，好象和体质有关，他的身体对酒精、尼古丁和牌不接受。

他看到北京的公共场所，特别是公交车站点儿，几乎没有什么垃圾可寻，只是那些无所不在的烟蒂，显得分外扎眼。打牌竟打死在牌桌上……他就觉得自己没有这些破坏环境，危害健康的嗜好，好像也可以不用遗憾。

他不喜欢去旅游景点，特别是海滩，当他独自躺在塞拉利昂荒芜的原始海滩上晒太阳，享受着大西洋吹来的海风的时侯，他就想过："如果把中国旅游景点那些纷沓的人文景观，搬到这里来，会是什么样子？"

最美的山头都给庙占了去，香烧得像是着了火，呛人，消防队也不管一管，烧一炷香哪用得着那么多钱？然而，那钱也不能白花，跪下去，拼命地乞求，贪婪的念头不能给人窥了去，默默地，无表情，——求财、求福、求命，做了坏事求得安心，让受害的人在炼狱里挣扎。

心冷了？害怕了？……谁知道，一切尽在一缕青烟中。

夜晚，他站在四环路的人行天桥上，俯看这个城市的脉管，来的车浅淡清亮①，承载着新鲜的氧气，是动脉血。去的车暗红粘滞②，载有较多的二氧化碳，是静脉血，——无论来的车，还是去的车，对这个城市的污染都是一样的。

①来的车看到的是明亮的前大灯。
②去的车看到的是暗红的尾灯。

他问叶微塔："你对大陆有一点了解么？"

她说："不好意思，只是在媒体上了解一点，我有一个同学去大陆发展，在那儿混得满不错的，有机会我也想去大陆，去北京的八达岭，看看那里的万里长城，还要去西安看兵马俑。"

长城！包括野长城，他登了多少遍，洋洋数千年的文化，一脉传承。一位香港女作家在她的作品中这样写道："只要你是中国人，不论是什么职业、什么身份、什么背景，站在长城之前，你就有权傲视世界，有权与有荣耀。"

"在中国源远流长的民族光辉之中，人人平等，无分彼此，都承受着一份值得他人羡慕，甚至于妒忌的文化遗产。在此，没有一个中国人须要自卑。"说得好！

太阳晒在脸上火辣辣的，衣服的前襟已经干透，叶维塔翻过身去，背着手，拉一下黏在身上的衣服后襟，把胳臂枕在头下，侧目向远处望去。

远处，一头庞大的非洲象在兜着圈子，四下张望，巨大的扇风耳朵像两只翅膀，前后翻扑。从大象的演化进程来看，象牙正在逐渐缩小，据说这是一种自我保护机制呢，有多少大象因为珍贵的象牙，丢掉了性命。然而，它们却不知道，象牙越小，就越稀有，越是稀有，就越能勾起人们对它的占有欲。它们数万年的演变，竟不敌人类一念的算计！

那头大象在确信没有危险后，便仰起头吼了一声，那吼声一如小号加了塞子，在无形中凄厉地颤抖。接着，便有其它的象从丛林中走出来。

他正盹着，听见吼声便翻过身来，他看见一面高耸的身躯，——是叶维塔的后背，他坐了起来，她也跟着坐起来。那个头象发现了他们，便发出一种人类听不见的，超低频的次声波，这种声波可传到两公里以外，造成轻微的地震，远处的大象用他们的脚感知这种信号^①。成年的象开始向小象靠拢，把它们团团围在中央。

河边有几只狒狒在喝水，它们中间，总有一只警惕地向四周张望。

虽然有三个月的休假，然而，每次不到两个月的时候，他就迫不及待地想要回去了。他喜欢雨季的非洲，平时像一块锈蚀了的铁板似的大地，此时全都染上了绿色，草原上的花儿开得并不多，更多的花儿开在树上。驱车在人迹渺茫的公路上驰骋，敞开车窗，透进新鲜凉爽的空气。公路两边黄色的花连成片，在风中摇曳，他就觉得自己是一个大人物，厚厚的人群，手里挥动着黄色的花束，夹道欢迎他的到来。其实，他从来都不喜欢太多的人，幸亏那些只是花，不是人。

如果几天后他回来，再走过这条路时，他就会发现路的两边全都换上了粉红色的花儿，花枝招展，又是一番夹道欢迎。然而，这样的艳阳天有时不会很长久，突然间，这一切会被乌云笼罩，一下子就不见了天日，一道道电光在天上盘根错节，一个个惊雷在头顶上炸开，哪容你有半点儿功夫来掩住耳朵！

紧接着，就是暴雨倾盆，如泻如注。有时候，那倾盆的大雨直泼下来，——这样说不仅是形容雨下得很大，也是说，那雨泼下来之后，就再也没有了，天空立刻又晴了起来，现出一道彩链，把蓝天、白云和莽莽苍苍的草原锁在一起，美得醉人。太阳还是那个太阳，它并没有走多远，因为这都是

①科学家们发现，大象利用低频的叫声引发地面震动，远处的大象用脚感知震波进行沟通。

在很短的时间里发生的事情。

地上洪水泛滥，一片汪洋大海。但是，平地发大水，那水也维持不了很长久，很快地，又恢复了原有的地貌，草重新伸直了腰，亮晶晶的水珠挂在上面，每一颗水珠里面还包容着一个小小的太阳！被洪水卷来的一只田鼠在这里驻扎下来，替换了被冲走的本地田鼠。蚂蚁们预知洪水的到来，事先没有通知那个田鼠，自己就搬好了家。

有的时候，这边是响晴的天，不远处却乌云滚滚，一道道黑幕斜着从天上挂到地下，——那边的天漏了。

大象和他们对峙了几分钟后，看见他们没有敌意，便分散开，慢慢地向河边走过来，一边走，一边在路上采食，它们用鼻子把大腿粗的树枝折断，吃树冠部分，连大脚趾粗的树枝也吃。叶维塔高兴得像小孩子一样，用手指点着，嘴里数着大象：砚泊（一）、伊泊（二）、坦泊（三）、比拉伊（十二）。当地语讲得太慢，来不及了，马上换国语：二十、六十、八十三，当她数到八十多头时，国语也跟不上了，大象已经离他们越来越近。不能再数下去了，赶紧走。他们开始沿着河边，向上游撤退。

今天，叶维塔一整天都是在兴奋中度过的，她是城里人，却偏偏喜欢和大自然贴近，他情愿陪着她到这种地方来，是因为他有着和她同样的心。

第七篇　工地手记（一）

他顿时失去了所有的话语能力，他站下来，面对着漫天的星星，

他静静地……静静地，吻了她。

1

这眼井是打给一所乡村小学校的，说是乡村小学，却不见村子，说不见村子，却又位于几个村子的中间，——它坐落在一片丛林之间的空地上，是为了让周围几个村子的孩子，都能等距离地来这儿上学，放学的时候，也都能在一个差不多的时间里，回到各自的家。

然而，一路过来，他们并没有看见村庄，只见到一些林间小路，弯弯曲曲的，通向四面八方，那些村庄往往相距得都很遥远。

前一眼井也是打给一所乡村小学的，不同的是，那里只见村庄不见学校，向导领他们在丛林里找了半天，有时还得弯下腰来，扒开草丛去找，找得好辛苦。他和叶维塔坐在汽车里看着向导在那儿摸摸索索，东翻西找，感到很奇怪："怎么会这样的去找一所学校?"

可是，更让他们奇怪的是，那个人居然找到了。

"找到了，找到了，就在这儿。"向导一边嚷着，一边向他们摆手。他们下了汽车朝那边走去，扒开枯草，看到地上栽着一个水泥桩，上面用油漆做了记号，向导用手扶着那个桩子对他们说："学校就在这里，只等着你们打出水来，立刻开建。"

"哦，原来是这样!"他们恍然大悟，不过，这倒是一个聪明的决定，先找水，后建设，以免学校建起来了，却打不出水来，师生们还得整天为了水的事，奔波操劳，再说建筑的过程中如搅拌水泥什么的，也难免得着水。

他们今天给打井的这个学校很小，只有一排教室，是用水泥砖砌成的，一共有五间，是国际上援助的项目，目前只开三个班，每个年级只有一个班。操场很大，和野地连在了一起，八百米赛跑，不用转弯，操场边上，有几处房子，是分给教师们住的，离每个房子不远，另外有一处单独的小房子，那些都是厕所。

学生们穿着很破烂的衣服，这里的人，没有缝补衣裳的习惯，孩子又多又那么好动，补也补不完，再说，除了用土布和土法缝制的衣服外，其它的原本也都是买来的旧衣服，也无所谓合不合身、好不好看、男装女装，不露着就行了。

都是大姑娘了还光着脚，手里挥动一根树条，嘴里大声吆喝着，追赶几个男生。书包就更是五花八门了，很大的一部分只是一个塑料方便袋，好一点的书包，是好看一点的塑料方便袋。学生们每个月也上不了几堂课，而且功课也不多，大部分时间用来玩，有时校方发不出工资，教师们罢个把月的课，孩子们便更是没了约束。

女教师有二十多岁，也挤过来看热闹，她的下身竟然穿着裤子！这样装束的女人，在偏远的乡村还是不多见的，别的女人一般都在下面围一块布，大块的图案，色彩艳丽，把腰和臀部的曲线尽显出来。布围到膝盖以下，下面露出纤细的小腿，很有型，细长的脚，最小也在三十九码以上，三围都在模特标准之列。

女教师低而弯的眼眉，浓密的长睫毛向上自然卷曲，曲美的身段，下肢好象在肚脐以下就分了叉，修长的双腿在身体的总长中占有很大的比例。一口流利的法语，从她那一口细密雪白的牙齿间，有节奏地蹦出来，像是一个个美丽的音符，优雅动听，多少有些说服力，她用恳求的口吻对他说：

"你能给孩子们讲一堂课吗？"

"讲什么呢？"他犹豫了一下，问。

"就讲一讲你们是怎么打井吧。"女教师补充说。

"讲什么？"机器太吵，他听不清楚。

"打井"女教师双手拢着嘴，凑到他的耳旁大声说。

"哦，那好吧！"他大声回答，他觉得这正是自己的强项，就很乐意地答应了下来。

一个老教工吃力地弯腰捡起一块石头，往挂在树上的一个破汽车轮毂上砸了几下。

那个轮毂正被吊在树上赎罪，每天在固定的时间里，被人拿石头往身上砸。因为它曾经制造过一起车祸，也许曾经的一次车祸造成它的破裂，它的身上有一道裂缝，声音被夹扁在那道缝隙里，变了形，既不嘹亮，也不沉闷——几个不甘的冤魂，在里面沙哑地嘶鸣。

汽车翻了，车体变了形，人被卡在车里面，挣也挣不出来，痛苦地呻吟着，一开始声音还挺响，渐渐地哑了下去，就是这样。

然而它是一个轮毂，破了，有点响，不好听，而且上课的钟声，总是比下课的钟声更难听。那个令学生们厌恶的声音，迅即传遍了整个操场，回荡在丛林里。大多数的学生受到钻机的吸引，没有马上返回教室，定井位的人说，在四十米的深度有水。他们问一个工人：

"师傅，现在打多深了？"

那个工人却给他们出了一道算术题，尽管他自己的算术水平刚刚够算清几根钻杆。

"一根钻杆长六米，我们一共有二十根，你们算一算，一共用去了几根钻杆，再加上七米，就知道有多深了。"

几个学生先数了数车里面剩余的钻杆，然后，便拿一根树棍在地上认真地算了起来，先用减法，后用乘法，再用加法，算来算去，已经打了七十多米。

"怎么还没有水啊，不是说四十米就有水吗？"

"那可没准儿，也许打十几米就出水了呢，运气不好，打一百米也没用。"

叶维塔在一棵大树下准备做中饭，水已经烧好了，可是到这时候了，还不见村子里派人送鸡来，就连工人们的饭可能也成了问题。给学校打井就是这点不好，没人送东西吃，学校里没有这笔预算，不像给村子里打井，村民们出于好客和感谢，送饭给他们吃，还送给他们鸡、羊、花生、土酒和牛奶。她取出一个大锅，顺便把工人的饭也一起做出来。中国人有时让当地工人对村民们说："没有鸡就没有水。"也不知是开玩笑还是认真的，不过给村子里打井，倒是不愁没鸡吃的，就当是开个玩笑吧。

　　监理传下话去："再往下打一根钻杆，如果地层没有变化，就终孔，提钻，结束作业。"这当然和有没有鸡吃没关系。

　　这六米将是关键的时刻，是否能打出水来，好歹将要有个结果。孩子们谁也不愿意错过这个机会，只有二年级的学生，对今天的钟声感到特别，——他们要听一个来自中国的专家讲课。

2

　　"同学们好!"开头语没什么出奇,是老生常谈,隔壁班级的老师也是这样开的头,这在全世界差不多都是一样的。

　　"老师好!"回答得不怎么整齐,尾音"好! 好! 好!"拉出来好几个,像是一个几重唱。"要不要再来一遍呢?"他又想,再来一遍也整齐不了哪去,就算了。他走上讲台,往下面扫了一眼,学生们都规规矩矩地坐在自己的座位上,包括叶维塔和女教师在内 (她们现在也是学生),全都是明亮的大眼睛,浓密的长睫毛,他费力地寻找,竟没有找到一双小眼睛,单眼皮。

　　他拿起一段粉笔,身体转向黑板,黑板今天擦得比平时要好,只是靠上的地方,隐隐约约的有几个字母没有擦净,可能是值日生的个头不够高。其中最靠上的一排字，黑板擦的痕迹短促，发力迅速有力，尾端急速下滑，那是跳起来擦的，他拿起黑板擦，把那几个残余的字迹抹了去。粉笔在黑板上沙沙地走，几条平行的横线代表不同的地层，竖起的杆子是钻机，画完了，他一边解释，还一边举起手，向空气中一横一竖地比划两下。

"现在，我们要用钻头打穿风化层，在基岩的裂隙里面寻找水源。"

孩子们捂着嘴偷着笑，吃力地把嘘嘘的声音压到最低。老师憋着笑，掩饰性地抬手摸一摸下巴，头顺势低了下去，把脸握在手心里，两个肩头痛苦地一耸、一耸。

叶维塔微笑着，她坐在最后一排座位上，向同桌的女孩儿借来一个本子，本子的两个下角向上翻起好几片嘴唇，仿佛也在笑，抚平了，又自动地卷上来，还是笑。又借来一截铅笔头，不好意思，太短了，害怕出头，直往手心里缩，它的身上还有星稀的牙印子呢，一定是女孩儿遇到了难题，一时解不开，把铅笔放到了嘴里。后来，叶维塔又细心地发现，可能是那个孩子没有卷笔刀，连那个露出来的铅芯，也是用牙齿啃出来的呢。

叶维塔用那个铅笔头，一边认真地画着黑板上的示意图，一边听他讲课。那只羞涩的铅笔头，竟然勾勒出一台真正的钻机，比他在黑板上画的好多了，要是让他看见了，心里还不知会怎么想，也许会不好意思吧。叶维塔画完了，便抬起头，看着他讲课，她听不懂他说的话，只管用两只大眼睛，轮流地打量着他和孩子们脸上的表情。

他只觉得自己是一个新来的年轻教师，而校长正在下面旁听他讲课。他的心里有点发毛："怎么都是这种表情？"

他心里想："是复杂的专业知识让他们勉为其难？还有，学生们目前的法语水平……?"很快地，他就松了一口气。终于，一个女孩儿好象看懂了，她觉得竖起的杆子一上一下的，是在舂米，同桌的男孩儿则肯定是一根棍子，插进地洞里在钓蚂蚁。老师想："反正外面钻机吵吵闹闹的，也上不了课，就让他随便去讲吧。"

　　置身在这样的一个小学课堂上，叶维塔也觉得很新鲜，她仿佛又回到了自己的童年，——这样的书桌、这样的课椅、记忆中的老师、隔壁班级的读书声。她不好意思像小学生那样，用好奇的眼光，老是盯着他看，目不转睛，她也许不想给他造成心理上的压力，便低下头，在那张纸上画着，又不时地抬起头，看着窗外。

　　下午的阳光，洒满整个操场，从教室里面往外看，分外地亮。叶维塔取出太阳镜，也许她想到是在课堂上，便又把它放了回去，眯起了眼睛。那边，工人们无精打采地坐在汽车的影子里，任钻机自己"哐啷啷，哐啷啷……"一个劲儿地敲着。

　　突然，那声音不响了，转盘停止了转动，钻头似乎被什么东西卡住一下，紧接着就听："噗哧"的一声，一道白光冲天而起，围在钻机旁看热闹的孩子们，像是一群受惊的小鹿，往四下里奋蹄逃窜，及至他们反应过来，又一起向井口涌去。叶维塔差一点惊叫起来，接着，很快又镇静下来，看了看他。

　　清凉的水，猛烈从地底下喷出来，在高处散开，变成天上来的水，飘洒到地上，打湿了孩子们的衣裳。他们沐浴在这人工的瀑布里，高兴得不得了，像一群正待收网中的鱼儿，在水面"啪！啪！"地跳，尽情地享受着这旱地甘霖。湿透了的背心紧紧地裹在身上，便有几个圆鼓鼓，拳头大的肚脐凸显出来，——它们都是乡下接生婆的杰作。

他觉得今天的时间特别漫长，天气也比哪天都热，汗水不断地从头上冒出来，顺着头发往下流，流进衣服里，再往下，又流进了裤子，后来他觉得袜子也开始湿了。他放慢语速，开始拖延时间。他假装不经意地瞥一眼叶维塔，发现她正被窗外的什么东西吸引，顺着她的目光望去，他看见了那里的景况，正好隔壁班级的老师停止了上课，带着学生们出来看水，他便也草草地下了课。

他临时有事，逃回首都。叶维塔坚持说她想要看那眼井打完，他便把她留在了工地上，他心里后悔，不该当她的面上那堂课，原先，他也曾给人上过课，可从来没感觉到有那么窘。

是夜，很晚了，他还没能入睡，白晔晔的月光透过纱窗，从窗外泼泻进来，泼在地板上，溅起一汪白色的渍子在对面的墙上，又是一个月圆夜。他起身来到院子里，满院子的月光，清如水银，夜出奇的静，偶尔听见窣窣的虫鸣，细如游丝。一只刺猬簌簌地走过来，停一下，又猛地向前一窜，像一只麻球滚到墙根的阴影里，——他在那里站了很久。

月亮悄无声息地退下了，他融身在星星的海洋，一颗孤星离他最近，举手可摘，如果她也同时举手，两只手会碰到一起吗？他想起留在工地上的叶维塔，返回屋内，打开电脑，写下几行字，发在她的QQ上。

月　光

寂静的原野，皓月当空。

水井旁，一个女人在沐浴。

她解开纱裙，任其滑落在干枯的蓬草上。

清冽的月光，映照她雪白的肌肤。

是仙？？？　是妖？？？

她是叶微塔。

微塔来自遥远的精神部落，

最近正热衷于一项凿井的事业。

白日里，

在骄阳下，钻进了七十米，

没有得到预期的水量，

微塔焦虑不安。

热风吹皲了她裸露的臂膊，

烈日晒红了她白皙的面颊，

眼里满含期待。

一天的工作结束了，

夕阳西下，月亮悄然升起，

人们燃起篝火开始准备晚餐。

饭后，在钻机旁搭起床铺，

在微塔为他们哼唱的小曲中畅舒。

许时，月亮升至中天。

硕大的银盘，背负深邃的宇宙，

丰满盈圆，明亮无比，

给那些点不起油灯的村民送来光亮。

清辉驱散弥留的燥热，

为那些吃不上饭的穷人能安睡。

丛林中，

微塔仿佛看见白日里排队在井边汲水的姑娘们，

舀起半水半泥的浓浆。

想到那些遍布于非洲的祈雨的雕塑。

月光下，微塔流泪了。

月亮感动了微塔，

微塔感动了那些惯于在月光下露宿的钻工。

美丽的微塔，真诚善良的微塔。

3

    他带叶维塔列席工程会议，这天，她刻意地妆扮了一下，带上一个笔记本，俨如他的私人秘书，挨着他坐在会议桌前。

    由于提供和安装水泵的印度承包商不怎么会讲法语，而今天会议的主要内容，又是针对着他，如果他坐在那儿，不知道大家说什么，那么，今天就等于是对牛弹琴，尽管牛在印度被奉为神圣，地位不下于人。可是，这次的会议却因此失去了意义，问题无法得到解决，所以，项目主任不得不用英语主持会议。

    他说："这批水泵的质量出现了问题，经过技术人员鉴定，是泵管两端的螺纹没有做好，不符合质量要求，导致水泵漏水。据村民们反映说：早晨第一次压水，得压六十多下，水才肯出来，而邻村一个同样的压水机，水就在井口待命，这边一压，那边水就流出来了，像挤牙膏那么方便。"说得那些懂英语的人都笑了起来，只懂法语的人没笑，可是他们当中有两个，看见别人笑，便也笑了一下，以表示他们的英语也很过关。

村子里派来的代表只懂得当地语，他们半张着嘴，干巴巴地坐在那儿，这种和他们息息相关的事，又好像和他们毫无关系。他们来的时候谁也没有好好地刷过牙，只是把一种树棍放在嘴里嚼了嚼，把一端给咬毛了，象一只墨笔头，在齿间扫来扫去，接着又"噗"的一下，把散在嘴里的木渣喷出来。他们开始感到着急，村子里的人举荐他们来开会，是想让他们说：他们村里的压水机，每天早晨第一次压水，得压六十多下，水才肯出来，而邻村一个同样的压水机，水就在井口待命，这边一……。他们没有提起牙膏的事，那是项目主任为了活跃会场的气氛，临时加上去的广告。而他们两个，每个人的嘴里都衔着一副世界上最白、最美的牙齿，不用牙膏。

面对如此明显的质量问题，承包商只是哑口无言，无以辩白。项目主任责令他设法弥补，否则，项目上将考虑全面退货，另行采购。

项目主任清了清嗓子，继续往下说，可是这时候他已经换了另外一个话题：

"这个月打的井数明显减小，施工进度缓慢，以至于建井台，安装水泵的两家公司的工作，无法按计划进行，按照目前的施工进度……"他希望各承包商能够信守合同，确保在雨季到来之前，完成所有的工程。

"关于依巴拉空底村的井……"主任继续讲着。

他感到手机在衣袋里震动了一下，掏出来，看了一看，没有听清楚那个村庄的名字，那个村名比较长，也比较怪，他在笔记本上划一条横线，以资备忘。叶维塔坐在他的旁边一直不停地写着。

接下来，几个承包商发言，印度泵商用印度英语，解释了不锈钢泵管上存在的瑕疵。德国技术总监，用德国英语飞快地做着笔记。物探公司的与会代表，正想着怎么用非洲英语提问，结果，只讲了两句话就开始往里掺法语，最后，完全换成了法语，是那种非洲法语。

他不需要太多的解释，他用当地语说："项目开工时，我们拿到二十一个井位，之后，我们一直以平均每三天两眼井的的速度施工，这个速度比合同规定的速度，提高了百分之二十"。这个项目的井位分布，十分分散，有时从一个村子搬到另一个村子，得用一、两天的时间，丛林中没有路，要等着部落里的人用砍刀开出一条路来，钻机才得以开进去。然而，在土著人的脑袋里，对汽车的概念不是很清晰，他们以为汽车可以像坦克车那样翻山越岭，披荆斩棘，到处乱跑（尽管他们还不知道什么是坦克），结果砍开的路刚刚能走驴车，钻机来了之后，还得重新开路，这样又耗去了很多时间。

由于他们打井的进度，大大地超过了定井位的速度，每当他们打完一眼井，就得停下来等待下一个井位，再加上项目协调员的基层群众动员工作不到位，有的村的村民，抱怨井位定得离村子太远，村民们将来取水不方便，钻机去了之后，村里的人拦着不让开工："求求你们了，在哪儿都是打，为什么不在村子旁边打呢？井打得那么远，谁会去那儿打水？总不能让我们把整个村子都搬了过去，我们祖祖辈辈一直都住在这面。""行行好，拜托！"。好话说尽。

他耐心地解释说："定井位的专家，使用精密的科学仪器，进行地球物理探测，找了好几个地方，才最后选定这里，而不能根据距离村子的远近，主要是，不是什么地方都能打出水来，前一个村子，我们一连打了两个干眼①，最后，项目上只好放弃了那个村子。"

他又对他们说："你们已经看见过那台找水的仪器，那是世界上最先进的找水设备。"村民们还是不肯相信："既然都用找水的仪器探测过了，也没打出水来，说明那台仪器也是瞎蒙，不管用。"于是，他们干脆自己花钱，请来风水先生找水。风水先生来后，先是没吱声儿，接着往远处看了看，又认真地观察了一下近处的环境和地形，然后手里拿着一根枯树枝，摸摸索索地向东走了过去。

大约走了数十米，手上的感觉一点没变，风水先生摇了摇头，闭上眼睛，嘴里咕哝一句什么，接着又转身向南走。这时，感觉手里的树枝突然变得沉重起来，而且越走树枝越重，再往前走，树枝陡然又失去了重量，倒退着走，左右彷徨。有三个点上的感觉相差不多，然而，那种半斤八两的差别，掂在手上，却又是微乎其微，找不到水是其次，自己的信誉尤为重要，风水先生手里掂量着那根树枝，心里迟迟不能做出决断，村民们都看着他。

……北京的菜摊儿，也摆上了东北的九月青豆角，这种豆角体宽肉厚，味道鲜美，口感非常好，和猪肉粉条子炖在一起，特别是带点肥的猪肉，保管你只吃豆角，不会去碰那肉。头顿吃不完，下顿切几个土豆，炖在里头，吸去多余的油脂，越炖越好吃（不过，这时你又只想去吃土豆）。他趁新鲜买上二斤，又顺便买了一斤土豆。菜贩子把豆角和土豆装进塑料袋里，递给他提在手上，嘱咐他吃好了再来，又不

① 指没有水，或者水量少于合同规定的水量。非干眼一般为700升/小时。

能确定他再来时保证还有。他从来都不买菜，这次是下了公共汽车，插近路，穿过这里。

菜贩子给他找了零钱，他就要走了，这时，他身后的一个老太太，嘴里嘟哝着要找市场管理员评理："这也太坑人了，买一斤半肉，只给一斤四两半，我记住你的摊位了，是四十四号，没错儿！我这就去投诉你。"

话从北京老大妈的嘴里嚷出来，就有那么一种特殊的韵味，他愿意听。他回头看了看，一个胖胖的老太太，手里提着一个精巧的弹簧秤，称下面的钩子上挂着一只小塑料袋，想必是里面盛了一斤半肉，只不过平白的少了半两。

老太太气呼呼的从他身后走了过去，一只手提着称，另一只手握住塑料袋。很像是抱着一只兔子，一只手提着兔子的耳朵，另一只手在下面托着它的屁股。那个兔子就这样直挺挺地坐在她的手上，他一下子想到了自己手上的豆角：

"这豆角够二斤吗?"

"放心吧！不够你回头来找我。"菜贩子嫌他啰嗦。"多钱的东西，我还能蒙你? 你才买二斤，人家都五六斤、五六斤的买。"

二斤是个什么概念，半两也许就是两只豆角吧? 其实他只是随便问了那么一句，也是因为应了那位老太太这么一个景儿。

"是呵，多钱的东西。"他自己想着都有点多余，一个大男人家的。然而，这时他想的却是另外一回事，他想到那个弹簧秤在找水定井方面的应用，他想找一个来试一试，可是由于在这里买菜都是论堆、数个，至今那个东西还没有流行过来，他要把这种称推荐给那位风水先生，说：

"有那么一样东西……"

他不能那么做，那无疑地是在菜贩子面前推销弹簧秤，是自讨没趣。不过他又想了，风水先生既然是吃这碗饭的，手上就得有个准儿，就像中国的鱼贩子，随便捞起一条鱼，掂在手上，就能准确地说出它的斤两来。

这位风水先生好象就有那个能耐，他能准确地感知地球的引力和一个枯树枝对水的渴求。他站定了，因为手里的树枝挣扎着要落地生根，终于，他再也托不住它，他知道，就是这儿了。风水先生伸出一只脚，把那个地方一脚点定，一边努力地保持住那个姿势，一边让人从旁边的一堵墙上，拆下一块土坯来，他接过土坯，对准了那个点，双手一松，同时把那只脚迅速地向后一撤，那土坯便正好落在那个点上，不偏不倚，时间扣得极准，晚一秒钟就会砸着自己的脚。

他又恢复了原来的姿势，再来一块！先用宝塔镇住那个水妖，不要让它跑掉。风水先生松了一口气，拍去手上的尘土，直起腰看一眼那堵土墙，说来也真是很巧，就在这时，土墙的后面突然冒出一颗人头来。这时，他才感觉到有一股气味徐徐熏来。风水先生只顾眯缝着眼睛，聚精会神地找水，却没有注意到，距离这么近有一间茅厕，好象人类肾脏的排泄速度，只有五步之遥，喝完水马上就得去便溺，否则，便有尿裤子之虞。

项目上有这么个规定："井位附近，二十米之内不能有厕所，"没有办法，那两块土坯被向北移开二十米，那个水妖也识趣地跟了过去，乖乖地钻到土坯的下面。

村民们好奇，转着弯儿的想套知风水先生怎么知道那里有水。风水先生像是做了贼，有点心虚，他知道自己为什么先把井位定在厕所旁边。就像巫师让那女人把一双鞋和一块肉一起埋在土里，如果灵验了，自不必说，如果不灵，便怪那条狗把肉给刨出来吃了，非洲有太多的食肉动物。也像中国的算命先生，说出一大堆模棱两可的理由，给自己留条后路。算命的人对号入座，觉得算得不准，但是又挂点边，顺着这点边再仔细琢磨琢磨，又好象有点准，末了，还是半信半疑地付了钱。

村民们给那位风水先生钱，临走，又送给他一只大红公鸡，花了钱，心里才踏实，要么总觉得是随便说说而已，即便算出来，也不告诉你。

村民们也就此打住，不再多问。否则捅破了天机，于人于己都不方便，他们宁肯相信那儿有水，而那个地方，离他们的宅子又很近。但是科学上不相信，项目上不同意在那儿打井，双方相持不下，这眼井暂时搁下不打。然而承包商的设备、人马已经风风火火地从大老远赶过来，不管这眼井打与不打，这笔搬迁费用，项目上总是要付的。承包商只管指哪儿打哪儿，哪怕打不出水来，项目上也得照样付钱（打错了地方白搭），而项目的钱，是来自国际上的援助。

关于井位的问题，他曾经给项目主任写过几次备忘录，在这次会议上，他正式提出索赔，并根据合同的有关条款，开具了相应数额的发票。这些材料被复印成一式三份，——项目上一份，监理公司一份，他自己一份留底，经过各方面签字，交到秘书处登记注册。

4

太阳落在一颗巨大的面包树里，在烘烤面包，成群的蝙蝠，是饥饿的食客。

离树不远，坐落着一家妇产医院，经常在深夜里，有新的生命在这里降临，那嘤嘤的啼哭，划破夜空，循着无尽旷野中唯一的灯光，来到这里轮回转世。

妇产医院前面的空地上，竖着一台水文水井钻机，这眼井是专门为这家产院打的。天渐渐地暗了下来，工人们还围在钻机旁边干活儿，他们争取在天黑以前，把这眼井打完，然后再洗井，一直把水中的沙子彻底清除，水洗清了为止。明天一大早，他们要搬到四百公里以外的另一个村子。今晚，他们要在这里过夜。

叶维塔跟值班医生混得很熟，她们用英语聊得挺热，医生问叶维塔："来非洲这些日子，感到习惯吗？"叶维塔说，她才刚来不久，还只是体验了一下，要说习惯，那就不是一天两天的事，不过她又说了："到现在为止，还没感到有什么不便，我觉得非洲挺好的。"

"挺好玩儿是吗？有你玩够的一天，到那时，看你还说好不好，现在说，还早一点儿。"这句话他没有说出来。

医生和叶维塔的年龄相仿，是邻近国家的人，医科毕业后，来到这儿工作。她们两个都是大眼睛，都非常漂亮，然而，当两个人站在一起时，倒也分不出谁比谁更漂亮，只能说各有各的优点：叶维塔白到水嫩，女医生黑得恰如其分，两个人调换一下，女医生便黑得水嫩，叶维塔则白到恰如其分，仍然都是非常的漂亮。

叶维塔送给女医生一个从中国带来的小挂件，景泰蓝的质地，传统的中国造型。同是外乡的女人相聚在一起，好象有很多话要说，医生亲昵地对叶维塔说："你今天晚上，来陪我值班。"

"好的，我就在钻机那面搭床铺，晚上你忙完了，我就过来。"叶维塔很爽快地答应了她，因为晚上，她有的是时间。

晚上，村里长老派一个女人，头顶一大瓢土酒，手提一只大公鸡、送给他们做晚饭。他不单接过了那女人手里的东西，连人也让他给留下了，他把鸡宰了，让那个女人帮忙给鸡拔毛，开膛破肚，洗好了穿在一个树枝上。玛玛杜为他们拣来干柴，架起火烤鸡，又搬来三块石头，品字形摆在地上，支起一个小饭锅，下面点起柴火，洗好米，添上水，焖一锅米饭。那个女人跟着忙完了，也就走了。

几个小孩儿走过来，拣走了那副鸡内脏，他顺便把鸡头、鸡脚也剁下来递给他们。他们走到一边，把东西放在地上，其中一个大一点的孩子，把鸡肠捞在手里，捋出头绪来，用一只手握住了，另一只手往前一把一把地撸下去，像是在丈量一根绳子的长短。

　　大约有几米长吧，撸到了最后，"啪嗒"一个黏黏呼呼，棕绿色的团块掉到地上，肠头上还有东西黏在上面。那孩子把肠头上的糊状物抿在手上，弹指一挥，那团东西被抛了出去，在空中不断地变形，被拉长、肢解，最后不知散落到什么地方去了。

　　就近捡几根细木棍架起来，一个小孩儿掳一把枯草，向这边的锅底下引去火种，几个孩子就围在那里烤起了鸡杂。红红的火焰，跳跃在孩子们的脸上，在他们的眼睛里迸射出生命的光。

　　鸡杂烤好后，那个大一点儿的孩子，把鸡肠揪成一小段一小段，均匀地在地上摆成五个小堆，然后把鸡胗也撕成五块，在每堆鸡肠配上一小块鸡胗，再把鸡头上的肉也撕下来，分成五份，配上去。两只鸡脚分给两个年龄稍大一点儿的孩子，这样，五个小孩儿就在那里过上了一种原始的，平均分配的生活。

　　天旱少雨，庄稼欠收，人们吃不饱饭，有病没钱看医生。穷人的孩子，从小就学会了自己照顾自己，他们就是这样，自己把自己拉扯大，只要能抗过几场大病，进入成年，他们便都一个一个地，变成精壮的小伙子，一身的肌肉块，疙瘩琉球地在身体的各个部位滚动，体力和爆发力，堪称世界一流，有许多来自欧美的年纪稍大一点的女人，专门喜欢和他们傍在一起。

　　这边，叶维塔也已经在一个折叠的矮桌上，预备好了酒菜，——一盘凉拌西红柿，两条黄瓜，去了皮，白白净净地躺着。花生米是早就炸好了的，装进饼干桶，倒出来一点儿在一个小碟子里。她往两只饭碗里把酒倒满，那面的鸡也已经烤好，从火上拿下来，滚烫，滴着油，火候适中。撕开了装盘，脖子、胸脯、翅膀、大腿、尾巴重新组合，散去的魂拾缀不起来了，鸡躺在盘子里，四分五裂，没有一点生气，却挺诱人的，又是在这样的一个夜晚。

叶维塔撕下一只鸡腿，递给玛玛杜。他没有去接，用中国话说声"谢谢!"便微笑着走开了，这些当地工人已经和他在一起工作了许多年，工作中不用吩咐，便都知道自己干什么，怎样去做。他们很懂礼貌，每到晚上收工后，便过来帮忙，把行军床支好，架起炉灶，卸下水桶，找来干柴，点上火。早上，又过来把一切都收拾好。

饭菜都上了桌，他把应急灯挪近了，照亮了满桌子的美酒佳肴，遮掩了满天的星星，两个人开怀畅饮。

那几个孩子吃完了鸡杂，便站过来看他们吃饭。看见他们两个人一只手端着饭碗，另一只手用两只细木棍往嘴里扒饭，然后，又用它们来拣碟子里的花生米。一颗一颗的，像小鸡啄米那样灵便，就觉得非常新奇。一个孩子从树上折下一截树枝，分成两段，模仿着他们的动作，试图夹起地上的一颗小石子，试过几次都不成，终于夹了起来，不想，往嘴里放的时候，那块石头又掉了下来。

看着孩子们的滑稽相，他们也觉得很有趣。他们喝着土酒，吃那烤鸡。喝着喝着，兴趣来了，两个人玩起了成语接龙的游戏。

天上一道白光，拖曳一条长长的尾巴，仿似一只粉笔，在黑板上拉出一道白线。两个人放眼追了过去，就从"流星赶月"开始吧，一路"峰回路转"喝了不少的酒，转到：

"回头是岸"

"黯然无光"。前后的字已经对不上了。

"光辉灿烂"

"灿若繁星"。又回到了星星。

"不对，罚酒，我的最后一个字是'烂'。"

"哦，那是你自己搞错了，应该是：'光辉烂灿'，我们大陆人都是这么说的。"

"不行，你强词夺理"。

"礼尚往来"他赶紧接下去，想把话题绕开，其中也暗示了她有时候也玩儿赖。

"不行，我不干么，你赖，不跟你玩儿了。"

"好！好！我认罚。"他喝了一口酒。

"接下去说，说到哪了？"

"说到'光辉烂灿'。"她倒是被绕进去，改不回来了。

"灿若繁星"

"星罗棋布"

"布……不……"

"不了了之"

这句不算，不能总是"不了了之。"他已经说了两次"不了了之"。他又挨了罚，喝酒！那米酒醇香，口味微酸，满满的一大瓢，干了。

5

饭后，两个人就着星光聊天漫步，此情此景，本身就具有十分的浪漫况味，可是，他说的话题比星星还要遥远，他恨自己笨嘴拙舌，不能把他们的距离拉得更近。不过他今天喝了酒，胆子大，聊得也比较畅快。

原野上的小路，高低不平，叶维塔牵着他的手："你刚才说的'光辉烂灿'，你们大陆人真的是那么说的吗？"他已经忘记了那一回事，经她这么一提，一下子倒觉得这是一个严肃的学术问题，不可误导他人，于是便说："这个……我也搞不大清楚，不过我刚才是开了一句玩笑，你不要认真哦。"他刚才开玩笑的时候，对这两个字还很肯定的，是让叶维塔那么一问，才又咬不准了，是"烂灿"？还是"灿烂"？他怎么也想不起来了。看来，这还真是一个学术问题，需要开会讨论才行。

"开会？"他突然想起一件事："在电视上看，你们台湾人一开会就打了起来，扔鞋子，逮着什么扔什么，就是没有一样值钱的东西，也真是的。"不无挖苦地。

叶维塔也是不让人的，立刻就反驳："从网上看，你们大陆人一开会就睡着了，睡得东倒西歪，想怎么睡，就怎么睡，不知道晚上都干什么去了，也真够可以的。"不无讥讽地。

他不愿意承认："这个嘛，我倒不大清楚。"

"你怎么不清楚，不是那天晚上，我们一起在网上看到的？会后，睡觉的人还受到了处罚。"

"不清楚，因为每次一开会，我就睡着了，会上讲些啥，不清楚。"

叶微塔气得一下子把他的手甩开，倒退几步，不跟他走了，他顿时觉得在他们之间，有一股海水涌了进来，形成台湾海峡。

她生气了？他后悔不该跟她说这些敏感话题，何苦呢，在会上睡觉，是为了养精蓄锐，以便在会后更好地贯彻会议精神。会场上打架？……大概也有好处吧，谁愿意在众多的镜头面前，被抓破脸皮，最后搞到国际上去？他想，将来台湾和大陆之间的政治协商会议，也会是这样的么？——会开着、开着，打了起来，打累了睡觉。当然，最成功的是：会议开着，各方面踊跃发言，颇有建树，打架的打着，睡觉的照睡不误。

其实，两个人一点儿都不懂得政治，对那个东西也丝毫不感兴趣，叶维塔心里想着："也难得他总是变着法儿的逗我开心，他是个好人。"

既然都已经是这样了，何不言归于好？

这一段的路非常不好走，四周黑咕隆咚的，脚下高高低低，叶维塔心里有点害怕，她又跟上来拉住了他，她挽住他的臂弯，把它拉进自己的怀里，把头也依在了他的肩上。他顿时失去了所有的话语能力，他站下来，面对着漫天的星星，他静静地……静静地，吻了她。两个人的身体靠紧了，把隔在中间的海水，又给挤了出去。大陆和台湾，毕竟是一家呢。

不知不觉，他们走进了村子，来到长老家闲聊，长老正坐在房前的一张凉席上，一边喝着薄荷茶，一边和他的几个太太们说着话儿。自从中国人来这儿打井，村子里家家户户的话题全都是中国人："别看中国人个子长得小，脑袋瓜儿好使着呢，人也勤快。"

"他们天刚亮就起来干活，天黑了，点着灯还干，你说，他们不累吗?"风俗不同，这些话从他们的嘴里说出来，也不知道是夸奖，还是别的，反正在国外，没看见过有这么干的，星期天、节假日，都干。

"听说他们那疙瘩的人，全世界第一多，一个个全都勤劳、勇敢，整天都得忙忙呵呵地找吃的，不干不行，就像咱们非洲的蚂蚁似的。"

"看让你说的，把人家给说成是蚂蚁，让人听见了多不好。"说着，那个老婆婆的脸怔住了一下，马上又扯到别的上面去了，——她尴尬地看见，两个中国人走进了他们家的院子。

其实，叶维塔他们已经听见院子里面有人在说话，其中有一句："Chinois（中国人）"，他们是听得懂的，接下去的话，在世界上就很少有人能听得懂了。他蹲下来，双手抓起长老那一把干涩的手指，把它们紧紧地握在自己的手里（在非洲，老人们受到极大的尊重），按照当地的风俗，习惯地问，因怕长老年岁大，耳朵不好，还故意放大了嗓音："您好!"

"好，谢谢!"
"您的身体好吗?"

"好"

"您的家里好吗?"

"好"

"太太们都好吧?"

"好"

"孩子们都好吗?"

"好"

"天气好吗? 今年收成怎么样?"

"好"

"牛羊们都好吗?"

"哦, 它们都好, 谢谢!"他没有问粮食够吃吗, 他可能被要求来扶贫。

一道环形的墙, 围成一个手链, 五个圆形的草屋, 是链上的五颗珠子, 是这里乡下典型的民居。长老住在其中较大的一间房子里, 其余的四个同样的房子, 分别属于四个老婆。妻妾们各行其职, 互敬互让, 不需要吵架, 孩子可以达到三、五十个。

"巴勒嘎 (谢谢)!"长老感谢中国人为他们打井, 说:"孩子们生下来, 喝的第一口水, 是中国人给找的, 他们长大之后, 都是中国的朋友。"

他送给老人一包中国的茉莉花茶, 又送给他的太太们每人一个红色的小圆盒子, 上面印着一龙一虎, 这蜚声非洲的龙虎牌清凉油, 让老婆婆们爱不释手, 四位婆婆, 笑出四种不同的形状, 把开心全都挂在了脸上。叶维塔今晚大丰收, 又拍下了四张人物特写, 开心一共有四种。

他感谢老人送给他们鸡和土酒, 并对那种酒大大地赞赏了一番, 他恳请老人原谅, 因为他们的到来, 给村子里增添了不少的麻烦。

工地手记(一)   163

6

他们回到产院时，已经很晚了，医生还在忙着，一个小女孩临产，等待生下另一个小孩儿，还是头胎呢!

医生把他们带进产房，产房的门敞开着，和外界相通，孕妇下身裸露，躺在产床上，两条腿向外张开，分别搭在固定在床两边的架子上，下身一览无余，由于小时候被实行过割礼，看上去似乎少了很多内容。他只听说过当地有那么一种习俗，还以为只不过是一种仪式而已，点到为止，竟没有想到会割得那么彻底，像平整土地，重修沟渠，斩草除根。

胎儿的臀部先产出，没有悬念，一开始就宣告了性别，是个男婴，长大后让母亲操碎心的男孩，也是可以让整个家族引以为自豪的男子汉，也可以是一个讨饭的老头儿，一个洗车的、卖鱼的什么的。

接着，婴儿的双腿、双肩也先后产出，只留下头在盆腔里，千呼万唤，不肯出来。这时，产妇已经精疲力竭，医生也累得浑身是汗，衣服都快湿透了。

叶维塔站在那儿，面对这样血腥的场面，像是受到了刺激，心里很是紧张，情绪非常激动，她想走开，却又禁不住生命的诱惑。她很不确定地问医生，腼腆地，毫无把握，又像是怕问错了："是不是应该把会阴切开？"

说着叶维塔伸出两个手指，朝向产妇的下身，做了一个剪刀的动作。医生明白了叶维塔的意思，但是她却无可奈何地摇了摇头，示范性地把两只手指插进产妇的阴道，向外拉了拉，说："你看，她的阴道很松弛，只是因为骨盆太小，才造成难产。"

叶维塔感到十分痛心。他也在一旁紧紧地握着拳头，暗中替那个产妇使劲儿。一个健壮的助产士，双手按着产妇的下腹，用力往下推按，医生上提下拽，左右牵拉，都无济于事。最后，医生抱紧婴儿的双肩，站稳脚步，用力向外拉，一边拉，一边向两边扭动，产妇痛苦得不得了，就快要休克了，叶维塔把头转了过去。他走到医生的身后，以防她的手滑脱，向后摔倒。

终于，"砰"的一声，瓶塞被拔了出来。

"呃……!"产妇痛苦地呻吟了一声。

医生手里拿着婴儿，站在那儿，嘴里喘着粗气，停了一会儿，再看看那婴儿，是粉白色的，长大一点后才变黑，因为产程过长，头部不能及时露出来，已经窒息死亡。一个弱小的生命，只露出屁股，显示了一下自己是男子汉，便夭折了，像一枝昙花，又有所不及，昙花花开花落，完成了一个生命的过程，而他却没有。

助产士从产床下拖出一个桶来，妇产医生把死婴往桶里一丢，近身来照顾产妇，这时产妇的状况已经有些好转，血压也在恢复。过了一会，胎盘产出，胎血流净，再等片刻，产妇缓缓地坐起来，下了产床，在地上蹲几分钟，站起来，自己慢慢地走出产房。

一个夜晚，一片旷野上，坐落着一家妇产医院，不远，有一棵面包树，一个女人好不容易产下一个死婴。没有哀怨、没有夸张、没有喜悦、没有期盼、也没有家属围着医生吵吵闹闹，不依不饶。丈夫没有因为当了爸爸而狂喜（他不知道上哪去了），婆婆不会因为生了女孩掉头就走（她甚至不需要来），一切就这么自然而然地结束了。

叶维塔平生头一回看人生孩子，虽然不能说"下人"，却也够吓人的，她紧紧地抓住他的手，身体剧烈地颤抖，面色苍白，在这黑人的世界里，顶数她的脸色最白。

夜深了，叶维塔躺在蚊帐里，久久不能入睡，一个畸形的血泡在她的眼前漂浮，她左躲右躲，那湿漉漉的东西还是碰到了她的脸。

夜风习习，蚊帐被吹得侵入进来，黏在叶维塔的脸上，拂之不去，有压迫感。她开始和它搏斗，挣扎中蚊帐被掀开一道缝，她向外看去。天空布满星星，诡异地向她眨着眼睛。蚊帐的一角，是一个招魂的灵幡，用一根竹竿挑着，两条白色的带子在风中飘摆，她一个人躺在灵柩里，瑟瑟发抖。那边的面包树下，一个巨大的黑洞，阴森恐怖，向这边呵着寒气，她拿出手电筒照过去。

野地里，一对对明亮的眼睛，有红色的、有蓝色的、有绿色的，发着冷光，在黑暗中盯紧她，盯紧她的后脊梁，从那儿，一股凉气顺着她的脊梁骨一直袭向全身，——狼！不，这里没有狼，是鬣狗，它们听到了婴儿的啼哭……不，那个婴儿，他已经死了，他被丢进了桶里，他现在在哪儿？……那个桶在哪儿？叶维塔突然大声叫了起来。

睡梦中，他听见喊声，鞋也来不及穿，跌跌撞撞地赶了过来，慌乱中，把脚踢在一块石头上，他痛极了，一瘸一拐地来到叶维塔的床前，掀开蚊帐，她飞快地扑进他的怀里，紧紧地抱着他，身体抖成一团。他感觉到她的双手冰冷，他抱着她，脸贴近她的前额，轻声地跟她说话："别怕，有我在这儿，周围都是咱们的工人，别怕。"

医生拿来一粒镇静药，他帮叶维塔吃下。他把自己的床拉过来，和叶维塔的床并在一起，她一下子跳到他的床上，抱着他睡着了……。睡梦中，她的嘴角牵动了两下，没有发出声音，接着，她的呼吸渐趋平缓，手臂放开他，垂了下来，他拿起她的手，——一只雪白细致的手，像是给抽去了骨头，柔软的不得了，他把它贴在自己的脸上，那只手已经恢复了常温。他看着她睡着了，睡得像个婴儿，他把她的头发掠了掠，把头放在枕头上，起身替她把蚊帐掖好，拿起手电筒向大树那面走去。

一对对明亮的眼睛，有红色的、有蓝色的、也有绿色的，发着宝石般的光向他聚焦过来，他认识它们，它们是：猫头鹰、野兔、密獾、狐狼、灵猫。活泼可爱的小动物们！

夜晚，他的脚趾钻心地疼，让他无法入眠，他想，叶维塔受到了惊吓，精神上会不会出现什么状况，但愿这只是一场噩梦。

月牙不知道跑到哪儿去了，也不知道是在什么时辰，他睡着的。清晨，听见村子里的鸡叫，他睁开眼睛，——晨光初上，照在蚊帐的顶部，他躺在金色的幔帐里。夜里做过梦，蚊帐被踢开，早有一个甲虫爬进来，栖在金顶的下面，荧绿的身子闪着金子的光。

他起来生火做饭，脚一落地还是很疼，尽管已经好了很多，他想："这个趾甲可能保不住了。"

他先烧一锅滚水把餐具、砧板全都烫一遍，再煮一小锅稀饭，煎几只荷包蛋，切一碟腌菜。叶维塔拿一个盆过来取水洗脸，见到他时，脸上有些难为情，目光尽力地回避着他。"昨晚睡得好么？"

她说："还好，一直睡到这时候，中间都没醒来过。"

他们彼此之间，谁也没有提起头一天晚上发生的事。

第八篇　番茄？阳光？

人各有志，谁愿意来这个苦地方长期工作呢？所以他也就没再坚持。

1

　　天气太热，空调也觉得不凉了，又加三档，凉气才肯出来，他先喝了一碗冰豆浆。

　　中午的饭桌上多了一个人，此人被安排在叶维塔隔壁的房间里，是一家中资公司来非洲考察的F先生。只见F先生一身公务员打扮，特别是那双崭新的黑皮鞋，光亮照人。然而最多也只能光亮一会儿，一落地，便蒙上一层灰土，马上，干脆地变成了灰色，而灰得又不均匀，是一种很难看的灰。

　　"真难伺候!"F先生恨不得左边裤袋里装一只鞋刷，右边裤袋里囊一盒鞋油。

F先生的皮肤白皙，头发梳得平平光光的，带着一副眼镜，衣服穿得笔笔挺挺，是那种在办公室的窗台上孕育出来的花儿。

"有大蒜吗？"F先生一鸣惊人。

众人举座皆惊，纷纷把目光投了向他。

"你是要吃吗？"小胡诧异地问，他知道南方人是不吃生蒜的。

"是呀！你们不吃生蒜吗？那是不行的，每顿饭至少要吃两瓣生蒜，你们知道，非洲的病是很多的。"接着，F先生列举了很多病：有疟疾、有黄热病、霍乱、流脑等，还有一些病连他也没听说过。说完后，F先生又把一只手放在腮上，歪头想了一想："哦！对了，还有艾滋病。"仿佛大蒜是医治百病的仙草。

他果然只剥两瓣，然而他并没有生吃，而是把剥完的蒜放在碗里，用开水烫了又烫。

"大蒜被加热后，就起不到杀菌的作用了。"小胡很专业地提醒。

"哦，可不是吗，我怎么就没想到。"F先生立刻重视起来，赶紧又重新剥了一瓣，这回他只烫一次。他拿出一片消毒纸巾，仔细地把自己面前的餐具擦了又擦，接着又把两只手也严格地消了毒，如果是吃西餐，他一定会拿着餐刀，给一个牛排做外科手术。他抬起头看了一眼叶维塔，又变魔术似地从裤袋里摸出一片纸巾，放在她面前的桌子上，说："来，你也消消毒。"

叶维塔微笑着点一下头，道了声谢，她并没有去碰那片纸巾，因为她从互联网上看到，大陆的这种产品，不全都是信得过的，而且有些材料的来源可疑（据说，有的源自医院里用过的纱布），尽管这些消息的来源也并不可靠。

F先生看见桌子上的一盘青椒猪肉，立刻恐怖地想到了猪流感①：

①当时国际上正在流行猪流感。

"我建议，从今以后，我们别再吃猪肉了。"他恨不得猪这种动物，在地球上立刻消失。直到猪被平反的那天，他突然开了斋，觉得猪肉这种东西，和人的胃相处了几千年，还是可以信赖的，他自己家里也养猪，那年，他上大学的钱，还是家里卖了一头猪才凑齐的。想到猪的种种好处，他夹在筷子上的肉，又有些不忍心吃了，他反复地看着它，犹豫着。但最后，他还是吃下很多，要是不吃，健康不好，疾病也会趁虚而入。

多了一口人，自然要加餐，他打开冰箱看了看，放蔬菜的那个格子上，只剩下几只白萝卜，都已经蔫了，小胡说等它们再蔫一点儿，就将它们扔进咸菜坛子里，现在水分还太多，扔进去早了，容易烂。他找来几个塑料袋准备出去买菜，F先生和叶维塔正在院子里面散步，看见他起车要走，过来问明了去向，便也一起跟着上了车，总是呆在院子里面无事可做，也觉得烦闷。

偌大的一个市场，集中了一切地摊商品，除了非洲的土特产，舶来品几乎全都是中国货。F先生很有预见地，老早就捂住了鼻子，可是，到了应该捂鼻子的地方，他倒是停下来，不往前走了，如果把嘴也给捂上，人会受不住的。他向他们扬了扬手，意思是说："算了，算了，你们进去，我在这儿等。"

"来考察项目，又不是来考察买菜，底下干活儿的人，什么苦都能吃，又用不着我来赴汤蹈火。"F先生觉得犯不着。然而，考察项目，正是从这些细微的地方入手：副食品供应、物价、工程材料，特别是哪些材料需要进口、当地的政策、法律、税务、医疗卫生，以及各种自然条件、风土人情、道路交通、劳动力价格、政治是否稳定等等，事无巨细，能想到的，都要尽可能的考察到。

他和叶维塔消失在一片简陋的破棚子底下，棚子一个连着一个，扑扑啦啦的一大片，都不知道它的尽头在哪儿，或者走进去，一头钻出来，发现已经出了城。

刚从外面进来，棚子底下显得有些幽暗，用几根木头搭起来的摊床上，躺着几件可怜的蔬菜，蔫巴巴的好象是在那儿睡着了，如果再没有人问津，它们真的要睡了。

头顶上是塑料布的天、尼龙绸的天、红色的天、蓝色的天、开满了花儿的天、破了的天、漏了洞的天，总之，是肮脏的天。

"我的天啊！"

叶维塔特意为F先生拣了几样具有非洲特色的菜，说是做给他尝尝新，她解开身上围布的一角，拿出一把零钱和菜贩子讨价还价。这些蔬菜一遇见外国人，就身价倍增，叶维塔也就成倍地往下砍，末了，还要求菜贩子给她搭上一条黄瓜，两根胡萝卜。蔫了的也行，回去喂那只八十多斤重，谁也不知道有多大年纪的旱龟。

他抓起一个橙黄色的西红柿拿在手上，发现是漏下来的一块阳光，便又把它给放了回去。他不好意思起来，脸也红了，好像那个西红柿是他偷来的，又偷偷的给放了回去，他斜着看了一眼叶维塔，不知从什么时候开始，他无论做什么事情，都很在意她的反应。

女菜贩子讨好地对他说："你的老婆太精明，会过日子，人也长得漂亮。"叶维塔脸上一红，向那女人扔去一片菜叶，娇嗔地说："去，不许你乱讲。"

他没搭茬，手里捏紧了钱包。

台湾和大陆素来不和，同样的水果，长在大陆叫菠萝，长在台湾却偏偏叫凤梨。一个长长的东西，在台湾叫飞弹，飞到大陆就变成了导弹，大陆给扔了回去，还是飞弹，怪吓人的。所幸的是，到目前为止，还没有这样的东西在两边飞来飞去。

兄弟之间有芥蒂，相互诋毁，连国际上也看不下去，派一个非洲的卖菜妇从中撮合，管啥用！

2

　　出了大棚，他们看到F先生还站在原来的位置，没有动过。不时有孩子、大人、抱着孩子的大人，向他走来，跟他问好，伸出手来和他握手，然后手心就势向上一翻，开始朝他要钱。F先生窘迫地站在那儿，两只胳臂肘紧紧地抱在一起，拼命地躲着从各方面伸过来的手。F先生想往回走，可是，他忘记了汽车停在哪儿，怕丢了自己，他想去那边的屋檐下避避太阳，又怕不知道叶维塔他们会从哪儿出来，看不见自己。

　　火一样的太阳，像烤红薯一样在炙烤着他，他一动也不动，脚下半寸厚的尘土，仿佛是水泥，把他一双崭新的皮鞋浇铸在里面，他没有去接叶维塔手中的菜，省得要洗好几遍手，浪费一片消毒纸巾。

他和叶维塔把手上的菜放进汽车里，开车去另外一个地方买肉，这回，F先生没有下车。

晚上，叶维塔亲自下厨房，做了几道非洲菜，她已经掌握了使那种叫"冈布"的蔬菜不流出粘液的办法。一开始，她试着用水焯，结果像鼻涕一样拉出很长的黏条子，她又试着把它们用油炸，还是止不住粘液流出来，结果只好爆炒。

F先生没有去碰那几盘非洲菜，他一直怀疑那些东西的可食性："没见过这种东西，能吃吗?"他很不放心地把筷子掉过来，用筷子的另一头拨着盘子里的菜说。

"没见过"是F先生的口头语，个中隐喻他见多识广，而他生长在一个贫困省的贫困县，贫困乡的一个贫困村，贫困村里一个不太富裕的人家。高中毕业，借钱上了一所三流大学，后来，毕业分配到那家公司。

终身既定，F先生心中窃喜，一生但求无过。

晚饭后，叶维塔到他的房间里来上网，传输资料。F先生总是找她说话，问她城里有什么地方好玩儿，她推说自己也不大清楚，就借故走开了，她不喜欢F先生这样的人，本来穿衣戴帽，各好一套，别人无可厚非，但是，她觉得一个年轻的男子，这样拘泥，谨小慎微，生活上墨守陈规，似乎缺少了点情趣。

他也认为，世界之大，相比之下，人是很渺小的，特别是生活在偏远地方的人，本来就吃不到什么，见不到什么，也做不了什么大的事情，如果他们再没有吃过的东西不吃，没去过的地方不去看看，没做过的事情不想去尝试一下，却是亏待了自己，一辈子活到头来，还只是认识那么几样东西，吃着从小老娘给做的那几道菜，不划算。

他知道像F先生这种人是很多的，只能感叹人与人的不同了，有的人情愿这样，有的人情愿那样，每个人都有自己的活法儿，就像井队有些人，把自己的生活环境搞得一塌糊涂，脏得像猪窝一样，而他们却感到很自然，认为只有这样，才是属于自己的生活。相反，如果让他们住进宫廷里，他们会把宫廷改造成猪窝。

他联想到F先生的考察报告应该怎样写，写这里不适合人类居住？而这里的中国人，不是生活得很好么？写这里适合人居，那么，如果领导分派他来这儿工作，他用什么理由来拒绝？他可以说："这里的市场不好，没有开发价值。"可那些从中国来的个体户、集体企业、股份制企业、还有别的国家的外国人，不是都干起来了？眼看的，只有中国的国有企业的单位，越做越完。

F先生的心里一定充满了矛盾，他对工作是认真的，可是他多虑了，国有企业的干部出国考察，不就是公费旅游？只可惜他没有玩好，——是他自己不愿意玩，有什么好玩的？辽远的平原一望无际，风吹草低见牛羊，而那一望无际的草低下头，把牛羊全都给露了出来，不就一切都一目了然，还有什么好看的!

反正，大自然里的一切，对F先生都构不成诱惑，他只喜欢和一些标志性的东西合影，以充实自己标志性的影集。他很可爱地伸出中指和食指，比划着一个丫头的"丫"字，嘴里默诵着茄子，F先生是不吃茄子的，而那个"茄"子，却偏偏要在嘴里拉得很长，很长，比丝瓜还要长，至少，得比照相机的曝光时间要长。

茄子吃完了，相没照完，那个修理工兼做饭的小胡，不怎么会照相，忘记了拿开镜头盖。"对不起，来! 再吃一遍。"

各种各样的中国人他见过不少，有与当地氛围格格不入的外交官，操着标准的外交辞令，工作不大好开展。有小学文化的个体户，外语讲的不多，靠喷唾沫星子充数，口讲干了，手足并举，信口开河，高谈阔论，朋友遍天下。也有兢兢业业的实干家，赤手空拳，打下一片江山，他们的子孙后代也因此成了非洲人。

国有企业大都不赚钱，或者赚了点儿钱，又都被挥霍光了，私营工商业者很容易地便发了财。他们的话题，早已离开了F先生，只是泛泛地指这一类人而已，因为，在背地里议论别人，是很不礼貌的。

"唉！其实我见过的多了，也只有从中国大陆来的官方人士才这样。"他说。

他们也许不必要来受这份罪，他们有那么好的条件：不需要本事，也许是最大的本事，只要把领导摆平就行（而领导又总能让他们摆得很平）。不必有太大的能力，也许是必需的能力，能四面逢迎，不做错事就行。干得好，就地自然提职（排号也该排上了），干砸了，也不要紧，不用引咎就可以换个岗位，变相升迁。有了他们，领导们便更潇洒。

"据说，办公室的里间都有床。"话说到这儿，他自觉失言，一下子便又不说了。

他一面和叶维塔交谈，一面整理文件，自从那天的工程会议后，井位短缺的问题，得到了解决，项目上对他提交的索赔申请函，做了认真的论证，并且对他们的损失做了相应的赔偿，问题解决了，他们也就更加忙碌起来。

忽地，他想起在那天的工程例会上，项目主任提出一个村子的井出浑水，需要处理。他忘记了那个村子的名字，拿出笔记本，翻看那天的会议纪录，他没有找到那个村的名字，取而代之的，是一条横线，叶维塔把自己的日记本递给他。

"×年×月×日×时×分，联合国国际计划署驻S国项目处……。"

——一篇完整的英文版会议纪要，语言精练，字迹工整，结构严谨。时间、地点、主办单位、与会各方、会议主题、各方发言、会议总结、下次开会的时间和地点，不一而足，数字精确到小数点后两位数。在那上面，他轻松地找到了那个村子，它的名字叫："依巴拉空底"。

他试探着让叶维塔留下来，帮他工作，条件由她自己开，他未能得到她的首肯。他觉得人各有志，谁愿意来这个苦地方长期工作呢？所以他也就没再坚持。

第九篇　过年

而她自己却自豪地用实物证明了她没有被实行过割礼，是一条漏网之鱼。

其实，即使看了，他也看不懂，因为那个时候，

他还没有看见过那个部位被割完后，是什么样子。

1

　圣诞节的前两夜，基督徒们都忙着过节，穆斯林们也跟着沾光，恰似穆斯林的节日，基督徒们也跟着偷闲，大家同喜同庆，相互之间交换着好听的话。宰牲节刚刚过完，再过几天就是元旦，几个宗教节日和公共节日穿插着过，超市里的货架上摆满了节日商品，街头装上了彩灯，处处洋溢着节日的气氛。外国人都纷纷预定机票，等着回自己的国家，和家人团聚，商人们不失时机地抓住这个假日经济，以弥补节日后一段时期的商业萧条。因为过节，老百姓的钱花多了，节后，好长一段时间里要节省着开支。

　这个月，孩子们的心情特别好，无非是惦记着那点儿好吃的东西，就像改革开放前中国的孩子一样。国家穷，老百姓的家里也没有多少钱，宰牲节能勉勉强强地宰一只羊，元旦就只能宰几只鸡，宰牲节能勉强宰几只鸡的，元旦就只好再少宰几只。不光是吃好的，孩子们还都穿上新鲜好看的衣裳，女孩子们打扮得更是漂亮，在她们这个年纪里，上帝也许就是那些好看的衣裳。圣诞树早已准备好了，上面挂着彩灯和一些五颜六色的小礼品。夜里，圣诞老人将循着这些塑料松树找来，专门往孩子们的鞋子里放一个善意的谎言——一份父母的心。

让大家始料不及，今夜耶稣早产，提前降临。霎时间全城鞭炮齐鸣。他们正在客厅里看电视剧《无间道》，父亲对儿子说："出来混，迟早要还的。"他刚进来，没看到前面的内容，正想要知道还什么，却听见有人敲门。紧接着，门被推开一道缝，一个黑人闪了进来。是房东依得利沙，此人大约有五十多岁，每次猜当地人的年纪，他都没有猜准过，所以就索性认为他有五十多岁。依得利沙身材矮小，额角上斜着两道纹痕，是区别于其它部族人的标记。他拥有几处房地产，兼做砾料生意，过着小康的生活。他始终守着一个老婆过日子，结婚登记那天，区政府的经办人问他：

"你将来还要再娶老婆吗？你一共准备娶几个老婆呢？"

"准备娶四个。"依得利沙斩钉截铁地回答，毫不犹豫，如果那个人再问一遍，他还会这样说。可是那个人却觉得没有必要再问他了，便转过身去问他的未婚妻："你同意你未来的丈夫娶四个老婆吗？"

"同意"。他的未婚妻满口答应，回答得很轻松，不假思索，就好像有人问她将来准备生几个孩子，而到底能生多少，她自己也说了不算。他们的回答被记录下来，有双方的证婚人彼此作证，以资日后的凭证。这么多年过去了，那张纸仍然具有法律效力，可是依得利沙并没有再娶，当初的承诺只是一种流行的手段，是为了告诫妻子：今天他虽然在众多的女人里面，选中了她做老婆，但她也不能自以为是，过高地估量了自己，在未来的日子里，如果她不乖，他就会不断地再往家里娶，使她成为一块用过多年的旧围布，躺在箱子里，不断地被新买来的围布给压在下面，偶尔拿出来，也上不了台面。

婚后，依得利沙的老婆给他生过两个孩子，他们都在不到一岁时就夭折了，不知道是什么病，死在医院里。这里的病人死了就是死了，没有必要去追究什么病，那都是医生的事。人活着，躺在那儿有一口气，是病人。死了，是死人，反正没病不死人。第二个孩子下葬的那天他也去了，在公墓里众多的坟冢之间，他们找到一小块空地，挖一个很小的墓穴。挖的时候，碰到一根白骨，被掘墓人给埋到一边。公墓是公共的，也分先来后到，先前的人死了，灵魂升天，身体就没有用了，迟早会变成泥土。婴儿用布给裹成一个小包袱，放进墓穴里，埋好后，在上面起一个很小的坟头。

有人劝依得利沙的老婆继续生，可是打那以后，她再也没有怀上孕，据说是身体里面有一种遗传的潜质再起作用。是谁的身体呢？……是她？还是依得利沙？也有人劝依得利沙再娶一个，他也没娶。不过依得利沙有一个婚外的儿子，寄养在乡下，他们把他接了过来。

在这个地方，人一有钱就可以享清福。依得利沙在家里养着好几个佣人，过着饭来张口的生活，可是他活得并不自在，亲戚们都是穷人，且都生活在乡下，按照这里的风俗，他都得管。因此，他的家里总是外来人口不断，客厅的地上经常像候车室一样，躺满了人。两个小伙子在他家里常吃常住，无任何事情可做。每逢亲戚里面有婚丧嫁娶啊、添丁进口啊、生老病死、天灾人祸，都来找他，他就得出车、出力、出钱。依得利沙曾经和他提起过这些家庭琐事，却没有流露出多少抱怨的意思，就好像这是一种家族的责任，谁让在这些穷亲戚里面，顶数他家最有钱呢。

依得利沙比较诚实，有点小气，精明，会算计，他把他们家旁边闲置的一块公用场地圈了起来，租给井队，一租就是十几年，非洲的城市发展缓慢，到现在，那一片地还未被开发。——他还在吃着租子。依得利沙暗自高兴，心里兜不住，不小心就表现到脸上来。所以，他每次过来，看着那个大院子，脸上都是笑眯眯的。

隔一道墙住着，常来常往，混熟了，也用不着客气，一见面就拿对方开心。和中国人在一起聊天，依利沙总喜欢带上几句中国话，说的不好，说着说着，就笑了起来，都五十多岁的人了，笑起来还像一个孩子。他看见中国的痒痒耙，竟然笑得倒在地上，直到笑够了才爬起来，想发表点意见，可是话没出口，就又笑了起来。

中国人用那个东西打依得利沙的屁股，他躲闪着把它给抢了下来，好奇地看着，在他的眼睛里，中国有很多稀奇古怪的东西，就像他们的人，总是和一般人两样。那个竹棍儿，一端雕着一只小手，拇指好像不常用，靠边站，其它四根指头过于劳动，有些伸不开，佝偻着。他想："中国人打屁股也要发明个工具出来，真是想到了极致"。他用那个东西往自己的屁股上打几下，便不疼不痒地笑了起来。

那个中国工人光着膀子，趁着依得利沙眯缝着眼睛笑的时候，从他的手里夺下痒痒耙，把胳臂别到身后，一上一下地抓挠。后背又大又扁，他苦于寻找，一脸焦躁，心里没着没落的，急于在一面墙上找出一颗钉子，把自己挂在上面。他的身体开始缓缓地蠕动，紧密地配合着那只竹雕的小手儿，脸上一点一点地露出飘飘欲仙的神情，——他好不容易抓到了点子上。可是，他似乎觉得不过瘾，又焦急起来，抓心挠肝的，那四根指头光秃秃的，如果给它们镶上指甲……？

依得利沙一下子明白了那个东西是做什么用的，马上倒地狂笑，像似有一只痒痒耙在他的腋下胳肢他。

这会儿，依得利沙从门缝里挤了进来，神色有些惊慌，问："你们听见枪声了吗？"他发现没人理他，所有的眼睛都盯着电视机，根本就不朝他看。

电视剧中的情节起伏跌宕，人物鱼龙混杂，你中有我，我中有你，真人不露相，"谁是那个卧底？是谁在幕后指使？"导演没让暴露，他们便都潜伏得很深。依得利沙一时心急，便端起一只无形的冲锋枪，开始向屋子里面的人扫射，嘴里"嘟！嘟！嘟！"地往外面喷着子弹。

"你们听见枪声了吗？"一梭子子弹打完了，他把枪放下来，趁着换弹夹的功夫，他又问他们。这会儿大伙儿听见了，但是他们愕然，一个人走过去，按下影碟机的暂停键，问："枪声，是谁在打枪，外面响的是枪声？不是在放鞭炮？"（近几年非洲过节，也燃起了鞭炮）

"今天晚上外面有事，你们赶紧把灯关掉，外面的照明灯也全都关掉，大家都呆在屋子里，无论外面发生什么事情，千万不要出去。"话一说完，依得利沙便又闪了出去，出门前没有忘记嘱咐保安把大门前的灯关掉。大伙儿先是一怔，接着又哈哈大笑起来："这家伙编得倒挺像的啊，说完立马儿就往外跑，都没敢多呆一会儿，倒像是屋子里面出了事似的，哈哈！"

"装神弄鬼呗！"大伙儿倒没在意，解开暂停键，继续看电视剧。

"他保准是卧底。"

"卧底哪有那么卧的，把自己人往死里打？"

"他要不那样，他自己就得死。"

"死也不能那么干!"

"哦,那他可能不是卧底。"这些业余导演,眼睛里看着,嘴上也不闲着。

"嘭"一颗手榴弹在附近爆炸,一阵啪啦啦啦的冲锋枪声,在另一个方向响起,大门外,一辆军车载着重机枪,呼啸而过,后面一些军人骑摩托车紧随其后,嘴里大声呼喝着,手里挥舞着冲锋枪,盲目地向天上扫射,仿佛他们的仇人是在天上。那天夜里,城里的某个地方,下了一场小范围的,人工制造的金属雨,有运气好的人,那豆大的雨点便落到了他的头上。

军人和警察干了起来,两个无票的军人,想看白天的一场足球赛,被球场执勤的警察给拦了下来,双方发生肢体冲突,混乱中,两个军人不知怎么,就给打死了。

"咳!来的时候还好好的。"

军人打死了警察,最终死的又是军人,传来传去死的还是军人,最后传得只剩下了军人。是军人,被警察打死了,两个。战友兄弟们岂肯善罢甘休?他们纠结在一起,当官的劝阻无力,或许是私下里的默许。夜里,一伙当兵的砸开军火库,拿出枪支弹药,冲上街头,扬言要杀死全城的警察,他们砸毁几个派出所,包围了警察总局,在墙上锥下大小不同的枪眼。总统正在邻国访问,匆忙赶回来调停,涉案警察已被乱枪打死,军、警间做了低调处理,死者家属得到了抚恤,大家安静下来,继续准备过节。

前几年,在邻国,球迷们憋着一肚子气,看完一场足球赛,散场后,人们的怨愤却无法散去,他们集体走在马路上,路的两边是商店,明亮的玻璃橱窗里,陈列着各种各样的商品,琳琅满目,在霓虹灯的照耀下,尽显招摇。服装模特微笑着向路人招手，可也说不准是在招谁，动作被人给固定了，脸上的笑老是放不下来，反正在当时，全国人民都没有好气，只有它是高兴的。

尽管它每天都站在那里招手，行路人却只注意到它身上穿的衣服，每隔一段日子，就换一身。今天，人们突然发现它的面目是那么可憎，它的嘴角上挂着微笑，是蒙娜丽莎的笑，神秘而又让人捉摸不定。几个人围在橱窗外面看着那个模特，可是那个"人"，却以为他们是在欣赏它的衣服，仍然尽职尽责地笑着，它并不知道，有一个真人，在看比赛的时候，因为给对方的球队喝彩，被人给痛打一顿，而作为一个时装模特，它自己又是禁不起打的。

"砸了它！"人群中一个穿得很破烂的人喊了那么一嗓子，那个人和模特很早就认识，他们的个头不相上下，肥瘦相仿。经他那么一喊，球迷们压抑的心情立刻爆发，就把那个模特给砸了，它倒下去时，怕弄脏了衣服，自己留了个心眼儿，把脑袋抵在橱窗里的墙角上，身体呈四十五度角挺在那儿，姿势一点没变，脸色没变，它的下面悬空着，一个人上来，一脚就把它给拦腰踹成两截儿。只可惜那身衣服了，早晨才换上去的，混乱之中已经不见了，它多么想穿在一个真人的身上！那些人一时砸顺了手，也就不想停下了，索性一路砸下去。把沿街几家外国人开的超市、餐馆、药店也都砸一砸。收银员给吓跑了，收款机也给砸坏了，手里拣的几样东西一时交不上钱，只好把帐记在自己心里，东西先拿走，家里等着用。

接受警方调查时，老板娘没有说自己曾经被轮奸，可是打那以后，一遇上身体哪儿不舒服，总觉得是艾滋病，整日里惶惶的，想去医院查一查，又怕给人看见，知道了。再说那种病也没法儿治，查出来反倒不好。

非洲人酷爱足球，从大人到小孩儿，空地有的是，他们光着脚和足球拼谁硬。井队的驻地后面就有一块空地，一群孩子，把捡来的许多塑料方便袋，塞进另一个比较结实的塑料袋里，包紧了，捆扎好，就成了他们的"足球"。那天，他开车经过那儿，那个球正好飞过来，砸在汽车的风挡玻璃上，又弹回来，滚落到车前。后视镜里，他没有看见那个"足球"，一只黑色的饼子扁扁地贴在地上。回来时，他又经过那儿，停下汽车，落下门玻璃，孩子们围拢过来，还没等他们开口，一只皮制的足球递到了他们的手上，孩子们欣喜若狂，接过足球，放一个大脚，足球被高高地射向空中。

　　他不知道那个球是在几点钟落下来的，当时，他把皮球交到孩子们的手上，他就走了。

2

每当月底，工人们总是迫不及待地等着领工资，今天是年底，他们早就等不及了，刚刚过了中午，活儿就已经干不下去了。他也正想着把工资早点儿发给大家，提前下班，让他们去采办年货。他把工资单填写好，钱装进工资口袋，一摞借条摆在一边，又让一名工人去就近的市场上换来两万块钱零钱。一切准备妥当，把工人一个接一个地叫进来。

萨瓦杜古第一个进来。一个高大粗壮的人，簸箕般的大手握着一只纤细的圆珠笔，手放得很下，看不见笔头。大手盖住了一切，都不知道签后的字会落到哪个栏目里，一切听天由命。就像在轮盘上下赌注，可是，无论他的赌注下到哪个格子里，他都会拿到钱。

笨拙地在工资单上签了字后，萨瓦杜古领走了他的工资。他是看守，工资低，扣除两千块钱的欠款和百分之四点五的社会劳动保险金，再加上一年一个月的休假工资，还剩下六万七千九百八十七西非法郎，凑个整数，实付六万八千，钱当面点清。

借条还给他，这是他第三次启用那张借条。他不会写字，求人代笔，只写钱数，不填日期。他一直把它珍藏着，手头紧了，就把它拿出来兑现，像使用支票一样。按理，没有日期的借据是不算数的，只因为数目不大，又是自己人，放在那儿，留作备忘就行了。

接下来的是玛玛杜，他的工资高，在野外工作，有加班费、野外津贴、出差费等。家里有钱，然而，这并不妨碍他借钱，借钱是他们的习惯，有钱没钱的，都借钱。附近一家中国纺织厂的会计说，他们那儿也是，没有办法，有的企业都快被借垮了。说着，他还无可奈何地摇了一下头。

既然当地有这种习惯，井队也就入乡随俗，只是在数量上加以控制，借给工人的钱不能超出他们的工资，要么，出现情况时，就扣不回来了。玛玛杜这个月的全部收入，加上休假工资，减去欠款，共得十一万六千六百西非法郎。他是个精细人儿，会过日子，家里不缺钱，但是借钱是习惯，好象借了不用还似的。

欠款不能直接从工资里扣除，得先把该发给他的钱都发给他，然后他欠多少，再从那些钱里面拣回来，否则，这笔帐无法算清。玛玛杜拿起笔，犹豫着，不知道往哪儿落笔，他每次都忘记在哪儿签字。他伸手指给他一处地方，玛玛杜就在他指的那个地方划一个横，一个勾，这是他的签字。外国人可能大都不会写自己的名字，所以他们签字时，只是作一个私记，相当于中国的画押。

阿德曼是副机长，钱自然比别人挣得多，可是他的钱都花在了女人的身上，他在野外工作时，常有不同的女人来井队借钱，说是他的老婆，她们抱来不同的孩子，说是他的孩子，这些他都承认，他给她们钱。可是他在外面还有女人，差不多每去一个村子，每到一个镇上，都找女人。在井队工作了二十多年，一分钱也没攒下来，还经常欠债，快到五十岁的那年，有人劝他，他自己也幡然省悟："如果再不攒点钱，讨个老婆，建立个家庭，晚年的生活可就惨喽！"

阿德曼想戒掉那种嗜好，他想到了中国人。他认为中国人把老婆、孩子丢在家里，独自来到非洲打拼，三年五载都难得回家一趟，很少或不沾女人，一定是吃了什么药。阿德曼开始向中国人讨药，他第一次听到别人向他要这种药，他被逗得捧腹大笑，好不容易才止住。阿德曼被他笑得不好意思起来，站在一边搓着手，眨着一双大眼睛，面色有点儿窘。他佩服阿德曼的想象力，他没听说过有这种药，如果真的有，他倒也想拿来试试，他甚至奇怪自己在最需要的时候，都没往那上面想过。

——阿德曼的签字是一个圆圈加两个杠。

每次最不急于开资的是拉斯玛尼。他踯躅不前，来得最后，他知道自己的工资已经被他预支了大部分，账上已经不剩多少钱了。拉斯玛尼爱喝酒，自己喝没意思，请吧女作陪，吧女最爱喝好酒。他人总是迷迷糊糊的，工作中也常是这样，井队下一个要辞退的，可能就是他，并且已经向他下达了书面警告。他是司机，要杜绝一切安全隐患，不能等着出了事，再做处罚。

拉斯玛尼不识字，找别人给他念。

"那信上真是那么说的？"他怕别人蒙他。

"信不着我？去找别人给你念吧？"那人把信给他甩了回来。拉斯玛尼知道了事态的严重性，也因此改正了不少。改正了就好，既往不咎。也许钱越少，就越是怕别人给冒领了去，拉斯玛尼的签字特别复杂、啰嗦、难以模仿。他先把工资单的一角涂黑，然后，又把笔飞出去好远，再绕回来，加上一只小猫的耳朵、一只老鼠的眼睛。

因为过年，井队只扣下他一半的欠款，他拿出一部分钱用来过节，把剩下来的钱，交给一个中国工人代为保管，拉斯玛尼所有的钱都存在那个中国人手里，不知为什么，他只相信他。

拉西纳是一家倒闭的中资公司的翻译介绍来的，一开始他不想要，他的心里最清楚，和中国人在一起干时间长了的当地人，学会了许多劳动技艺，在工作中比较容易配合，语言上也容易沟通，但是，他们同时也养成一些毛病。后来，那个翻译恳求他，——一种近于哀求的恳求，他收下了拉西纳。

果然，拉西纳没有辜负那位中国朋友的苦心推荐，他干得好，而且还会瓦匠活，他和另外一个叫布卡里的当地工人，盖起了一个机修车间，一座很像样的房子。他们两个都是好工人，布卡里识文断字，身材高大，体格健壮，懂得事理，干活从不挑挑拣拣，非常勤奋。人一有文化，字签得也流畅，好看！

他想，将来等他的公司倒闭时，他也苦苦哀求别的中资公司把拉西纳留下。可是，为什么拉西纳一到哪，那里就要倒闭呢？他看了一下工资表，还有吾斯曼没来领钱。

吾斯曼刚才请了一会儿假，这会儿兴冲冲地从医院赶回来。老婆又给他生了一个儿子，重四点五公斤，娘肚子大得走路都费劲。医生说要剖腹产，就是把肚子割开，婴儿从里面拿出来，不过这样，产妇方面要付费用。吾斯曼说没有钱做手术，就用没有钱的办法儿生。孩子争气，父母没有钱买入场卷，自己来到这个世上，赤裸裸地，光着一双小脚丫。吾斯曼已经有了两儿一女，说这是最后一个，他能住手才怪。

因为老婆生孩子，他已预支了大部分的工资，剩下的一点钱发给他，欠款留着下个月扣，又额外地给了他五千块钱西非法郎的贺礼，是他私人掏的腰包。吾斯曼也是签过字后拿的钱，他的签字没什么特点，寥寥草草地划几笔了事。

大家都领到了钱，心里也都挺高兴的，就像所有的人见到钱那样。

井队一般只有少量的中国员工，地方政府为了解决就业问题，鼓励驻在那里的外资企业，多雇佣当地人，招标书上也常有这样的要求，这也是评标的一个得分标准。另一方面，对于公司来讲，也减少了很大一部分工程成本，中方人员的费用高。

在前几年，一台钻机上要有七八个中国人随行，其中包括一名翻译。如今，只留下一名中国机长就足够了，机长被要求尽快适应当地的语言，翻译也被取消了。副机长是当地人，要求有多年和中国员工在一起工作的经验，负责协助机长对外沟通。

当地工人和中国工人在一起干久了，学会讲点中国话，中国工人和当地工人在一起工作时间长了，也能讲点法语和当地语。在中国人的主导下，他们把汉语、英语、法语和当地语揉和在一起，消化吸收，再经过加工处理，发明了自己的工作语言。这种语言，只有他们自己才懂得。如果英语是English（英格利斯），法语自然而然的便是Faglish（法格利斯），依此类推。他们把螺丝叫"男人"，称螺母为"女人"，一切形象的、象形的、谐音的、和男人、女人能扯得上的，都被载入他们的词典。当然，那只是语音词典，如果需要，他们也能创造出文字来，一些象形的文字、符号，只要能通得过扫黄。

大家整理环境准备过年，把停放的车辆刷洗干净，接一个胶皮管子冲洗水泥地面。

大门外传来咯咯的鸡叫声，一个邻居，手里提着一只小母鸡，来给他们拜年。他知道，这个礼很重，邻居家里穷，孩子又多，一年也吃不上几只鸡。他回赠了几样东西，拿点吃的给他带回去给孩子们。

过了一会儿，又一阵咯咯的鸡叫，一个黑人朋友给他们送来四只大公鸡，那几只鸡很大，随他来的年轻人，一只手里提两只，两只鸡加在一起的重量，相当于一只大肥鹅。粗壮的爪子被捆扎的绳子磨出了血，那鸡爪子长得有中国的肉食鸡的爪子那么大，这里没有肉食鸡，很难得见到柴鸡能长成这么大。也许是他爱啃鸡爪子的缘故，他特别关注那几只鸡爪子，一共有八只。

看守接过鸡，用手掂了掂："巴特龙（老板），这鸡值很多钱。"他知道，这个礼也很重，每只鸡值四千块，节日期间可卖到五千，像这样的鸡，无论多么体面的人，只要提来两只，也便说得过去。

克里斯蒂娜原先是这里的女佣，她的老公是个商人，时常从邻国带点东西回来倒卖，也因而常常被海关人员给扣下。多交点小费，少给点罚金，多说点好话，少算点关税，小本经营，生意不大好做。他们有两个很小的孩子，最小的一个生下来后，克里斯蒂娜不得不出来找点事做。不知为什么，她总是迟到，人也不是很勤快，一天，他的一个细心的同事在她的手提袋里发现一瓶菜油。她哭了，大家都没说什么。

克里斯蒂娜离开了井队，没有人说是什么原因。雨季井队关张三个月，中国人休假回来后，就没有再找她。后来，克里斯蒂娜的老公过早地病逝了，她那时已经怀了第三个孩子，婆婆家里穷，靠不上，她只好带着孩子搬出来自己过，她把孩子放在自己的髋骨上（非洲女人抱孩子的一种方式），头上顶着一摞布，走街串巷的卖布。

她不忘旧时的雇主，每逢过年，她都带着孩子来给他们拜年，好象她的岁月流失得比别人的快几倍，每隔一年见到她，她都象苍老了好几岁。今年，到这个时侯还不见她来，但是他想到了她，过了今天，她的最小的儿子才满四岁，她还有很长的路要走。

3

近几年，来这个国家发展的中国人越来越多，出手也越来越阔绰，形成一股不可忽视的消费群体，成为各家航空公司竞相争取的客源。新开业的××××航空公司，新年之际，在中餐馆宴请中国人，并且给出了优惠于其它航空公司的票价，他们精心地把价目单制成卡片，开饭前发给来宾人手一份：

始发港——×××地——香港，两个月往返910000西非法郎。

始发港——×××地——北京，两个月往返923500西非法郎。

始发港——×××地——北京——上海……1037900西非法郎。

票价基本定位在九十万至一百万西非法郎之间。另外，还有商务舱的价格，因为价钱太贵，非官派人员，可以忽略不看，而官派人员自费出行时，也从来都不往那上面看。

四五片羊肉，被穿在一根细小的木棍上，薄薄的，仿佛是从土鸡身上拔下来的毛。肉片切得太薄，一遇见火，就干在棍子上，啃不净，吃完了，棍子上还沾着一些细细的肉，毛毛的，看上去便更像羽毛了。瘦小的烤鸡，被切开来，分散在几只普通的盘子里会显得多一些，可还是盖不住盘底。

饿了的人，先拣一些填补填补肚子，不太饿的人后去拣，发现已经没有了，坐下来光喝饮料，等着下一道菜。完全不饿的人，坐在那里没有动，继续和身边的人聊天。也许他们真的不饿，也许他们不喜欢吃肉串、烤鸡这样的东西，烧烤的食品总是不爱消化，没有大虾、鱿鱼吃起来养胃。

陌生的面孔越来越多，中国竞争太大，市场饱和，生意不大好做，而非洲却有众多的领域尚待开发，因此吸引了很多中国人前来考察、投资。一些人来后看看这里的环境，又转到别的国家去了。一些人投下一笔钱，先试试水，觉得还行，就继续做了下去。大家利用这次相聚的机会，在一起交流经验，互通信息。他们当中，没有几个人懂得法语，也许他们把那个航空票价表误认作菜单，在等待着那几道九十万至一百万元西非法郎的大餐。反正，最终大家都是要吃饱了才回去的，既然有人请客，家里的晚饭就没准备。

服务员来收盘子，大家看不出再有上菜的可能，有些人就提前告辞，回家烧饭去了。礼貌的人临走前觉得应该和航空公司的代表握握手，表示感谢，祝他们的航空公司飞黄腾达，就像坐飞机那样。然而事实上，坐不坐他们的飞机，还得看具体情况而定，如果他们的票价定得很低，其它的航空公司也一定会向他们看齐，甚至比他们还要低，总之，航空公司多了，对这里的外国人都不是坏事。

前年，大年初一，一大早就有两只大花喜鹊飞进井队的院子里来报喜。这种罕见的大鸟，自从他来非洲这么多年，只是在野外看见过几次。它们竟令人不可思议地知道中国的春节，从非洲的原始丛林飞到首都，飞进他们的院子，按照中国人的传统习俗，来给他们拜年（即使不是来拜年）。这也许要飞上一百年的时间吧？因为他觉得，这是百年不遇的事，这种在当地罕见的鸟，在这个特别的日子里，飞进特殊的院子……

两只大花喜鹊，拖着长长的尾巴，喜气洋洋，昂着头，挺起胸，雄赳赳地在地上跳来跳去，在一棵番石榴树上，翻上翻下。如果那是棵梅树，用中国画画了下来，就是"喜上眉梢"。一头獾，馋涎欲滴，仰头望着树上的一只鹊，而碰巧那只鹊也看见了那只獾，叫做"欢天喜地"。两只喜鹊面对面地叫，吵得不亦乐乎，也叫"喜相逢"。挑拨性地在它们两个面前放一枚铜钱，叫"喜在眼前"。关于喜鹊吉祥的传说，比比皆是，数不胜收。

当然，也有人说喜鹊的坏话，说它喜攀高枝，娶了媳妇忘了娘。可是不管怎么说，统计起来，还是吉多凶少。后来，民间索性把喜鹊作为"吉祥"的象征。

喜鹊一身蓝色的羽毛闪闪发亮，尾巴上带有蓝绿色的虹彩，身上和尾巴上，在天蓝色的羽毛中间，夹杂着几根深蓝色的羽毛，翅膀张起来时，尾巴显得更长。两只喜鹊大声大气"嘎嘎"地叫着，据说，喜鹊能报喜，也能预报天气呢，《禽经》中记载喜鹊：

"仰鸣则阴，俯鸣则雨，人闻其声则喜。"

两个中国工人听到了，更是兴奋得手舞足蹈，他们跑出来，操起长长的扫把，慌手慌脚地扑打喜鹊。一边扑打，一边还张着嘴呵呵地笑，那高兴劲儿，一看，真的是过年了。

喜鹊是吉祥鸟，它们飞走了，是否也带走了那一年的好运，他不得而知。他不相信迷信，只觉得心头上涌起一股不可言喻的凄怆，但是过年了，是要高兴的，于是，他便也跟着呵呵地笑了起来。

　　一个黑人朋友送来猪肉贺礼，半个后身，收拾得白白净净的。他们自己不吃猪肉，但不妨碍他们养猪卖钱。有些宗教方面的禁忌，通过做一些法事之后，有的可以得到解决，获得承认，这样，挣回来的钱就可以拿出去花了。当地人有基督徒、天主教徒、新教徒。首都有很多国家的使馆、外事机构、国际组织，有官方的、非官方的，也有外国侨民，猪肉的需求量很大。

　　元旦夜，井队请来几个客人，有沙菲——一个中国姑娘嫁给了一个很帅气的黑人中国留学生，后来又离了婚，留下这个混血女孩。有阿拉桑，——一个中国小伙子娶了这里少数民族漂亮的姑娘，生了两个混血男孩。孩子们都很漂亮，懂事，同时具有中国孩子和非洲孩子的双重性格，这使他想起了他见过的另外一个这样的孩子。

　　那是在几年前，一个老妇人领来一个八岁的混血男孩，说孩子的父亲是中国人，在中国打井队工作。从相貌上看，那孩子倒像是中非混血儿，比当地的黑人长得漂亮，也比中国人长得好看。皮肤黄里透黑，大眼睛，清亮透澈，每眨一下，两蓬浓密而卷曲的长睫毛，便像两把小刷子一样，簌簌地刷下来。黑色的长头发自然卷曲，只是身子骨儿单细了一点儿，看上去，像有些营养不良。孩子穿得不怎么好，倒也干净整齐。

　　"想爸爸吗？"他问那孩子。

　　"我没见过爸爸。"听起来叫人心里不是滋味。

　　"你想见爸爸吗？"

"我不知道在哪儿能见到。"他心里难受极了,无法再问下去。

老妇人并没有带孩子来认祖归宗的意思,只是路过这儿,和大家打个招呼,问声好。那孩子不但长相秀气,人也很懂礼貌,非常惹人喜爱。这不能不使他把八年前在那工作过的中国人,全都在脑袋里过了一遍。似是而非,模样儿相像的,倒是有那么两个人,他无法做出准确的判断。

那一老一小继续走他们的路,没走多远,那个孩子回过头来看他一眼,只这么一看,顿时让他觉得万分惊怵,恰如五雷轰顶,——他从那个孩子的身上,看到了自己小时候照片里的影子。他慌忙地检点了一下七、八、九年前自己在那里的作为,所幸的是,他做的事情是发生在六年前,而且他确信那个女孩儿没有怀孕。她是邻家的女孩儿,他们经常在一起聊天、嬉闹,彼此之间都对对方的身体感到好奇。一天,他们终于忍不住,互相在对方的身体上看了一眼。

"咦!你的那个怎么那么小。"非常惊讶,带点嘲弄的口气。他愕然,然而又无法向她解释:"这在中国是普通的尺寸。"以避免她说:"你们中国人的那个太小。"给全体中国男人抹黑。

而她自己却自豪地用实物证明了她没有被实行过割礼,是一条漏网之鱼。其实,即使看了,他也看不懂,因为那个时候,他还没有看见过那个部位被割完后,是什么样子。他忍不住要动手动脚,她没有让他碰,甚至没有让他多看一眼,便收了起来。他们相约好晚上在一起,他一心挂记着那件事,一不小心前面就耸了起来,赶紧坐进汽车里。他一整天都心神不定,眼巴巴地盼着天黑。

他去离他们住的那个街区,稍远一点的一家小药店,买来一只套套。小店很少有外国人光顾，刚一进门，一位年轻的女店员即已经微笑着迎接他："先生想买什么药，我可以帮助您吗?"他一开口，竟出乎自己意料地要了一盒创可贴，不知两样物品之间有什么联系。皮夹子的拉链有点涩，钱不容易拿出来，磨蹭半天，钱也没付出去。

他终于看见了它们，十几种货色，包装上印着色情的图片，整整齐齐地躺在玻璃橱里，他不好意思挑挑拣拣，匆匆地用手指定一个，又飞快地把手缩回来，好象那个东西是用在手指头上。

"我要买一个这个。"

"对不起，您刚才指的是哪一个?"他只好再指一次，甚至不知道是刚才那一只，还是换了另外一种。

"是这个吗?"店员需要顾客确认，他点点头。

不知是什么品牌，没问多大号儿，甚至也没仔细地看一眼，就赶紧把它揣进衣袋里。皮夹子的拉链好使了，一拉就开，他很快地付了钱，道了一声谢，眼皮子也没抬一下，匆匆地就离开了。

"先生! 您的零钱。"

"? ……"

4

鸟儿快要归巢了，门前的那棵大树上，不知道落下多少种鸟，在浓密的树叶里唧唧喳喳叫个不住，像是住在同一个大杂院里的人，劳累了一整天，忙完了各自的事情，都回到院子里来，吃过了晚饭，聚在一起，操着各地方的口音，乘着晚凉聊上那么一会儿，也就各自散去，回屋睡觉了。

他坐在树下，经过一整天的烦躁不安，到了此时，反倒静了下来。他想着心事：井队的中国人里头，只有他懂得外语，担子都压在他一个人身上，其他都是一些干活的人。有时忙起来，他也觉得很累，只因为现在忙的是自己的事情，心情还是很舒畅。

想起给人家当翻译的时候，虽然做的也都是和现在同样的事，却是非常地被动，不自在。领导把话吐给他，他拿去交给对方，再把对方的回话给领导甩回来，就没有一句是自己的话。手里捧着一本法文菜单，给领导点菜，吃完了饭还得带着他去找厕所，就没有一件是自己的事。现在好了，私人承包，可以自己说了算了，赔了赚了自己擎着，着实的为自己活了一回，再也不用听那些婆婆妈妈的外行们啰里啰嗦地瞎搅和。他不缺钱，也从不把钱看得很重，他知足了。

忽觉一个东西落在头上，用手一摸，却是鸟屎。"赶快，呸！呸！呸！把晦气吐出来。"同事告诉他说。

"呸！呸！"他连吐两口，也不知晦气吐出来了没有。可是这晦气会从哪来呢？会不会应在了那个女孩儿的身上？他坐在那里想着，自己又觉得好笑，他从来都没有相信过这类的事情。他站起来，向女孩家走去，和女孩儿的家人聊了一会儿，两人就一起出来了，他把她带到自己的住处，没了旁人，情景自然又不一样，两个人卿卿我我，搂搂抱抱，玩得好不开心。

"你的头发上沾的是什么，又钻到哪去了？"她拨弄着他的头发。"是刚才鸟把屎拉在我的头上了。""哈……哈……！"她笑得前仰后合："还不快去洗一洗。"她把他押进浴室，脱去他的上衣，把他的头按在洗面池里，池里的水溢出来，弄湿了他的裤子，他索性把自己的裤子也脱了下来，接着，又把她也给剥光了。手法不是很娴熟，好在非洲人穿得少，本来也就挺暴露的，两个人一起站到喷头下面，她第一次看见她的裸体，太美了！如果他会作画，一定要把她当做模特给画下来。两个人仔细地洗着对方的身体，手到之处，无不触目惊心。

他们相拥在一起时，他发现他不只是因为好奇，他打心眼儿里喜欢那个女孩儿，大眼睛像一泓清泉，一眼看个透底，心思也是纯真透明。她第一眼就能发现他的短处，又毫不讳言地把它给说出来，一点都不像中国的女孩儿。她黑缎子似的皮肤，柔润而滑腻，他的手从她的脖颈向下一直滑到大腿，中间经历了大起大落的曲线。

那个女孩好象也很喜欢他，而他又不知道她喜欢自己什么地方，"有比较大一点的么?"眼睛没有黑人的大，个头也没有黑人高，皮肤没有黑人黑，身体也没有他们结实，他开始感到自卑。也许喜欢他的头发吧？她把他的头揽在自己的胸前，一只手臂环抱着他，另一只手轻轻揉弄他的头发，像抚弄一只柔顺的小猫。她把鼻子埋在他的发际里嗅着，他的头发很长，天气热，头上带个太阳帽，都快要捂出热痱子来了，她不让把它们剪掉，因为她的不完美，就只欠一头秀发。

他的头紧贴着她的胸脯，一只乳房向他的脸上挤过来，他一边的脸，屈于那坚挺而富有弹性的外形，向里面凹了进去。他想，他的样子一定很难看，便转过头，把整个脸也埋了进去，像小孩子怕见生人那样。他用手揉捏着另外一只，因为涨得太紧，皮肤颜色比别处浅，且发亮。几天后，他又去另一家药店，这回不止买一只。

后来，井队搬家到另一个地方，他们失去了饭后茶余在一起聊天嬉戏的机会，见面就少了起来。再后来，那个女孩又去另一个城市上学，并成功地嫁给了一个有钱的商人，他们从此断了联系。井队一直在那儿住得挺好的，都十几年了，和邻居们也都相安无事，可是，自从隔壁搬来一个法国人……

西方人物质文明发达，精神上要求也高，其实照北京人的说法就是"矫情"。总是来找，说这面的噪音太大，影响了他们的日常生活。可是看那个人的样子，却又不像是个稳稳当当，能安静下来的人，说起话来"呱呱呱呱"，本身也在制造噪音。

井队刚来的时候，那里还没有几户人家，后来房子越建越多，就把他们给圈在了里面，工程紧的时候要早出晚归，一个偌大车队开进开出的，修理或调试设备时，马达轰轰地响。再说，由于城市的发展，井队也不再适合呆在那儿，于是便搬了家。打那以后，他再也没有见过那个混血男孩，他想，如果那家人很穷，是不是应该联合几个中国商人，资助他上学？长大后至少可以来井队工作，子承父业，井队有些工人，就是接了父亲的班，来这儿工作的。

这面，大家都在为过年忙碌着，有几个常客到井队来过年。一个中国商人，不请自到，带来些酒菜，也带来了满脸的心情，一看就知道是个性情中人。他的生意一直都没有别人做的火，这让他很上火。

没有请黑人朋友，他们大都是穆斯林，在一起吃饭不大方便，送给他们几张中餐馆的用餐券，去那里自便。

"今年准备回国吗？"他问一个客人。"刚刚回去过了耶，挣了钱不就是为了享受吗，国内的生活现在可真是好呵。"那位客人说。他记得上次她是因为父亲病重，家里来电话，催她回去的。

"你呢，你今年回去吗？"他转过身来，问后面的一个客人。"还要回去的"那个"还"字他说得很重。

"那个谁，怎么好长时间都没有见到，他还在那游游逛逛，整天闲着没事做吗？"他问另一个客人。"哦，你是说那个谁吗？他一直都在，他说他不愿意和公家的人打交道。"那个人告诉他。

来！"给您介绍一下，这位是刚刚从国内来非洲考察市场的N先生。""哦，又是来考察的，来！您到这儿来坐，我有事要先回去了。"临走，他对N先生说："有事找我啊！"

那个人认识两个总统（其中一个已经退休），是通过总统的小姨子认识的。他先通过别人，认识了总统的小姨子，而他通过的那个人，也是通过别人认识的。他还间接地通过五个人认识了三个部长、通过六个人认识了四个局长，因为他在中国时，曾经是一个国营单位里的干部，会这些。然而在国外不像在中国，大人物好见，他卑躬屈膝地认识了好几个大人物，却没有人看重他，因为，他除了喜欢攀附权贵，沽名钓誉，其它的什么都不会，也没有钱。

穷人结交富人，往往是要蚀本的，等他省悟过来，在国外要靠真本事吃饭的时候，他就疏远了那些人。再说，由于政权交叠，人事更替频繁，他也有些应付不过来。但是对外，他还是认识两个总统，三个部长，四个局长。也许是因为外交上的原因，牵扯了精力，那个人一直都没有办法把自己的事情做好，来非洲都十几年了，还只是小本经营，维持生计，他因此也就更需要外交。

他想不通，有时他会因为是"公家的"而遭到某些人的歧视。的确，大锅饭豢养了一大批慵懒无聊的人，他们不大会有下岗的可能。下不了岗，便安于现状，每日庸庸碌碌，拿着纳税人的钱，打发自己的日子。"公家的有什么了不起，还不是得下岗，离开大锅饭，其实什么都不是。"听那口气，好象白给个公务员都不干似的。"你当然下不了岗，因为你从来就没有上过岗。"他这样想着，心里有些不服气。本来嘛！现在大学教育都已经普及了，而那个人连初中都不能读完，还腆着脸在那儿谈什么"上岗，下岗。"

厨房里今天是最忙的地方，台上台下摆得满满的，T先生在这里主厨，只见他腰间扎着大花围裙，肩上搭一条毛巾，不停地擦着脸上的汗水，T先生不怎么爱说话，也许他不用到处去讲，因为他的东西是看得见的。他买了一大片土地，投巨资建一家面粉厂，供应这个国家三分之一的面粉。

"T先生，辛苦了！今晚就看您的啦。"他一边说着，一边为T先生打开一瓶冰啤酒："来，先喝点，凉快凉快，厨房里太热。"

"这里的事你就不用管了，到外面招呼客人去吧，把桌子摆好，马上上菜。"T先生连推带让的把他给请了出去，他在那里只有添乱。今晚这顿饭，T先生要拿出两道拿手绝活儿。一个是红烧骆驼蹄筋，另外一个是清蒸甲鱼。蹄筋已经被炖制成半成品，摆在案板上，有胳臂那么粗，巴掌那么长的一段，晶莹璀璨、颤危危、哆哆嗦嗦地等着挨刀。他没有吃过熊掌，他想熊掌也不过如此。

甲鱼也已经被制成半成品，生鱼重十六斤八两，只可惜没有好一点的生姜。当地人不吃甲鱼，捉来送给中国人，进而卖给中国人，进而高价卖给中国人，进而他们自己也尝了尝。都说那东西好，吃了，也没感觉怎么样，难怪当地人有四个老婆都用不着吃它。后来，竟有些大胆的当地人，也认真地吃了起来，中国人扩大了他们的食谱，不过这样一来，有些野生动物却又朝不保夕了。

关掉两只灯，厅里的一边暗了下来，一台老式电影机开始沙沙地工作，一道光柱很不稳定地投射在银幕上。不知是谁伸出两只手，一只发育不完全的兔子跃入人们的视线，可是很快，它就变成了一只残疾狗。

电影《开国大典》，毛主席让中国人都站起来①，大家就全都站起来，举杯，庆贺新年！

① 1949年10月1日毛主席在天安门城楼上庄严宣布："中华人民共和国中央人民政府成立了！中国人民从此站起来了！"

新年的钟声敲响了，大伙儿出去放鞭炮，电影在黑暗中自顾自地演着。一九六二年版的越剧电影《红楼梦》，王文娟扮演林黛玉，她悲悲戚戚与节日气氛很不协调地唱道：

花落花飞飞满天，红消香断有谁怜。
一年三百六十天，风刀霜剑严相逼。
明媚鲜艳能几时，一朝飘泊难寻觅。
花魂鸟魂总难留，鸟自无言花自羞。
愿侬此日生双翼，随花飞到天尽头。

天尽头何处有香丘，未若锦囊收艳骨，
一抔净土掩风流。

质本洁来还洁去，不教污淖陷渠沟。
侬今葬花人笑痴，他年葬侬知是谁。
一朝春尽红颜老，花落人亡两不知。

还是一九六二年的口音呢，剩下的两个七零后听不懂，便也跟着出去看热闹去了。

戏还在唱着。

第十篇　工地手记（二）

一场这个部落史上前所未有的，盛大的土著舞灯光晚会开始了，主持人是叶维塔，是她那时不经意地按下了汽车收音机的按钮。

1

西南地区是这里的塞外江南，每年五月，来自大西洋的湿润空气侵入这里，造成强大的降水，使这里的雨季比别处要早来一个多月。然而，今年的雨季又比往年提前了半个月，那面有几眼井急着要验收，他们便匆匆地赶了去。

一大清早他们就已经出了城，来到城外二十公里处的一个检查站，两只破油桶上面横一根杆子，构成路障，他被迫停车。路边的一棵大树下，两个警察仰卧在躺椅里向他招手，在他们的眼里，这个中国人可以是一顿早餐，因为他们还没吃早饭。"Bonjour（你好）！"他用法语问好。"你好！"警察用汉语回答。——是例行的检查，手续齐全，毫无破绽。挑不出毛病，就直说了吧。一个警察央求他："我早晨没吃饭，请我一杯咖啡吧。"他塞给他一枚硬币，警察笑了笑，摇摇头，向站在油桶旁边的一个小孩摆手，示意他把横杆撤掉。

过了检查站往西，走了两百多公里。路上只见得满目枯黄，草原上着起了大火，火势来得很凶，整个草原变成一片火海。长长的火苗像一群群的火狐狸精，扭着梦幻般的腰肢，甩开长长的红尾巴，进行它们的舞蹈，它们伸出舌头往天上舔，把天给舔成灰色。公路上烟雾弥漫，汽车像在云雾里穿行。局部地区的空气被加热后急剧上升，搅动周边的气流，引来一个巨大的龙卷风，从平地上拔起一根冲天的灰柱，那根柱子飞快地旋转，转了几圈后又自行解体，把裹在里面的树叶抛落在地上，一切又归于平静。

火还在继续烧着，生活在草丛里的爬行动物、啮齿类动物纷纷逃窜，仓惶之中无暇择路，有的便葬身火海，也有的被迫窜上公路，早有两只苍鹰在那里等候。火越烧越远，被大火肆虐过的地方，生灵涂炭，平原上一片焦黑，惨不忍睹。

下了公路往南拐，又走了三百多公里，在低洼地带的干草下，便有一些绿色渗出，乳油木树枝上也见嫩芽抽出来，雨季还未到，它们先感知了那里湿润的空气。走过四百多公里时，路面上的坑里便出现了积水，那是不久以前下过的雨。

成群的飞蚁，半寸来长，玻璃翅膀，薄比蝉翼，闪着光亮，漫天飞舞，往汽车上扑，直被撞得肝脑涂地。丰厚的脂肪和蛋白质，像牛油一样黏在风挡玻璃上，雨刷器一扫，便涂上一层黏腻的乳白色油污，黏黏的，混有无数个昆虫的内脏和眼睛。油污越糊越厚，刮之不去，抹之不净，人像是得了白内障，无法看清前面的路况。停下车，往喷水罐里倒进大量厨房用的洗涤灵，再刮，行了，走几十米，又来了，他们只好减速慢行，飞蚁撞上了，也不至于翻肠破肚。不过，这样一来，又延误了许多时间。

汽车行至一条大沟，沟底满是松软的沙子，上面印着野兽的足迹。他小心翼翼地把车开下沟底，又突然加足马力向前冲，项目上的人说，过了这条沟，再往前走六十公里，就到了第一个村子。他的心里有了盼头，可是越往前，路越难走，迂回的小路更加难以辨认，依稀中，可见驴车和自行车的印子，路遇泥潭，它们便在丛林里辗转绕行，结果，平白的又碾出许多路来，颇费周折地选好一条，后来，却发现它们又重新汇合在了一起。

整个地区荒无人烟，偶遇几间茅屋，里面的女人裸露着上身，不放心地看着他们，嘴里不知讲的是哪一门子外语，要么就是抿着嘴笑，任你说什么，她就是不吭声，也不想知道你要做什么，你急她不急。眼见得天色暗了下来，远处出现一道道电光，树枝开始摇动，树叶像蝴蝶在振翅，风中开始有了凉意。他们走走停停，艰难地辨认着路，有的时候，还得下车来确认。

"咔嚓"一个惊雷从汽车顶上滚了过去，把天给撕开一道口子，天河断裂，河水突然失去了管制，直注入到人间来，汽车便像坠入瀑布底下的深潭，然而，水底也不平静，有暗流涌动。汽车被淹在水底，闭紧了眼睛，屏住呼吸，在水中沉浮，幸而在这之前吸足了一口气，仿佛再换上一口气，得浮到天上去才行。他转头看看叶维塔，她泰然自若，处事不惊，小菜一碟。他猛然想起，台湾是台风、暴雨肆虐的地方，每年有台风在那儿登陆，卷起十级巨浪，造成强大的降水，有什么"蔷薇"、"杜鹃"、"莫拉克"，都是好听的名字，带来的却是死亡和摧毁。

雨薄了，可以看见外面了，只见平地上漾起了大水，大有水漫金山之势，转眼之间就没过了汽车轮子，树木都矮了半截，像插在水中的秧苗。环视四周，水在急急地赶路，汽车却寸步难行，一条船搁浅了，一辆汽车误入深潭。

水不知从哪涌进车里，叶维塔把脚提起来放到座位上，两只凉鞋立刻浮了上来，巨轮里面出现两只泡沫的救生艇，飘飘浮浮，水涨船高。叶维塔伸出手指，轻轻一点，一只小船被充上了动力，仰起头，破浪前进。

台湾处于亚热带海洋气候，受东北和东南季风影响，雨量丰沛，更有中国降水量最多的地方，名字叫火烧寮(那么大的雨，火也烧得起来)。台湾的地势是中间高，四周低，排水良好，因此叶维塔见过比这大的雨，却没见过平地上发这么大的水。到了此时，她才算是开了眼界，也不无一点担心。

雨停了，乌云散去，太阳却没有出来，这场雨足足地下了两个多小时，天已经黑了下来。经过这场大雨，已经不可能再往前行，待水稍退后，他把汽车开到一块高岗地带，搬出野营厨房，埋锅做饭，因觅不得干柴，他们只吃些方便食品。

一条玉帛横亘天上，上面钉着星星点点的珍珠和钻石。地下潮湿，二人爬上车顶，仰视群星，自己就成了天河里的一个分子。两个人手牵着手，在天上遨游，不用喜鹊引领，那是一条前世里走过的路，不时地有流星从身边掠过，身后拖着长长的尾巴。

月亮还没上来，也许飞到那儿，它就来了，"嘘！别说话，就这样，飞……"

谁也没有说话。也没想过林间是否有猛兽蛰伏，关键时刻，他会挺身保护她，结果又好像是被她给救了。她什么地方都比自己强，他躲不开她那一双明亮锐利的大眼睛，时刻在打量着他，品评他，只要他的心里一动，立刻就会被她给洞悉。他感到不自在，逞强，想露一手，总是出丑，话说一半就吞了回去，声音越来越小，毫无底气，别说了，沉默下来，除非她喜欢沉默的人。

然而，这时却不需要说话，两个人挨在一块儿，享受这静谧的丛林之夜，各自在脑袋里充满了幻想。最后，他困了，开了一整天的车，中饭是在行车中吃的，是她帮的忙，把饭放进嘴里，又问："喝口水吗？"

他们回到车内，把车窗落下一道缝，蚊帐堵在上面，把座椅的靠背放平，就躺在上面睡着了。早晨，他没听见鸡叫，自己就醒了，鸡叫是不可靠的，催人早起，人会在半夜里学鸡叫。吃过早饭，按原路返回，来时的车辙已经完全不见了，大水后的路，改变了模样儿，凭借依稀的记忆，他们找回那条沟边。

"地图上怎不见这么一条两百米宽的河？"他们以为迷了路，可的确就是这里。不远处，一颗巨大而苍老的面包树崩塌了，它的年纪太大了，自身早已停止了生长，而其它的生物却寄生在它的体内不断地繁衍，——鸟儿在他的头发里筑巢，食肉动物在它的身体里打洞，鼠类和蚂蚁在啮食他的脚，还有各种各样的蠹虫。它是一个大锅饭，谁都来抢着分一杯羹，然而它们又谁都不去爱护它，吃完了，竟把屎也拉在里头，去腐蚀它，最后，它终于支撑不住自己庞大的身躯。

大树倒下了，像一座小山似的塌了下来，多少赖以生存的动物，失去了庇护，下岗了。

他们把车停在水边的高坡上，望着这条大河滚滚向南流去，穿过一个国家，那边是大西洋。他折下一个树枝，插在水边做下记号，计算一下，还有足够的燃油坚持到下一个镇子，副油箱还未启动。他开车去找村落，想买一只鸡煲汤，用木柴烧成炭火，慢慢的煲，他们有太多的时间。

一群野猪凝神望着他们，突然又像是猛省过来，掉头就跑，一窝小猪跟着鼠窜。它们也许第一次见到中国人，这种黄色的动物特别爱吃猪肉，而野猪又特别喜欢吃庄稼，它们和人相处得并不好。一天，他买来一颗子弹去找猎人交易，没有讨价还价，他把子弹给那猎人，作为交换，第二天早晨，猎人给他送来一头肥壮的野猪，他们把它给吃了，猪肝、猪肚和肥肠填饱了他们的肚子，而野猪的肚子里装的是粮食。

走了很久，不见有旁路，便又折了回来。水已经离开标记十多米远，这样下去得到明天上午，水才能撤去。

又是一天的野外生活，早上醒来，他们发现水非但没有退去，反而又涨了上来，一棵大树在水中沉浮，飘过他们眼前，树根张牙舞爪地伸向天空，似乎想抓住一根救命的稻草，而草也自身难保。"一定是上游下了暴雨，水来得急，退得也快。明天……"他安慰叶维塔。

附近都溜达遍了，再不新鲜，叶维塔坐在汽车里懒得动弹："这地方的人生了病可怎么办?"她问。

"一般的病，他们有自己的办法，遇上急病，治不了，就等死呗!"

"怎么问这些?"他警觉。他摸一摸叶维塔的前额，有些发烫，他采来桉树叶，煮一盆热水给她洗身（当地人就是这么做的），因为心里没有把握，他只放一点点树叶，怕一不小心把她给染成绿色，他不能想象一个绿色的叶维塔，一个丛林里的小精灵。他在丛林里用床单围起一个浴间，把热水给她端进去，再把汽车的脚垫铺在地上。

她药浴后走出来，容光焕发，换上一条长裙，低胸阔领，浓黑的长发披在肩上，风姿卓约，出水芙蓉。

他给她吃两片治疟疾的药，搭好行军床，让她躺下来休息，蒸一碗鸡蛋羹给她吃。也说不准是不是疟疾，在这里，只要发热，首先当疟疾来治。烧退了下去，不知道她会不会遗憾，井队上的人常说："到了这里，没打过摆子，就等于没来过非洲。"

第三天早晨醒来，睁开眼睛，他们奇异地发现水退了下去，在沟边留下一片烂泥，沟底还剩齐腰深的水。为了有十分的把握，他们又等了两个多小时，万一汽车陷在沟底，一时弄不出来，上游的洪水下来，后果将不堪设想。

水又撤去很多，他下水趟了两个来回，水在微微地流动，河底是平坦的沙砾。他摸清了水下的情况，汽车很自信地开了过去。三日的等待，三日的野外生活，因为有两个人在一起，很快就过去了，有惊无险，只当是三日浪漫的旅行。

2

眼下的深度是九十六米七三，还没见到一丝的潮气，他心急如焚。从六十米开始，他就一直守候在那儿，眼睛盯着井口，幻想着在一转瞬之间，有一股清水从那儿喷出来，被风吹拂，变成涓涓细雨，洒在他的身上，凉凉的，里面掺了带有细小颗粒的岩石粉末，像是护肤霜里加了珍珠粉。

岩石一小块一小块地被合金的锤头给磕下来，虽然已经化成粉末，却也都长着棱角。它们混在水中，由天上落下，从脖颈灌进人的衣服里，和皮肤摩擦，痒痒的，有点辣，带有按摩的功效。然而随着进度一米一米的加深，他的希望也变得越来越渺茫，从地底下喷出来的，仍然是一股股灰白色的烟尘，岩石的粉末和压缩空气混合在一起，在井口形成一团迷雾。

刚穿过风化层不久，就遇见了页岩，这种岩石是由粘土物质，经压实作用、脱水作用、重结晶作用后形成，不透水，在地下水分布中往往成为隔水层，遇见这种岩层，基本上可以断定再打下去也是徒劳。

然而，他们还是继续打着，空气压缩机大声吼叫，鼓着热浪，六米长的钻杆一根接一根地往上加。土著人围成一个大圆圈，有的蹲着、有的坐着、也有些人已经躺在地上睡了一大觉，旱季里，他们没有事做，看打井，已经成了他们一生中非常新鲜的事。他们的眼睛瞪得滴溜圆，里面结满了红蛛网，透过一团团尘雾，焦渴地望着井口。

巫师拿来一只鸡，宰了，一刀致命，把血淋在地上，鸡拿回去自己吃。

这个位于丛林深处的部落，没有大路和外界相通，土著人硬是用砍刀开出一条几公里长的路，用树枝和石块填平了两条大沟，钻机才得以开进来。几天来，当地人给他们送饭，每天宰一只羊，部落里的鸡都被他们给吃光了，女人们头顶水罐，走十几里路为他们打水做饭、洗衣服、洗澡。

工人们面色凝重，拿着铁锹、铁耙清理堆积在井口的岩石碎屑。这个地区的风化层厚度大，钻头一边往下打，井壁上的沙土一边往井里塌，增加了施工难度，他们用四天的时间，才在村子的另一头打了一个干眼，深度九十六米零五，只在上面的部分遇到一点点水。眼下这眼井风化层的厚度、地质结构、岩石的性质，和那个干眼大致相近，他们心里明白，照这样打下去，只是为了给部落里的土人看，他们是在尽最大的努力。他们在想，怎么好意思离开这里，离开他们心爱的姑娘，尽管他们知道，土著人一定会说：

"这都是神的旨意。"

一次，在一个部落里，他的同事们和长老开玩笑说要几个姑娘，到了晚上，长老果然给他们每人派一个年纪轻轻的大姑娘，她们都是村里最漂亮的女孩儿，个个洗得干干净净，穿着节日的衣裳。这是他们事先没有料到的，他们的口语不能相通，只好配合肢体语言，比比划划地用双手，甚至还有脚，在村头和她们聊天。

他们一起坐在行军床上，他把双脚从工作鞋里拿出来，摆在旁边，脱下棉袜挂在一个树枝上。一个女孩儿摸摸他的脚心，那只脚像是受到了惊吓，不自禁地缩了回去，又不自主地伸出来。那个女孩儿捏捏他的脚后跟，然后，叫姐妹们都来摸一摸，她们不曾想过有这么柔软的脚后跟，她们都是光惯了脚的，即是光着脚跶一双拖鞋，也是很奢侈的装束。又摸摸他的头发，这里是最让她们羡慕的地方，"为什么剪得那么短？为什么不留着？"只顾为他人惋惜了，却不知道她们自己也有那么多迷人的地方。

一个东西碰着他了，在他的臂间轻扫，微温，富有弹性，像一只小狗的吻部，在他的身上嗅了嗅，又离开了他，不是诚心的，然而，再扫过来时，却勾起他万般遐想。他把她拉进怀里，说悄悄话，悄悄得连他们自己也听不懂，只好嗤嗤地笑，表示已经听见了。他悄悄地把手伸到她的衣服底下，她的腰很细，薄薄的布衫，前襟被里面的东西棚起，放不下来。她更笑了，这会儿，她已经变成有心的了，她在他的怀里扭动，——人类自然的本能，她没有感到害羞，他也是。

月亮识趣地走开了。

他们就是这样在星光下聊着，笑着。彼此都不确定对方说的是什么，也不能确定自己为什么笑，然而，也都开心地笑着，笑得那么轻松自然。女孩儿们给他们唱咿呀歌，有领唱、有齐唱，跳舞给他们看，又把他们拉进来一起跳。他们费尽艰辛地模仿女孩们的动作，跟着她们的节奏，后来却发现，她们中间很多人跳舞并没有固定的动作，全凭感觉，自由发挥，于是他们便也放开了跳，玩了大半夜方才尽兴，直到天亮才把她们给送回去。是在那天夜里，一个小孩用当地语混杂着法语加手势，给他讲了一个非洲的寓言《鬣狗和野兔的故事》。在西方的寓言里，愚蠢的狼常常被聪明的狐狸所愚弄，这里没有狼和狐狸，鬣狗和野兔就理所当然地充当了它们的角色。鬣狗上当了，因为每次上的都不是同一种的当，它就没记得那是第几次，而野兔又在忙着设计另一个陷阱。

他给那个孩子讲自己的家乡：冬天下大雪，天地间只剩下两种颜色，河水冻结成冰，人、畜走在上面，不必担心会掉在水里。那个孩子呆呆地听着，脸上表现出惊讶的神情，似乎这让他很难想象。

空气压缩机的吼声震耳欲聋，钻盘不停地旋转，钻头"哐唧！哐唧！"地在岩石里凿出一百多米的深洞，压缩空气把凿下来的岩屑带到地面，在井口围成一个小丘，仿佛是一个火山口，灰白色的岩石粉末，激烈地从地底下喷到地面上来，——一个活火山正在喷发。

剧烈的人类活动，惊扰了附近树上的一窝野蜂，它们倾巢而出，有预谋地包抄过来，开始了自杀性袭击。人们四下逃窜，惊恐万状。他知道发生了什么，四处寻找叶维塔，发现她正在往汽车那面跑，把一个赤膊的孩子护在自己的衣襟底下。他飞快地向汽车奔去，拉开车门，放他们进去，汽车里面已经有几个人卷缩在那儿，他顺便又塞进去一个孩子，又把一个钻在汽车底下的孩子拖出来，塞进车里，紧跟着，又把自己也塞了进去。

巫师停止了咒语，混在普通人中间，他早有防备地穿着宽大的神袍，把自己严严实实地裹了起来。事后，他疑心是巫师搞的鬼，要么就是他用咒语得罪了野蜂。

野蜂蜂拥而来，"蜂拥而来"这个词发明得好残忍。一个人双手抱着头，仓惶地向汽车跑来，拼命地拍打车门，狮子鼻压扁在门玻璃上，鼻孔大张，像是两个蜂窝的入口，倒先把自己吓了一跳，目光惊恐异常。蜂群随之而至，这时已经无法给他开门，他把玻璃落下一点，玻璃下滑拉动鼻子，蜂窝口被关上，那个人也就稍定了心。他塞出去两件宽大工作服，那个人疯抢似的把衣服从窗缝里面向外拽，一粒扣子被门玻璃挂住，他用力一挣，扣子留在车里，衣服被抽了出去，他马上蹲下，把自己盖了起来。

这时，已经有五六个野蜂飞进车里，在车内引起一番骚乱，外面的工人们也都躲到就近的卡车里，目瞪口呆，心有余悸地向外面张望。

3

　　不远的一棵面包树下，拴着一只山羊，成为暴露在工地上唯一的活靶，上百只蜂针刺向它的口唇，腹部。它惊慌失措，东奔西跳，妄图挣脱那要命的绳索，结果更是惹恼了野蜂，它们变本加厉，一波接一波地轮番向它进攻。那只可怜的山羊，被绳索套在颈部，身体不得前进，只好拉细了脖子，把头送到最远，谁知皮肤一经拉延，毛发反而稀疏起来，野蜂见有隙可乘，纷纷把毒针刺向它的脖颈，而那里正是要害，宰羊便是从那儿下手。

　　最后，那只山羊的眼睛里充满了绝望的神情，它不再拼命地挣扎，两只前蹄缓缓地离开地面，后腿撑地，由那根绳子拉着平衡，这样地坚持了几秒钟。绳子越拉越紧，最终，它突然倒地，自缢身亡。

他和叶维塔躲在汽车里，亲眼目睹了这场人蜂大战。一场不对称的战争结束，野蜂惨败了，人类牺牲了一头山羊（也不知道那羊还能不能吃）。人们以遍身的肿块，换来众多野蜂的生命。

那恐怖的一幕很快就过去了，群蜂散去，只剩下一些散兵游勇，已对人们构不成威胁，工人们从各自的掩体里钻出来，回到自己的岗位，工地上又恢复了原有的秩序。做饭已经来不及了，他带叶维塔向丛林深处走去，远离工地上的嘈杂和尘土，拿出野外食品摆在地上，——一盒午餐牛肉、两盒玉米罐头、两个木瓜、一瓶矿泉水构成他们的午餐。

丛林中静悄悄的，阳光热烈地从上面照下来，碰到岩石和沙地，便被反射到各处，形成漫反射。叶维塔眯缝着眼睛，屏住呼吸，全神贯注地盯住一个土坑。正巧他的一只眼皮被野蜂蛰得肿起来，把眼睛挤住，睁不大开，也像眯起来一样，他便用那只眼睛看。那是一个漏斗形的坑，坑底有一股神秘的力量，在不停地向下挖着，看不见是什么东西，只见它把挖起来的沙土，用力地抛向坑沿，在坑的边缘形成又松又软的斜坡，动物走过，一失足便跌落坑底，这时，坑底下突然伸出一只恐怖的魔爪，一把就把那个动物拖入土中，瞬时间消失得无影无踪，看上去，还是一个土坑，不留一点痕迹。

他记起在遥远的西伯利亚，有一个废弃的矿坑，深六百多米，张着漆黑的大口，形成螺旋型的气流，随时准备把过往的飞机吸入腹中。不过，眼前这个地洞她不用害怕，它的直径只有一元钱硬币哪么大，他看到落入陷阱中最大的动物，是一只蚂蚁。他拾起一个细长的草棍，一下子把那个怪物给掘了出来，——一个五、六毫米长的土虫，长着一柄铲刀形的尾巴，刚一落地，它便又挖了起来。

今夜，将是没有月亮的夜晚，因为没有月亮，星星就格外地亮。繁繁点点，絮絮斑斑，连接成片，好比是天蚕织成的网，数也没法儿数。

在中国，人口汇聚的地方，因为星星都被钉在地上，天上反而看不见什么。报纸上常提醒大家，×日×时×分有彗星经过，×日×时×分有流星雨，肉眼可见。那些发布消息的人，全都是玩惯了天文望远镜的，他们的肉眼，自小在幼儿园里就开始退化，到了小学就倚靠两片厚厚的瓶底视物，离开那架两头安装了玻璃片的管子，他们什么也看不见，而那些廉价的，所谓的天文望远镜，大多被一些普通市民买回家去，架在高层上用于偷窥。

晚饭后，大家坐在行军床上聊天，叶维塔打开汽车上的收音机，谁知，它的音量在白天嘈杂的工地上被开到最大，而眼下又是如此宁静的夜晚，她突然被声浪给淹没了，头"嗡"的一下子大了起来，像是要炸开了，她被幽闭在一个闷雷里面，周围一切都在震动，心"扑腾，扑腾"一个劲儿地直往嗓子外面冲。她怕极了，慌乱之中一切都没了主张，慌手慌脚，不知道应该怎样处理，便惊慌失措地从汽车里面逃了出来。

叮叮咚咚，碰碰擦擦的非洲传统音乐，在那个闷葫芦里被压缩了，急于向外面膨胀。高音在车里没头没脑的来回乱撞，低音卯足了劲，一鼓一胀的，憋红了眼睛。车门一开，便都随着叶维塔一起泼泻出来，一时便似万马奔腾，堰塞湖突然被拔去了塞子。

一个三、四岁的小女孩，以与生俱来的音乐感，伸手接过那音乐的节拍，摇摆着尚未长成的髋关节，舞了起来。她的双眸清纯如水，她的步履蹒跚，——种人之初的律动，浑然天成，仿似一苞幼芽，受到春风的撩拨。她赤着脚，肮脏的小短裤，不足以蔽体，两寸长的肚脐凸了出来，像一个胀满的小乳房。乡下的接生婆总是给孩子们留下那么一截儿，生怕他们忘记了是从哪儿来的。

一些大一点的孩子也加入进来，接着，大人、老婆婆也来。他找出一盘非洲的音乐磁带，将声音放到最响，打开汽车的近光灯，把黄白色的光泼洒在车前的空地上。人越聚越多，舞跳得越来越烈，音乐被搅得四处游荡，飘散到丛林深处。

　　小伙子们大声呐喊，展示健壮的肌肉，他们时而在狩猎，勇敢地和狮子搏斗，手拿扎枪戳着野猪，不知从哪儿跑来一头野猪。姑娘们显出优美的身段，不停地舂米、洗衣服、摘棉花，不感觉累。他也跳进来帮着摘……摘……，摘下来，放进围裙里，他没有围裙，不知道往哪放，尴尬地举着手。满地的棉花，摘也摘不完，——是劳动创造了他们，赋予他们灵感。

　　一个妇人尖叫着，声音咯！咯！咯！地在嗓子里颤抖，有些歇斯底里。"从来没见过这么热闹的舞会！"叶维塔被那沸腾的场面给震撼了，只见她眯缝着眼睛，光是笑了，也忘了把嘴给捂上。

　　舞者赤着脚，在地上搓着步子，尘土就蒸腾而起，甚嚣尘上，从远处望去，仿似一堆篝火在熊熊燃烧，光、影和烟扭在了一起。光产生影，又被影子遮住，尘土弥漫在光里，证明光的存在，彼此之间难解难分。他也从来没有见过这样的场景，兴奋之余，他隐隐地感到遗憾：如果没有灯光，这应该是一个篝火晚会，而且是及其地道的。其实这是他的不应该，总想做得最好，而这世间万物，不可能每一件事情都十全十美。

　　一曲终了，人们四下散去，无声息地消失在丛林中，留下浮尘游荡在光里，填塞里面的空虚，要么连光也不见了。他关掉车灯，取出磁带。

　　"他们还会回来的。"一个十三、四岁的男孩说。

　　说话间，丛林中已经有鼓声传出，十几面哒姆鼓（非洲鼓），六个拔啦风（一种土制木琴），八、九个马拉喀什（用葫芦制成的沙球），土制吉它、铁皮桶等一切可以弄出声响的物件。人们身着蓑衣，头戴面具，踝上扎着脚铃，面涂白粉，手执道具，大声吆喝着。仿佛这丛林中埋伏了千军万马，四面楚歌，听到号令，披盔带甲，手执兵器，从四面八方倾巢出动，杀向这里。

他调来五辆卡车，一辆吉普车，一辆皮卡围拢过来，土著人围坐成一个大圈儿，十四束光柱往同一个点上聚焦，不时地，有蜢虫飞进光里，东奔西闯，又消失在黑暗中。电子音乐已经失去了魅力，他关掉了汽车音响。

一场这个部落史上前所未有的，盛大的土著舞灯光晚会开始了，主持人是叶维塔，是她那时不经意地按下了汽车收音机的按钮。

第十一篇　沙尘暴

人已走远，影子依然留在他的脚下，一寸一寸地向沙漠里撒去。

他跪下来，捧起她的头发，头发在他的指间簌簌地滑落。

驼队渐行渐远，最后，消失在沙漠和天际相连接的地方。

他知道他留不住她，他恨那个诱拐女人的撒哈拉沙漠……

1

清晨六点半他们就出发了，沿途逛了几个乡村集市。赶上大集，那里也很热闹，走在公路上就看出来了。

骑着驴来赶集的，把货搭在另一头驴子的背上，连驴带货一起卖。赶着驴车来的，人和货装在了一起。一些女人三五成群地结了伴儿，走着来，她们的头上顶着高高的农牧产品，最后变成薄薄的一小撮钱，而她们并不觉得吃亏。牛和羊被赶着来，全数到齐，就没一个掉队的。顶数鸡最遭罪，是用绳子给缚了，累累的像蝙蝠一样，一律头朝下，倒挂在一个长杆子上，搭着自行车来。

一路上的人络绎不绝，远道儿的人得起早走，从十几公里以外就开始了。

这异域的风土人情，也让叶维塔想到了自己的家乡。是呀，出来也有些时候了，长到这么大，还没出过这么远的门儿，妈妈想她想得睡不着觉，担心她在外面碰上什么野生动物，还有那些比动物还可怕的坏人，她已经在QQ上催叶维塔早点回去。

来非洲前，亲友们都劝她放弃这个计划，也有的人给她出主意，让她乘法国航班，走巴黎—尼亚美航线，订一个靠窗子的座位，当飞机穿越地中海，飞经撒哈拉沙漠上空时，透过飞机的舷窗，往下面看一看就行了。她当时听了就很生气，却也不屑和那些人去争执，反而在私下里更加坚定了自己的主意。

叶维塔给他讲起自己的家乡宜兰。宜兰背山面海，是个有山、有水，有诸多出产的地方，境内地形复杂，自然资源丰富，风光旖旎，令人向往。她从兰阳八景讲到罗东夜市，讲的时候，脸上无不流露出对家乡的爱恋和自豪。

①台湾校园歌曲《外婆的澎湖湾》里面有"那是外婆拄着杖将我手轻轻挽、也是黄昏的沙滩上有着脚印两对半"，及"没有椰林缀斜阳"等歌词。

他没有去过台湾，只能一边听着她讲，一边按照她的描述，在自己的脑袋里绘就一幅幅的图画，那些图画很美，特别是有了大海，它们便生动起来。他最爱吃螃蟹，就描绘出在海边的石缝里钓到很大的螃蟹，他的两腮开始有液体渗出，他偷偷地吞下了口水。其实，人家叶维塔并没讲到螃蟹，也没有提到秀色可餐的字眼儿。

他看见一个老婆婆拄根拐杖，手牵一个小女孩，在沙滩上留下两对半脚印。黄昏时刻的海滩，没有椰林，只有斜阳，——他想起那是澎湖①，不知道澎湖离宜兰有多远。

叶维塔还在讲着，他也就继续随着她讲的内容，在自己的脑袋里面画着，仿佛她就是他的模特，坐在他的面前让他来写生。叶维塔越讲越来劲，他也就更是浮想联翩，目光锁定一个方向，一个既不确定，又很渺茫的地方，眼神也变得深邃起来，画的内容开始一点一点地超出了眼前景物的范围。

　　她怀疑他是否在听，他岂止在听，而是一边听，一边联想着，扩展着她的思维。他就是这样，在大学课堂上时，全国著名的法语语音学教授徐先生就对他说："Vous ê tes toujours dans la lune."这句话直接译成汉语是说："你总是在月亮上。"法国人说×××人在月亮上（如果不是指真正在月亮上的宇航员或者其它什么人），并不是要说×××人目前所在的位置，而是指这个人"心不在焉，胡思乱想"。

　　课堂上他听到的内容，永远比老师讲的要多好几倍，而记在自己脑袋里的，却只有千分之几。

　　他想起自己的家乡来。几年前，他回一趟老家，自然要去看一眼他从小在里面泡大的那条河。小时候，多少美好的时光被他往河里随便一扔，砸出一串水花，像甩出去一抹鼻涕，从来没后悔过。他从菜田里偷来萝卜，按在河里洗，他喝那水，从未坏过肚子。他把脖颈上厚厚的皴搓下来，淹死在水里，他恨它们，因为它们，他整天挨骂，搓得太净，露出经久不见的白茬，又挨骂："是不是又去游野泳？"

　　远远望去，笔直的河床，两边用青石护堤。这河堤的设计，大概是为了抵御百年不遇的洪水，是那么坚固、高耸，两条河堤之间，躺着宽阔而干枯的河床，早先，这河里还有水，后来河床干裂，那水流进地缝里就不见了，河也就断了流。这已经不知道是哪一年的事了，也许根本就不是一年、两年能形成的。

当然，现在，在宽阔的河床中间，也能看见一涓细水，在阳光的照射下，时而变换着颜色。如钻出地面的一条蚯蚓，羞怯地试探着向前匍匐蛇行，像是要找一个合适的地方，再钻回去，不过，那显然已经不是天然的河水了。

河边有一座小山，因为大凡中国的山和石头都得像点什么，它只好像一个龙头。可是他从很多角度看过去，怎么看也还是一座小山。幸好那座山不怎么出名，否则它会被刺青，浑身上下被划得乱七八糟，像长了一身癞疥，也是因为没有那些东西，所以也就没有人来这儿"到此一游"。

他的母校——市第一中学，就坐落在那座山的脚下。课间，他们几个男生躺在山坡上抽烟、晒太阳。只有他一个人不抽，总爱呆在上风头的地方，脱下袜子，凉在一边，观看操场上的老师和同学们做间操。一群玩偶，队形整齐，小个打头，他看见他的那个位子空着。

那时，他们对自己的将来，谁都没有多想过，大脑极度松弛。作业中命题的那些大颂扬的作文，并没有造就他日后的马屁文章，他只是在工作岗位上，默默把自己的工作做好。

忽然，铃声大作，他们的脑弦又复绷紧，像打冲锋一样从山上冲下来，仿佛听见有人在喊："冲啊，杀!"。

他们一起涌进教室，气喘吁吁地回到自己的座位上，身上带有浓烈的烟气，心神好半天定不下来。天气好，一天要打好几次冲锋。说到自己的家乡，他的话就多了起来，虽然他的家乡没有什么可以让他感到自豪的。

他一向不大爱说话，都三岁半了，还不肯开口叫妈。谁也不理，整天一声不响地把几本画册翻过来，又翻回去，把一些东西拆了又装。母亲并不怎么担心，她知道自己的儿子会说话，那天，和邻里的孩子在一起玩时，偶然地，她听见他骂人："×……妈！"

掷地有声，说的是那种二十年以后，他才做出来的事情。当妈的心里暗自高兴啊，如释重负，紧悬着的一颗心终于放了下来，骂的是什么也不重要了，里面含有一个"妈"字已经足够她美几天的。然而，当妈的却不好意思跟别人说，权当自己的儿子是个哑巴，只盼着他有朝一日，能一鸣惊人。

两个姐姐发了狠心："饿着他，看他说不说话。"

大家开始不理睬他，他玩困了就睡，醒来后去找饼干桶，桶里面换上了积木块。他拿起一块，咬在嘴里，先不去吃它，又拿起另一块去喂玩具狗，狗也不吃。妈妈见了，心不落忍，眼泪"哗！"的一下子就涌了出来，把头一扭，躲了出去，姐姐们佯作什么也没看见。

"这可不行，我儿子会饿坏的。"母亲不顾女儿的拦阻，拿着饼干走了进来，儿子仰起头，望着妈妈的脸：

"妈，我饿。"字正腔圆，谁都听见了，又谁也不敢相信，她们目瞪口呆，四处寻找。

——一只小猫竟然会说"你好！"

全家立刻沸腾起来，姐姐们高兴得直拍他的屁股，捏他的大腿，把他高高地举起来，从此，同学们不会再说她们的弟弟是个哑巴。母亲接过儿子亲了又亲，泪水洒在他稚嫩的脸蛋儿上，她就知道自己的儿子会说话，只是她头一次听见儿子喊她妈妈。

"你会说话为什么不说呢?"叶维塔嗔怪他。

谁说不是呢,他自己也怀疑那个故事是姐姐们编造出来的,可是爷爷、爸爸、还有妈妈都说是真的。

2

天渐渐暗了下来，路边的树木越来越稀疏，越来越低矮。前方出现一片戈壁滩，风和洪水把沙子淘走，地面上只剩下砾石，大大小小的，奇形怪状，在暮色里留下各种各样的阴影，汽车好象驶入了乱葬岗。

前方的路上影影绰绰地横着一段树干，他把车速放慢，看了一眼叶维塔，到底是个女子，经不起这样的长途颠簸，她睡得正甜。他不动声色，悄悄地从座位下面拿出手枪，打开保险，拉开枪机，又轻轻地推上，一粒子弹无声息地滑进了枪膛。前不久，一伙歹徒就是用这个方法，劫持了一辆长途大巴车。他观察一下四周，地面开阔、平坦，没有可以藏人的地方，他索性把车开下路，行驶在开阔地里，远远地望了一眼那根树干，——一根很好的木柴，可能是夜间运柴车被一块石头垫了一下，那块木头从车上滚落下来。

汽车下路时，叶维塔醒来一下，看了看窗外。——暮色苍茫，原野上迷迷蒙蒙，地球像钻进了睡袋里，叶维塔又闭上了眼睛。

遥远的一盏红灯，迷离闪烁，已经不再遥远。汽车开进一个镇子，镇上的制高点被一个微波通讯塔占据，那盏红灯就固定在塔顶上，塔的下面散现出其它灯光，越来越多，像是塔顶上的炭火落下来，摔成一地火星。

镇子里有一个小客栈，很小的一家，每天只吞吐几个客人，他们住下来，整个客栈便告满。柜台高高的，身后是狭窄的过道，在他们登记时，有几个西方客人从他的身后擦过去，走进里面的院子。登记完后，领了钥匙，服务员拿上他们的行李，引他们去客房，房间很小，里面蓄满闷热的空气，——一股特有的气味是所有这种小客栈房间里的基础设施。靠墙放一张床，行李堆在地上，此外也就不剩多大地方。墙角砌起一个浴间，一个喷头罩在上面，可以在里面洗浴，而就是这个喷头吸引了他们前来入住。

厕所是公共的，小小的一间，推开门，里面的水泥地面，被冲刷得干干净净，地中间有一个小洞，拳头大小，得对准了，否则搞在外面，不知道怎样才能把它们弄进洞眼。洞口是圆的，直径又小，试几次，都不能把两便同时解在里头。他捏住前面，任那里憋出一盏小灯笼，先解决后面。下一次，他先解决了前面，再去照顾后面，就看哪头急。想到中国的茅厕，坑口又宽又长，屎还没拉出来，人先掉了下去。因此，人们有机会下去救人，被沼气熏死，做了烈士，民俗不同，也能造就英雄人物。

墙角里放一只塑料水壶（made in China），当地人擦屁股用"手指"而不是"手纸"（这个任务指定由左手完成），把东西抿了去，再以右手执壶，左手自己洗自己。怎么洗，他也不清楚，蹲在那儿，一个昏暗的灯从上面照下来，在这个有利于想象的空间里，他伸出左手，想象着，比划着："食指?"，"中指?"，主要还是大拇指和其它手指之间的配合。

他没有用"手指"而是用的"手纸"，自备的，用右手，用一下，折一折，扔掉，再撕一块。隔层纸，还是不放心，便后仍然要洗手。他拧开水龙头，任水流簌簌地冲在手指头上，他想到了那个塑料水壶，他想："这样做是不是脱裤子放二遍屁呢? 如果当初用手指，然后再洗手，不是一回事? 又省去了手纸，避免了无端的浪费。"

早上，他又蹲在那个狭窄的空间里，眼睛盯着那只塑料水壶，还是不敢去尝试。打破一个传统习俗，得需要勇气，他最佩服第一个吃螃蟹的人，可那是吃，而眼前的情况，则是恰恰相反，两者岂能混为一谈?

传统习俗，也会随着时间的流转而改变，当纸在中国还是奢侈品的时候，人们习惯用一个小木棍儿，比筷子要短，"啧! 怎么又想到了吃。"

其实，当地人也觉得这是一份不好的工作，因此左手常常被歧视，——买东西付钱不能用左手、与人打招呼、握手、不能用左手、大家在一起吃手抓饭，不能用左手，诸多的左手不宜，否则，把人给得罪了，连起码的礼貌也不懂。然而，左手并没有被冷落，而是被他们留了一手，用到重要的时刻，——亲人们在机场依依惜别，一阵热烈的拥吻之后，他们互相把左手放在对方的手里，紧紧地握着，传递着这样的一个信息："有生之年，我们还会见面的。"换句话也就是说："放心吧! 我们谁也死不了。"

店门口有一个小食摊儿，他们没有去那儿吃，回到房间里吃随车带来的食品，铺上自己带来的床单，盖住床上那些可疑的印子，连枕头也蒙在里面。电风扇在头顶儿上悠悠地转，把温热的风压到人的身上，人被汗水淹在厚厚的海绵垫子里。全身冲个凉，睡半宿觉。

清晨，窗外传来"突！突！"的马达声，响了几声就哑了下去，接着又是反复的启动，终于，隔壁的那伙人出发了。

他和叶维塔早餐后上路，先在镇子里兜一圈，——清晨的小镇静悄悄的，晨光已经在东面燃烧起来，由于位置还太低，透过薄薄的雾霭传到这边，还只是暗红的影子。

一色的土房、土墙，路上是厚厚的沙土，掺杂着牛羊的粪便，栖在树上的家鸡、珍珠鸡，最先发现黎明，它们挺起胸脯，伸长颈项，清了清嗓子，飞到地上觅食。每走过几家，就有一只土狗窜出来，跟在汽车后面跑上一程，它们总想超过汽车，跑在车子的前面，结果，有时候一不小心，就被卷到车轮下面给压死了。

镇外有一眼土井，井边陶罐、塑料桶、大盆，排成长龙。一个十五、六岁的波尔族英俊少年，把一个用汽车内胎缝制的水桶扔到黑洞洞的井里，架在井口的辘轳，开始飞转起来，少年手中的绳子急速地减少，辘轳停了下来，少年把绳子栓到一匹精瘦的骆驼身上，手中的树条一挥，骆驼便冲了出去。辘轳又飞速地旋转，只不过这回是往相反的方向。

骆驼一路小跑，在三十米开外的一个木桩前停下来。一个美丽的波尔族少女，身上围着大花的围布，头上挂着银白色的饰品，耳下坠着硕大的耳环，怀中抱一个陶罐，走上前来。少年提下水桶，把水倒进陶罐里，转身又把皮桶扔入井中。"这样恶劣的自然条件，草木都长成侏儒型，斑斑节节，浑身利刺，人却出落得这样英俊、漂亮。"叶维塔不断地感叹大自然的造化。

汽车出了镇子向北疾驰，一泻如笔，一路轻描淡写，在车后挥就一条黄龙，张牙舞爪，穷追不舍，总是差那么一点，咬不着。

一条沙漠蛇在沙地上走着又大又扁的"之"字，像走盘山公路。

前方停着一辆大吉普车，六、七个白人，有男有女，晒在太阳地里聊天，有的在喝水，一个人懒懒地躺在沙地上。他们身着一般旅游人穿的服装，不同的是，他们全都裹着缠头，——是敞篷汽车的缘故，在这里，大凡坐敞篷车的人都不敢着头。那些人的背囊上贴着加拿大国旗，但是，这瞒不住他的眼睛，他知道，他们很可能是美国人，9.11事件后，在世界上的某些地方，加拿大人比美国人更安全。

司机的头埋在发动机罩下面，显然，他们的汽车出了故障。他认出是昨天晚上住在隔壁的一伙人，他停下车，走上前问道："我能为你们做点儿什么吗？"

那些人的目光不约而同地投向了司机。司机是当地人，听话后把头从发动机罩下面拿了出来，他的脸上涂着汗水和油污，像是把头从脏水桶里拔出来一样。他也缠着头，想必里面已经湿透了，他低着头在那里劳作，发动机罩给他挡住了太阳，可是发动机的热量，他是无论如何也躲不过去的，他用衣袖拂去脸上的汗水，向后退了一步。

早晨，他们不断地发动汽车，听那声音，他判断是供油不好，他拧下柴油滤清器下面的螺丝，放出里面的积水，用手油泵泵了几分钟油，然后让司机打火。司机按下点火开关，马达有气无力地呻吟着，因为不断地发动汽车，电瓶里的电已经被耗光了。他把自己的汽车开过来，取出一卷尼龙绳，挽成一个扣，把两辆汽车栓在了一起。这种绳扣，原本是用来栓马的，也叫"恋马扣"，初中下乡劳动时，一个老农见他对农活很感兴趣，便叫住了他：

"嗨！大兄弟，你过来，我教你系一个绳扣，保管叫你用一辈子。"打那以后，他从来没有栓过马，不曾想过，今天竟用这种绳扣，乖乖地栓住两辆外国汽车。

在乡下劳动时，他常为农民的劳动技艺而惊叹，看似复杂的工作，常被他们轻而易举地搞定。他和老农学唱二十四节气歌、学看天象、预测天气，出工前，他没好意思把晾在外面的衣服拣进来，老农口气坚定地对他说："嗨！你别去管它，不会下雨的。"他伸手把衣服褶子拉平，却暗中用衣扣把衣服系在晾衣绳上，他已经看见山的那面，有黑云在蠢蠢蠕动。

他让那个司机开前面的车，他上了后面的一辆，挂上三档，踩下离合器。汽车被牵引着前行，达到一定的速度后，他的左脚迅速地松开离合器踏板，右脚随即点一下油门，尼龙绳猛地绷紧了一下，汽车轰隆隆隆地发动了起来。他左脚踩下离合器，右脚轰两下油门，同时按响了汽车喇叭，前面的车停了下来。

"Bravo!"

①加拿大魁北克地区讲法语。

游客们用魁北克法语①鼓掌欢呼，他们真的是加拿大人，他猜错了。

——汽车加了劣质的柴油。

3

　　接近下午时，前方出现一个大湖。时当旱季，湖水后撤，岸边空余一片泥沼，有水草丛生，几只水鸟，站在细高的腿上，尖尖的喙插入泥里觅食湖蚌。往远处望，湖水碧波涟涟，一直连到天上。

　　今天这里是大集，平时渺无人烟的湖边，现在是人满、畜满，成群的牛羊、骆驼在这里等着被交易。地上摆满各种各样的农牧产品、生活用品、多民族的服装和首饰、手工艺品、土药材及生产资料。

　　各种民族的人汇聚在一起，草原上的人开着大货车，满载货物和人畜，沙漠人骑着骆驼，走很远的路，从四面八方向这里云集。他们从沙漠里带来香料，那些天然的香料源自草和灌木，也有的来自动物的腺囊，它们可用于食品调味、防腐、熏衣和洗发，有的也可以用做药材。他们把这些香料换成日用品、工具、药品、服装、布匹、首饰等带回沙漠。

叶维塔要买一个驼铃，可能是出于安全的原因，现在的人们喜欢静悄悄地走，神不知，鬼不觉，突然出现在你的面前，驼铃这种东西已经不被使用，不容易遇上。不过最终还是让她发现了一个，是旧的，锈迹斑斑，象只烤红薯，搁在一个不起眼的角落里，她拿起那个东西，摇一摇，里面簌簌地落下一点棕色的铁锈。

"这个东西是卖的吗？多少钱？"他问。

因为是外国人买，要价很高，而且一开口，价钱就高得吓人。砍！砍不下来，奇货可居，不买拉倒。"买下吧，来都来了，一路的费用也已经花了不少。"

接着，叶维塔又买了一个硕大的银质挂件、一个骆驼骨和乌木混制的项链、一只羊皮手镯。他买一副在铁匠铺里打造的骆驼脚蹬。用炭火焙出来的靛蓝色，经过无数次的锤炼，脚踏进去，便有落实的感觉。串起来，挂在脖子上，两块熟铁相互撞击，"叮叮！铛铛！"的，倒也有点儿像驼铃，不知骆驼听见了，会不会想起自己的过去。

他们在这里吃了最鲜美的烤肉，现杀的羊，大块的肉，放在炭火上烤，让炽热的火焰来消除一切健康隐患。叶维塔因为上次吃坏了肚子，发过誓不再吃这种烤肉，但是站在一旁看着，也觉得馋，便也拣一块吃了起来。这是她第二次吃非洲的烤肉，这次她吃出了滋味，嘴里不住地夸赞，这烤肉的味道鲜美无比，胜过一切名厨大餐，叶维塔加少许孜然，吃了不少。他喜欢烤得嫩一点儿，什么都不加，有时蘸点细盐，他狼吞虎咽地吃了一大只羊腿，外加一块羊肝，再看看正在烤着的一段羊肠，觉得肚子里面已经没有那么多的地方了，便咂咂嘴，付钱，很便宜。

那边的茅棚下面摆几只大陶罐，罐里盛着土黄色的液体，几只长板凳上坐满了人。一个大葫芦瓢在他们的手上传来传去，也传到了他的手上，他捧着瓢在嘴边转了半圈，不知道从哪下嘴，他仿佛看见瓢沿上那些重重叠叠的手指和嘴唇的印迹，而他的那两只脏兮兮的大拇指，也正勾在瓢的边沿上，他赶紧把它们缩了回去。他把嘴唇尖尖地撮起来，在瓢里吸了一口。可是他的鼻子似乎比撮起来的嘴唇还要高，鼻尖在酒面上轻轻地点了一下。身旁的人都微笑地看着他，他们有些兴奋，这酒很有几分度数。

喝完后，他把瓢还给那个人，耸起肩头，把鼻子和嘴唇在衣服上抹了一抹。那个人小心地接过瓢，把瓢沿衔在嘴里，两腮一收一收地喝着土酒。突然，他瞪大了眼睛，在浑浊的液体中他模糊地看见了自己的脸，眼睛发红，近似酒的颜色，已经有几分醉意，他自己不觉得。

土酒吧后面是野地，一匹骆驼被拴在一个木桩上。叶维塔向骆驼走去，看见一个人站在那儿撒尿，便又了退回来，可是，没走几步她忍不住又把头转了回去。刚才她没敢看，恍惚中只觉得那是一个女人。回过头去也不敢细看，正在疑惑，那边又走过来一个女人，背向市场，面对着野地，撩开扎在下身的围布，聚精会神地站在那儿，和男人撒尿没什么两样。她想起三毛①曾经对跪着撒尿的沙漠男人感到大惑不

①台湾著名女作家三毛在《哭泣的骆驼》中，表现了对跪着撒尿的沙漠男人的好奇。

解，那么，这里的女人真的站着小解？她感到无法理解。

他没有过去，坐在茅棚下面等叶维塔。第一次看见女人站着撒尿，是那回他带几个新来的同事去乡下玩儿，当时车上坐着一个中国人，因为比别人早来几个月，便自诩老非洲，给那些人当导游，路上滔滔不绝地讲述一些非洲的趣闻，什么："男人可以娶四个老婆，她们团结得像一个老婆"。"乡下的小女孩儿嫁给七、八十岁的老头儿，也不知道图的是什么"。给他自己羡慕得不得了，也给那些人听得目瞪口呆。其实也没什么新奇，只不过是风俗不同罢了，在中国也是怪事层出，见怪不怪，每个民族都有自己的生活方式。

他读过非洲作家Seydou Badian的《La saison des pièges》（充满欺骗的季节）。写的是非洲乡下的事，书中的主人公在没出世之前，他的父亲娶了三个老婆，他母亲居大，下面有两个小老婆。二老婆生下两个男孩儿，小老婆生三个男孩儿，其中有一对双胞胎，而他自己的母亲，当时只有两个女儿。两个小老婆串通起来挤兑她，一两句听起来无关痛痒的话，却像舂米的杵一样，捣在她的心上：

"哎！玛妮塔，你的儿子应该接受割礼了。"小老婆对二老婆说。

"是呀，我这儿都已经准备好了，等他爸爸把日子定下来，就把他们送过去。你呢？你也得赶紧准备了吧？"玛尼塔反过来问小老婆。小老婆卡莉说："我这儿正准备着呢，我请来两个织布好手，帮我织一匹好看一点的布，色彩一定要鲜艳，给我那三个儿子做长衫。小伙子嘛，要穿得帅气一点，给人家看上去都羡慕才行。"

最后，他的母亲为了避开那些冷嘲热讽，带着两个女儿从家里搬了出去，住到一间茅屋里。后来她自己也有了儿子，可是她却总是为他担惊受怕，每当儿子生病时，她就把他送到亲戚家里，或者把他交给爷爷照管。她在儿子的脖颈、手腕和脚踝上挂满各种各样的护身符，她怕那两个女人在她儿子身上施用巫术。

他相信书中写的事，当地人是有原始朴素的一面，然而，嫉妒心正是原始朴素的情感，是本能。动物尚且知道争宠，何况是人，只不过在这里，大多数一夫多妻的人家，家里的事情处理得比较好，都能和睦地过日子。

那个人点燃一支烟独自吸着，可是他却从不吝啬给别人吸二手烟，这一点还是外国人比较讲究，外国人在车里吸烟，总会问同车的人："我可以吗?"或者干脆不吸。他把车窗落下，一股热浪涌进来，他只好又摇上一点，继续听那个人解说。

一头驴站在在公路中间想着心事，呆呆的像是用木头做的，对什么都没有反应。他被迫把车速减下来，鸣着喇叭慢慢地接近它，驴一动不动以为自己是警察。他最讨厌这里的警察，他用车头去顶它，又猛地鸣了一声喇叭。驴子撒开四蹄，掉头就跑，他开车跟在后面，两者一前一后，像一辆驴车在公路上飞奔。驴子顺着公路跑，公路是直的，它也就不用转弯，跑了将近一公里，车上的那个人心疼地说："算了吧，你别把它给累着了。"他松开油门，点一脚刹车，驴跑到一边喘气去了，车里的人哈哈大笑。他也很开心，尽管他追的不是警察（如果是警察他还不敢追）。

突然，那个人好像又有了什么新的发现。他比比划划地指着不远处的一个女人，那女人站在那儿，面对墙角，一动不动，头上顶着一大撂盆，由大到小，宝塔似的高高地竖在头上，像一个竞猜题。

明明是一个人站在那儿撒尿，却没有人往那方面想。

"在那面壁祈祷。""不对!"

"密会情人，怕给人认出来。""不对!"

"在那儿偷着数钱。""不对!"

"伤心地哭泣?""哭泣? 有那么点意思，但不是。"

"都不是，那是什么呢?""她在撒尿。"那个人说。

哇! 竟然会是这样，长这么大，听都没听说过，今天竟然亲眼看见女人站着撒尿。也不知道是不相信自己的眼睛，还是不相信导游，总之，坚决地不信。"我们打个赌吧! 要是真的，走到前面，路遇酒吧，请师父把车停下，我们哥儿几个请你喝一瓶可乐"（那个年代，可口可乐在中国还是奢侈品，绝对的高档饮料）。

"说准啦!"司机把汽车掉头往回开，来到那堵墙下。女人已经离开了那儿，在地上留下一滩印记，新鲜的。墙角湿了一大块，离地面还挺高，谁也没弄明白是怎样搞上去的，也可能是那女人临行前喝足了水，头上顶那么多的东西，连喝水也成了一件难事。几个人围着那滩印子，七嘴八舌地讨论，仿佛在认真地研究一张施工区域图。除了这些个破事儿，像这样的一群单身汉，在这样孤绝的环境下，也没有别的什么好消遣的。

那个人跟他们讲："这也是见怪不怪的事，她们在头上经常顶着很多沉重的东西，蹲下去，再不容易站起来，久而久之，养成了这样的习俗，说起来也是为了工作方便，中国人不也常把小解说成："去方便方便"? 听起来似乎有道理，可是，男人跪下来撒尿，却是脱裤子放二遍屁的工程，这又怎么解释呢?"那个人支支吾吾说不出个所以然来。有人说是怕把尿溅到脚面上，可是在沙漠里，尿又是溅不起来的，是他们的前列腺……? 难怪三毛看了也感到费解。

他不愿意听那个人瞎吹，便打开车上的放音机。牙买加黑人歌唱家鲍勃·玛利（Bob Marly）唱《No women no cry》（女人别哭）："坐在镇政府的广场前面……，想起那些曾经拥有和曾经失去的朋友……我说，女人，别哭，一切都会好起来的……"

他喜欢一个真实的非洲，他实实在在地在这片土地上生活了二十几年，和当地人一起工作，他知道他们的脾气，懂得他们的习俗。而那个人讲的，不过是井队历届的人相传下来的笑话，真正的非洲根本就不是那么回事，那个人自以为什么都知道了，可是上次在饭店里吃饭，服务生用一个精致的铜盘给他端来水，水中飘着两片柠檬，旁边摆一枝薄荷。当时口正渴，责问服务生为什么不把勺一同拿来，也幸亏那个服务生没听懂他的话。看着那个人跟服务生没完没了地啰嗦，他坐在一旁也没吱声儿，伸出手在那个铜盘里洗了洗。

在国外工作那么多年，干过好几个国家，经历两次政变，干倒了好几任总统，他已经熟练地掌握了那里的工作，做起事情驾轻就熟，得心应手。可是对国内企业内部的事情却越来越模糊，常常使他无所适从，捉摸不透，因为有些规则是潜在的。这里的口音比较杂，最初听到那个名词，他还理解成"钱规则"后来在网上看才知道是"潜规则"。看见别人都在喝酒，他也馋了，端起茶盅，把里面的水一口喝掉，混进嘴里的茶叶渣子，也囫囵地吞了下去，把茶盅递给身边的一个人："来! 给我也倒点儿。"他平时不喝酒，这一喝，就有点喝高了，头晕。那顿饭他本来没想吃，可是眼看着已经是月底，每个月不报销一大笔招待费，国内的领导会担心的。担心他在外面没有朋友，怕他吃亏，已经有风声传过来了。他临时凑几个人，来这家高级餐厅撮了一顿，要么，好像连公款吃喝也不会。这还不算，重要的是在酒桌上会不会应酬? 酒量到底有多少? 对一个人能力的考核全都在这里面了。

只可惜这家餐厅并不高级，点菜他不大内行，只管拣贵的上，吃来吃去，账单上的金额还没有达到预想的数。于是，便又要来一瓶洋酒，随便塞给旁边的一个人："给你，拿着!"他接过发票，翻过来放在柜台上，就用收银员的那支圆珠笔，在后面写下因由："请×××一行人吃饭"，当然，那一定是一些大人物。临走，他发现汽车钥匙不见了，他糊里糊涂地把钥匙放在一个吃剩下的螃蟹壳子里，被服务生连桌子上的残渣，一起给收拾走，倒进一个泔水桶里，连夜又被一个收泔水的，倒进一个更大泔水桶里，用驴车拉到郊外的一个饲养场，给猪供应早餐去了。猪的食欲也真是好，一头猪吃下了那串……

　　"×总，我送您回家。"一个人拿着他的汽车钥匙来搀他，他抬眼一看，那个人很胖，挺着个大肚子，很有点像他刚才在迷蒙中编撰的，《驴给猪送早餐》的寓言里面的那头……。他一时拿不准，睁大了眼睛仔细看："哦!是了。"——他知道自己喝多了："以后可不能再这么喝了。"

4

　　沿湖一带的斜坡上，坐落着一个小村庄，居民以牧业为主，兼做别样，家家都养骆驼、牛羊。他们走进村子里，身后跟着一群小孩儿。低矮的土房，里面住着波尔族人，大部分村民都去赶集，村子里只剩下老人和孩子。村民们用淡漠的目光打量着他们，那种木然的淡漠和无表情，却胜过有表情，——一种捉摸不定的表情，常使他心里发怵，尽管他知道，他们都是好人。

　　"呋呋！（你好！）"他用当地语和他们打招呼，问好。居民们报以温和的微笑。他们沿着狭窄的小路，继续向村子的深处走去，后面的队伍越拉越长。地势逐渐抬高，穿过一条极狭窄幽长的小巷，他们把村子留在了身后。

婉转绕过几个牛栏，他们已经站在坡顶。

极目远眺，浩瀚的沙海，不见边际。沙丘重重叠叠，连绵起伏，在太阳的照射下闪着光亮。黄沙正以每年十厘米的速度，啮食着这个小村。突然出现的景象，感动得叶维塔热泪盈眶，她抱住他，拥着他，用额头抵住他的额头，好一会儿才说道："谢谢你带我到这儿来。"

"这只不过是沙漠的一只脚。"他说。

他带叶维塔往沙漠里面走，低洼处仍可见到一些植物。他指着一丛矮树说："这是灌木拉克（raq，亦称阿拉克），它的枝条传统上被用来刷牙。"这使叶维塔想起了在她去过的一些地方，经常看到那里男人、女人，嘴里衔着一根小木棒，津津有味地嚼着。好象刚吃完了棒冰，没吃够，把那木棒留在嘴里呷。不想这么一呷，竟呷出一副令世人羡慕的糯米白牙。"就是这个么？"她问。

他上前为她折了几枝。

继续往前走，他指着一种条形的浆果说："这是骆驼喜欢吃的植物，在大漠里迷失、断水、断粮的情况下，人也可以用它来充饥。"叶维塔摘下一颗浆果，在衣襟上擦了擦，放进嘴里嚼着，乳液饱满，味道有些淡淡的酸。

再往前走，全都是沙子，不见一棵草木。他们连续翻过几个沙丘，在地上印下大大小小，凌凌乱乱的脚印。叶维塔向不同的方向拍了很多照片，然而，她并不满足于拍照，她拿出画夹，坐下来写素描。一群孩子围坐在她的身边，看她作画。

他看见了黑白色的沙漠，更加神秘莫测。他甚至看见了沙漠里的海市蜃楼，——一帮沙漠人用缠头裹了面，只露出两只眼睛，骑在骆驼背上，闷声不响地行走。他们的嘴巴被捂在布里，说不出话来。骆驼的嘴巴没被捂上，可是它们不会发声，咳嗽也不会。在没有到达目的地之前，他们是一架上足了发条的机器，只会这样地走着，自己不能停下来。不过，这些又是他的幻想而已。

叶维塔笔下的沙漠，比眼前的沙漠更加富于观感。时间被提前了半个小时。夕照斜照，阴影的部分被加重了，赋以神秘的色彩，明亮的地方更显明亮。远处仿佛有一线浮云，虚无缥缈，似是而非。云脚伸入沙漠，模糊了天界，分不清是云、是雾、还是沙尘暴在那里蓄势。那是一种自然的力量，不为人类所知。那里有叶维塔向往了多年，为之废寝忘食，今生、今世必须要实现的愿望。

他站在一旁，无事可做，开始感到无聊。他突然转过身来，猛地把一个孩子推下沙丘，紧跟着，自己也把身体蜷缩起来，双手抱头，一溜烟地滚了下去。其它的孩子们也呼呼地往下滚，——他滚啊，这一滚就有些收不住，一直滚到沙丘的最下面，才自动地停了下来。

这一路车轮式的翻滚，恍恍惚惚，仿佛进入六道轮回，把他带到另外一个世界里。当他滚到沙丘的下面时，夕阳已经西下，在沙丘的背面抛下一个弧形的阴影。他仰面躺在阴影里，一动不动，头发里、脸上，尽是沙子，好像一个半掩地面的陶俑。

天是深蓝色的，蓝得一尘不染。一道弧形的地，和天相接在一起，俨如一柄阿拉伯式的弯刀，直切入苍穹。

此时此刻，在这个阴阳交界之地，他忘记了前尘，记不得后世，只觉得他的心里是空的，心情异常地沉静，脑袋里面一片空白，仿似灵魂已经净化升天，空余肉身躺在坟墓里。他又合上了眼睛，冥冥中向沙漠深处走去，自己的影子斜斜地跟在身后。他拖着自己的尸体，没有感觉到它的重量。——他突然想睡觉。

那伙白人走过来，问叶维塔："你们什么时候往回走啊？"试探的口气。

"我们要等着太阳落下去才走呢。"——这里的沙漠日落，是一道特殊的旅游风景，叶维塔要等着看沙漠日落，宜兰是台湾欣赏日出的胜地，日落可没有那么好看。那些白人先走了，他们要赶在前面，汽车坏了，后面也好有个接应。

太阳变成血红色，摇摇欲坠，很不稳妥地吊在那儿。沙漠里渐渐地暗了下来，气温开始下降，叶维塔的第二幅画就停在了这里。她合上画夹，人依然坐在那儿，凝视着渐渐隐去的沙丘。她没有动，仿佛自己也化作一座沙丘，是沙漠里众多沙丘的曲线的延伸。他走过来，摘下自己的缠头，展开来，折了一折，披在她的肩上。

回来的路上，叶维塔尽管自己很累，因怕他困乏，唱歌给他提神。她唱的不是平时卡拉OK唱的那种歌，而是另外一些，特别好听。有一首用方言唱的歌儿，他听不懂。

"那一定是一首爱情的歌儿。"他陶醉在叶维塔的歌声里。

第二天上午，汽车又行走在那片戈壁滩上，那段树干仍然懒懒地躺在那儿。他感到眼熟，停下车，想把木头装到车上。可是他知道，他搬不动，那是一段乌木，上面有被砍伐的痕迹。这种木头颜色乌黑，木质非常密实，放到水里马上会沉下去。它的主人可能把它扛到这儿，再也扛不动，就把它给扔下了。叶维塔过来帮忙，把木头装到车上。

穿过戈壁滩就上了公路，汽车在公路上平稳地跑着，免去了那些忙手忙脚的操作和累人的颠簸，人一下子变得轻松起来。叶维塔解开捆在身上已久的保险带，舒展了一下身体，拉一拉衣襟，又重新把保险带扣好，她说："巧的很，你在QQ上发给我的那篇《月光》，正是我那天晚上的真实境况，内容和我当时记在日记本里的几乎是一样的。"接下去鼓励他："你应该写点东西，把你在非洲的所见所闻真实的记录下来。"

他很不好意思，腼腆着不知道说什么好。那天夜里，发出去那篇东西之后，他马上就后悔起来，惭愧得不得了，恨不能一下子投进网络，把它给捞回来。然而，那个东西到底算个什么，他自己也不大清楚，只是把当时那种他太熟悉的境况写了下来。

一直以来，他总是忙于繁杂的公务，要说写了点东西，也只是编写了几本法文标书，写一些商务信函，或者年终总结报告，那种一年才迫不得已写一次的东西。他对文字生疏了，经常提笔忘字。在这一段时间的交往中，他深知叶维塔是一个有很好的文学修养的人，生于书香家庭，读过很多书，是一个非常有品味的女人。既然她鼓励他，说他应该写点东西，他也就萌发了"应该写点东西"的念头。说话间，他突然把汽车开下公路，在一块平坦的地方停了下来，他急促地指着汽车的左前方说："快看！"

只见远处，一面立起来的沙漠，和地面构成直角，几百米高，两端伸向无尽的远方，像一面天然的屏障，以排山倒海之势，向这面平推过来。所到之处，树木、土丘、黑色的帐篷，都像会穿墙走壁一样，遁入其中。它像海啸引起的巨浪，又比巨浪高出数十倍。像原子弹的冲击波，又没有那么迅猛。它给你时间躲避，你最终又无法逃脱。

"沙尘暴！"叶维塔惊呆了，她脱口而出，一下子又捂住了嘴巴，却把眼睛瞪得又大又圆。沙尘越来越厚重，已经感觉到沙子飘落在风挡玻璃上，又簌簌地滑落。能见度急剧下降，直至为零。汽车开始剧烈地摇晃，像夜航的船遇上了风浪，公路上所有的汽车都靠路边停下，点亮大灯和紧急灯。

一个小时过后，他们看见了灰黄色的天。迷迷蒙蒙，昏昏暗暗。风沙中，影影绰绰地走过两个沙漠人，细长的身影，飘忽不定，时隐时现，像是在黄泉路上遇见了鬼。慢慢地，他们走近了，他们黄中透黑，是黄种人被晒黑了的皮肤，和他自己的肤色相差无几。窄窄的脸，坚挺陡直的鼻梁，眼窝深陷。他们身穿又宽又长的棉布长衫，而眼下，他们的头上都严严实实地裹着缠头，只露出两只眼睛，他们的身上一般都佩带腰刀。

有时，他觉得他们很神秘，特别是那躲在棉布后面的一双眼睛，甚至让他有点恐惧。因此，每当他进入沙漠时，也总是沙漠人的装束，也缠头，缠得厚厚实实，也只露出两只眼睛。在棉布的堡垒中，通过观察孔，窥视外面的世界，果然，他安心了许多。由于他的身形、面容和肤色都像沙漠人，沙漠里的骆驼骑警见到他，也只是随便的撇上一眼，并不见有其它特殊的反应。

叶维塔神色激动，焦躁不安，透过车窗，急切地向那两个沙漠人摆手。他们没有看见她，只顾低头行走，身体努力地向前倾斜，抵抗着迎面刮来的风。一双手紧紧地压住长衫，长衫的下摆，向后面飘出去好远，呼呼喇喇地拍打着风。他们的身影时而清晰，时而模糊，完全因沙尘厚度的变化而定。

叶维塔失望地看着他们，一直目送他们消失在滚滚的黄尘之中。

——他懂得她的心思。

5

他去北边走了一趟，是他自己去的。那面大区的区长是他多年的老朋友，打来电话说：图阿雷格人部落的酋长，正住在他的家中，四日后便要返回沙漠。

他日夜兼程往那儿赶，见到了那个酋长。他是区长的叔父，老人是米白色的皮肤，瘦高个子，直挺的鼻梁，眼窝深陷把眉弓显得更加突起。白色的眉毛，白色的胡须，眼睛略带灰色，目光犀利，透着一股英气。他的头上围着白色的缠头，身着又宽又长的白色棉布长衫，一身洁白，光着脚，一双白色的阿拉伯式皮拖鞋摆在离他不远的地上。

在撒哈拉沙漠的历史上，曾经有这么一些人，骑着骆驼，挥舞着猎枪和腰刀，在沙漠里和殖民主义者抗争。

酋长正和几个穆斯林长老坐在一张巨大的牛皮上面，像是在开一个族内的会议。他放下手里的茶盅，打量着眼前这位从一千多公里以外，专程赶来看他的东方客人。

他俯下身来向前匍匐几步，单膝跪立，双手紧握酋长的手，向他行了握手礼。他以一个远方客人的身份，祝酋长健康长寿，祝他的部族繁荣昌盛。他送给酋长一个很珍贵的礼物，和一匹上等的中国布料，一盒上好的中国茶叶，又留下一笔钱，说是给沙漠里的孩子们买书本用的。

他被邀请喝薄荷茶。茶叶和薄荷一起，放在一个小搪瓷茶壶里，加上很多白糖，放在炭火上反复地煎煮，熬成稠稠的甜浆，斟在一个小小的茶盅里，滚烫的。他呷一小口，含在嘴里品尝着。煮的时间太长，失去了茶叶原有的清香。糖放多了，过于粘稠，太甜，喝过后嗓子有些紧，不感到解渴。

谈话间，老人把一只手放在左胸前，以安拉的名义发誓说，他要像对待自己的女儿一样，对待叶维塔。

这次会面，他没有让叶维塔知道。他从沙漠回来时，她正在菜园子里摘菜。井队的人自己种了一些时鲜蔬菜，特别是那些当地没有的菜，如：莴苣、韭菜、茴香、空心菜、大白菜、冬瓜等。干旱的土地，一遇到水，植物便疯长。一棵辣椒秧长成了小树，一年两季（这里一年只有雨季和旱季）为他们提供吃不完的辣椒，——这种小小的尖辣椒，让他实在不敢多吃。菜园子的外围种着香蕉树，园子旁边有一台压水机，它的下面有一眼六十多米深的水井，是井队自费为这个街区的居民打的，水泵及其维修，全由井队免费提供。

井边整天围着前来汲水的女孩儿和女人。也是因为自来水昂贵，再加上这眼井的水质好，是把地底下岩层里的水给抽了上来。他们接一瓶水送到国家化验室检查，结果出来了，说是相当于天然矿泉水。

一个女人压了一百多下，才接满一大盆水。也许她自己并没有在心里数着，可是那天在坐大树下乘凉，他确实看见一个小女孩儿压了一百多下，才接满同样的一盆水。每压一下，水就出来一段，一节一节的，有的长，有的短，连不起来。他竟然耐心地数了下去。

满满的的一盆水，在把自己当做运输工具的情况下，那个女人只能把它顶在头上，然而，这也不是一件容易的事。旁边有人，自然会帮她一把，可是她却专拣没人的时候来，她不愿意和很多人一起，排着长队，一个一个地往前挨。刚才她压满了一盆水，看看旁边没人等着，便站在那里歇了一会儿，把裹在头上的布摘下来，折了几折又放到头上，然后蹲下来，两手端着盆沿儿，运足了劲儿，把盆稳稳当当地放在头顶上，一滴水也没洒出来。她一只手扶着盆沿，一只手叉腰，挺起腰板，慢慢地站起来。走路时，胸脯前凸，臀部略向后屈，屁股上翘，中间的部分便凹了进去。更凸显了纤细的腰身，和优美的曲线。从小到大，也许就是这样的劳动，造就了她们那种曲美的身段。

然而，资源不能随便开采，打井须要申请，由自来水公司安装水表计价。阳光被看做本国资源，使用太阳能要向供电部门申请，按光电元件接受日光的面积收费。一个中国人想办一家氧气厂，主要原料是空气。按照当地的规定，利用本国资源，税务上可以享有优惠。当问及此事时，得到的答复却是："不可以"。

事实上，无论是打井还是安装太阳能，都是有钱有势的人的专利，老百姓根本就没有能力问津。因此，虽然有那些规定，却很少有人去照办。而相对于普通百姓，这些又是他们身外的事情。

叶维塔拔去几株小树的幼苗，它们来自象粪中没有被消化的种子，又掐下一篮莴笋叶，一把小葱，准备用来蘸酱吃。他们北方人喜欢这样的吃法儿。

"走了这么多天，也不往回打个电话。"她很不高兴地说。说完之后，又好象很高兴。几天没见面，两个人的心里，各自都有一种说不出来的感觉。他告诉叶维塔："明天早晨四点钟准时出发，去沙漠。"他说他认识一个图阿雷格族人部落的首领，是一个非常慈祥的老人，也是他最可信赖的朋友。老人同意带她进沙漠。

突如其来的消息，让叶维塔激动不已。她一直幻想着，有一天能推开这扇神秘的大门，走进那个萦绕在她心头多年，令她朝思暮想的梦境。然而，她却没有想到这么快就要离开井队。

她突然觉得自己一下子有很多事情要做，却又不知道做什么，该从哪做起。趁着天还没黑，叶维塔来到院子里找那头小鹿，它的犄角已经长出一寸长，她每天在菜园子里拔草，摘一些菜叶喂它，它也经常用嘴巴去碰叶维塔的身体，她把前额抵在小鹿的犄角上。再去看大仙儿，还是凶巴巴的，不认人。到菜园子里看看，看看花园，那里有她种的花和树。她原想拍一张全体当地工人的合影，然后，把他们的名字按顺序排列，写在照片的后面，留作日后的回忆。可是这已经不可能了，工人们都在外省施工。

来不及和朋友们告别。

她忙了大半夜，为他下载了很多有关工商管理方面的资料，又在电脑上给他做了几个适合他们用的工作表。她把它们编成目录，储存在特定的文件夹里。他不需要这些，至少现在不。她给他留下一盒台湾产的特效止咳药，嘱咐他记得按时吃，——最近几天的扬尘天气，搞得全城的人都忙着咳嗽。

他内心烦躁，没有吭声。他不要她来提醒。事实上，他是一个不惯吃药的人。他会把药片摆在办公桌上，放在鼠标器的旁边，所以他并不担心自己会忘记吃药。担心的倒是，总是记得自己没吃，结果，再吃，重复地吃。忘记和记得，对他同样是一个错误。

他送给叶维塔一个精美的小木盒，盒的一角，镶着一个用象牙雕成的非洲地图。象牙白的颜色配合乌黑的木头，不艳不俗，相得益彰。盒子是他亲手用他们那天捡回来的那段乌木做成的，盒子里面装两粒面包树的种子。那天，他当了一整天的木匠。木头太硬，除了手工雕琢外，他还动用了手电刨、车床、钻床，他自小手就很巧，玩具都是自己生产。叶维塔小心翼翼地用披巾把那个盒子包好，放进背包里。

来上早课呵……！

清晨四点，睡梦中的城市，被安装在几座清真寺上的高音喇叭唤醒。那声音悠缓绵长，此起彼伏，一递一送，拥塞在城市的上空。

他起得还要早，来到厨房，煮好牛奶，煎几只鸡蛋饼，留下两只做早餐，其余的包好，带着路上吃。头一天晚上，他煮了四十几只茶叶珍珠鸡蛋，还浸在原汤里，他把它们拣出来，一个一个地用餐巾纸擦干，再用一块纱布包起来（装在塑料袋里容易变坏）。接着，他又装上一个备用轮胎，灌满一大桶井水，连吃带用，足足的。他正要去敲叶维塔的门，正巧，她也已经整理好，来到餐厅。

"不好意思，起来晚了"，她说，他抬头看一眼墙上的挂钟，差一刻钟四点。简单的用餐后，他们上路了。

清晨四点的首都，马路上空旷萧瑟。一整天的喧嚣、亢奋，到此时已经彻底沉淀下来，新一轮的繁荣也即将在此时诞生。几个清洁女工结伙走过来，一束草梗，被扎成一尺多长的扫把，拿在手上，腰弯得很低，屁股撅起来，不紧不慢地在路灯下扫着马路。一下挨着一下，像刷油漆一样，生怕一刷子不到，露出陈旧的底色。看到有汽车过来，她们起身站到一边。

叶维塔似乎想说什么。这一段时间的相处，她承蒙他的照顾，他细心地安排她的生活，安排她的行程，他们共同经历了大自然、大千世界、两个人的世界。那次，他跟在她的后面跳进河里。虽然就水性而言，最终还说不准是谁救了谁，但是，从那一刻起，她知道，他是一个可以信赖的人。在非洲，涉水如涉险。抛开鳄鱼、水蟒不谈，就那些细菌、寄生虫已经让人生不如死。眼下，他们就要分手了，说声"谢谢！"么？她已经表达过了，她是一个细心、体贴、懂事的女人。跟他说："晚上不要睡觉太晚哦。"这话直接说出口，又让人感觉有点儿突兀。她不是那种把温情常挂在嘴边的女人。

"为什么她们不用长柄的扫把，像中国的环保工人那样，站着扫，鼻子和嘴巴离地面远一些，这样会少吸入很多尘土，人也不容易累。"她问。

他也觉得，那种扫法效率很低，却又说不出个所以然来。据他所知，非洲的女人，洗衣服时，也是双腿直立，腰弯得低低的，屁股翘得老高。

6

　　汽车在红绿灯前停了下来,一个清洁女工站在灯底下微笑着向车里摆手,习惯了早起的女人,已经完全摆脱了困意。一阵凉风袭来,她把胳臂缩进披在身上的围布里,脸上的灰尘是薄施的扑粉,浓密而卷曲的睫毛上托着一层浮尘,恰似早春的最后一场雪,绵绵地压在松枝上,禁不住春风的孵化,融融欲滴。

　　他想起小时候,早上顶着寒风去上学,一双棉鞋踏在雪地上,脚下的雪被他踩得"吱咕,吱咕"地叫。前面有一片冰,他兴奋起来,跑两步,向前一冲,左脚在前,右脚在后,身体挺直,"哧溜"地滑了过去。

　　一顶羊皮帽紧紧地把头包住,嘴上扣一个大口罩,因为寒风一刺激气管，他就咳嗽，姐姐特意用毛线给他织一个脖套，围在脖子上。嘴里呼呼地喷着白气，在睫毛和帽檐上，凝成白色的霜。眼睛合上时，上下睫毛上的霜有冻结在一起的趋势，眼睛再睁开时，感觉黏黏的，眼皮子像似被眼屎给粘住了一下。

她问叶维塔，她说没有过这样的经验。台湾四面环海，雨水很多，植被茂密，山坡地常受到雨水的冲洗，便没有多余的灰尘摆在睫毛上，气温也不至于把水汽给冻结成霜。不过，她想到了乡下磨米房的工人。

他终于和她有了同一个话题，可惜磨的又不是同一样的米，他的磨坊里磨的是高粱米，这种米在台湾没有出产。

电动机呜！呜！呜！地转动。宽宽的皮带，哗！哗！哗！一个劲儿地流过去，又急转回来，像绷紧的弦，一张一弛，不住地抖着，"啪！啪！"作响，让人心惊肉跳。高粱衣子被剥下来，露出一个个粉白的裸体，工人半裸着（其实他仍然是农民），睫毛上托着粮食的粉尘。

这些细微的粉末，飘荡在空气里，像大海中的浮游生物，游无定所，好不容易遇上了白炽灯泡和电灯线，便在上面歇了下来，本来是暂时的落脚，却被后来的同伴给压在下面，动弹不得。粉尘越积越厚，在电灯泡上做了一个棉絮的罩子，热量也在那里蓄积起来，温度越来越高。

一天，那个罩子突然变了脸，冒出一缕青烟，紧跟着就着起了火，而那电线就成了一根导火索，火苗顺着它直往上窜，火舌舔到棚顶的草席上，顷刻间，整个屋顶便烧了起来。火势太猛，乡亲们赶过去的时候，只能站在那里看着，束手无策，看看快要烧完了，他们寻思着："这火也不用救了，磨米房是没有了。"

磨米房是集体的财产，分摊到个人的头上，损失就不是很大。可是那个时候乡下穷，在这个比较富裕的生产队里，农民们每天，天不亮起来下地干活，天黑了从地里回来，两边不见日头，一年三百六十五天忙个不住，每天只挣九毛七分六厘。那个时侯在乡下，从农民手里收购鸡蛋，把鸡赶走，蛋从鸡窝里掏出来，上面还带着鸡的体温、黏着鸡粪和血，拣大的，每只九分钱①。

磨坊被烧了，农民们心疼。然而，在这个磨米房里头，有一个很大的旧衣柜，原先却属于个人财产。能看得出它昔日的派头，可毕竟还是旧了，禁不起长途搬运，留给了生产队，放在那里当做工具箱。

著名电影音乐作曲家、知识分子、臭老九被下放到这里改造思想。可是打那以后，他再也没能创作出比《五朵金花》、《刘三姐》、《冰山上的来客》、《景颇姑娘》、《芦笙恋歌》等更好的作品。改造不比采风，乡下的生活没有那么浪漫。

那场火发生在吉林省东丰县一个偏僻的农村，那儿的人还记得这件事儿。当时，火烧得很大，整个磨坊象一朵冰山上的雪莲，《花儿为什么这样红》？是他在火里加了一把柴。那只柜子哗哗！啵啵！地烧着，像盛开的一朵红花儿，谁也别想知道它为什么那样红。但是，很快地，它枯萎了。

Mini型的首都，穿过几个街区就出了城。又走过一段路，靠东边的地平线上，掀起了一道细缝，微微地嵌入点儿白光进来，世界像在一个巨蚌里。所有的星星都明明白白地摆在头顶，旱季的非洲内陆，一个月都不见一片云飘来。

①在当时，鸡蛋在副食品当中算是很贵的，不是赶上过年过节，家里来了客人、或者过生日等，老百姓平时很难得吃鸡蛋。

262　　黑色的缠头

为了赶时间，中午他们没有停车，在车上简单地吃了点东西，叶维塔把茶叶蛋用勺子挖成小块，加上几丝榨菜放进他的嘴里，把矿泉水瓶的盖子拧掉，递到他的手上。

一群秃鹫在疯狂地撕咬公路上的一头死牛，钩型的喙，形状似一把椰刀，划开牛皮，掏空里面的内脏，路面上满是暗红的血污。当地人不吃死动物，公路上常有牛羊被往来的汽车撞死，没有人来捡走它们，都是由秃鹫们就地处理，一席全牛宴，是为亡者举行的天葬。

有时，在争食的时候，秃鹫们自己也会成为车祸的牺牲品。一次，他们夜间行车，两只秃鹫双双冲破风挡玻璃，撞进一辆卡车的驾驶室。一只折断了脖颈，当场就断了气，另外一只，侥幸活了下来，可是也没活多久，回到基地后，他们把它给炖了。清一色的精肉不见一滴脂肪，粗糙的肉丝，红红的，像一缕缕的钢丝绞在了一起，咬上去木渣渣的，也吃不出个什么滋味来。他浅尝即止，若不至濒于饿殍，绝不会再想着去吃它。

原始的荒原，莽莽苍苍，一望无垠。路边布满乱石，沙子都被大风搬运到远方，去修筑那里的沙漠。

前方出现一座小山，缓缓地向这边靠近，靠近……山岗上，岩石被夕阳染成血色，一只山羊在低头行走，细长、孤独的身影，磕磕绊绊地拖在身后。它回头望了望，清晰的山影，景色十分苍凉。

他想起朱哲琴的那首《羚羊过山岗》（陆忆敏词）。

一天羚羊过山岗，回头望，回头望，
清晰的身影，很苍凉，
天ê么低，草ê么亮，

亚克摇摇藏红花，想留住羚羊ê。

一天羚羊过山岗，回头望，回头望，

清晰的身影，很苍凉，

天ê么低，草ê么亮，

低头远去的羚羊……

过了ê……山岗……。

他们于晚上五点钟到达，驼队已经整肃完毕，只等待叶维塔的到来。

驼队按计划立即出发，他们将在凌晨三点钟左右，到达途中的一个部落，并在那儿稍事休整。他们给叶维塔穿上图阿雷格人的衣裳，——宽大的棉布长衫，一切都隐于其中。

她走近他，两人对视着。他伸出手抚摸她的头发，一百二十五根细细的小辫子，每个辫稍上都拴着一个彩色的小磁管。他取下自己的缠头，一圈一圈，仔细地给她缠好，他看到，她的大眼睛里闪出两粒泪花。

他说："来，让我们握握手。"

她说："来，让我们拥抱一下。"

隔着图阿雷格人的衣裳，他感觉到了她的身体，感觉到了她的气息，两人沉默了一会，彼此松开对方。一个沙漠人走过来，帮助叶维塔爬上一匹成年稳健的骆驼，随从们带着长枪和腰刀，前呼后拥，向沙漠腹地进发。

夕阳迎面照过来，把骆驼本来就又细又高的腿，拉得更细更长。人已走远，影子依然留在他的脚下，一寸一寸地向沙漠里撤去。他跪下来，捧起她的头发，头发在他的指间簌簌地滑落。驼队渐行渐远，最后，消失在沙漠和天际相连接的地方。

他知道他留不住她，他恨那个诱拐女人的撒哈拉沙漠……

"有什么好看!"

他把手里剩余的沙子猛地抛向空中，在天空里散开一朵奇异的花。

——他对沙漠从来就没有好印象。

后 记

他只顾着打拳了，没想别的，人生本来就没有那么多烦心的事。

雨季来过又走了，因雨而停工的工程又接续起来。在六层楼高的位置，穆沙拿着对讲机，用生硬的汉语在和地面通话：

　　Allo! 头儿，这个，男的（指螺丝），没有了。这个，女的（指螺母），两个……有……。一个雨季过来，穆沙的汉语又长进了不少。

　　Allo! ……Allo! Allo……!

　　一阵旋风平地而起，踩着细碎的舞步，扭着蛇一般的腰肢，轻盈迅捷地绕过每一个障碍物。透明的纱裙荡起来，搅得纸片、羽毛纷扬，纱裙越荡越高，眼看就……

穆沙看傻了眼。风女郎一个急速旋转，扬起一个黑色的塑料袋，蒙住了他的眼睛，然后顺势收起脚步，钻到一个垃圾箱后面去了。穆沙从自己的脸上扯下塑料袋，伸出双臂，像放飞一只和平鸽。那黑色的鸽子带着和平的使命，扑棱棱地拍打着翅膀，飞向高空，又缓缓地落下来。穆沙站得高，看得远，目光追随着那只鸟，向下射去。

马路上行走着一男一女，男的光着头，趿着一双阿拉伯式的皮拖鞋，穿着宽松的棉布长衫，挥洒自如。女人下身围着一块花布，明快的底子上，用大块的色彩表现一个主题，是出自非洲传统的扎染工艺。他们不约而同地抬起头来，仰望天空，——雨季后的一卷残云，被太阳驱散开来，阳光热烈地照在他们的脸上。穆沙一眼就看出了黑眼睛、黑头发、黄皮肤，他摆了摆手，友好地用汉语向他们打了声招呼：

"大叔，傻……"

话刚一出口，又赶紧把嘴捂上，没有让下面的话喊出来，他已经知道了那句话的意思，他只是摆了摆手。那个黑头发女人瞥了穆沙一眼，似曾相识。

炫目的阳光照在她的脸上，她的一双大眼睛似睁非睁，在没有决定是睁开还是闭上之前，眼皮子不停地抖动，一对鼻孔抽泣着，像是受了委屈，刚刚哭过的孩子。

——她突然打了一个喷嚏。

在印度洋一个小岛上的濒海旅馆，他回到室外餐厅继续吃早茶，他看见邻桌的一个亚裔青年在聚精会神地看他的书，像被里面的什么内容吸引（他把自己写的东西打印出来，加上封面，装订好，拿到一家印刷厂裁了边后，便俨如一本真正的出版物）。他喝下最后一口咖啡，在嘴里轻轻地漱一下后咽了下去，回到房间把行李收拾好，准备去赶上午的一班飞机。经过餐厅时，那个年轻人向他走过来，很有礼貌地说："先生，对不起！您的书。"接着又问那本书是从哪买的，怎么不见有出版单位，但并说他也想买一本，又说现在盗版的书真多，不过也不乏有好书。

"你喜欢看，就给你留下吧，我已经看完了。"他说。那个人显得有点意外地高兴，表达了谢意后，拿着书向自己的座位走去，不及坐下便又转了回来："先生！不好意思，您能给我签个名吗？我想留做旅行纪念"。

他心里动了一动，"签名！"多么时髦的一件事情，他又将回到那个热闹、喧嚷、纷乱夸张的世界里。服务生走过来对他说："先生，您要的Taxi已经在门前等候。"他拿出钢笔在书的扉页上写下自己的名字，把书合上递给那个青年，两个陌生人就此告别。

他辞去了在非洲的工作，将从一个世界回到另外一个世界，选中这里作中转站。这里是著名的旅游休闲胜地，特有的海椰子是国宝，巨大的象龟在草地上缓缓地爬行，大批的候鸟在这里迁徙、栖息。可是他却没怎么出去玩，独自在海边静思了半个月。他用三天的时间把在非洲二十多年的工作和生活做了一次反思，简单而又充实。又用五天的时间，对回国后将要面对的工作和生活做了预测和设想。他很迷惘，在和外国人的交往中他学会了直来直去，可是国人的交往却充满试探和猜忌。那些动人的言词，那些笑脸逢迎的场面，除去泡沫，究竟有多少是真的？

他陷入深深的沉默，在国外，他可以把主要的精力用在工作上，在国内必得先和上面搞好关系，工作是其次。在非洲，他吃着"歪瓜裂枣"式的绿色果蔬，肉出自草原上自由奔跑的牛羊，回去后，他将不得不面对包装精美的地沟油。有人说在非洲呆久了会折寿，但也说不定因此躲过了一场大劫。人命天定，他无意去追究。

体校的太极拳培训班招生，如果不是假的，他很愿意报名参加。南宋时期，道教鼻主张三丰运用中国古代的阴阳学说及中医的经络学说，创造了这套拳法。它以意念行气，动作舒缓，刚柔相济。动作时，心静体松，呼吸自然深长，被西方一些医疗机构用做某些疾病的康复课程。最让他喜欢的是，练习太极拳时要求"精神内敛，思想集中"，拒绝一切杂念，摒弃一切烦恼，全身放松，用意不用力。清代的一位拳师形容太极拳："拳如大海，滔滔而不绝"。他跟在一位老人的身后做了一套动作，果然，他只顾着打拳了，没想别的，人生本来就没有那么多烦心的事。

土教堂
在这里更容易和上帝接近

土教堂

在这里更容易和上帝接近

这样的原始风貌常让我心驰神往。

尼日尔河夕照

黄昏的草原

套了半天近乎才同意被拍。

尼日尔河畔的洗衣工

回首的山羊 —— 迷人的宁静全在那回眸一盼，否则真的是幅画了。

撒哈拉沙漠边缘的村落

粮囤与人家

世界上最伟大的建筑师

随意走在身边的生灵

家

陶器市场

这就是面包树

图书在版编目（CIP）数据

黑色的缠头：经历撒哈拉/张建军著. - 北京：作家出版社，2010.10
ISBN 978 - 7 - 5063 - 5563 - 6

Ⅰ. ①黑… Ⅱ. ①张… Ⅲ. ①长篇小说 - 中国 - 当代
Ⅳ. ①I247.5

中国版本图书馆 CIP 数据核字（2010）第 185241 号

黑色的缠头——经历撒哈拉

作　　者：张建军
责任编辑：深　蓝
装帧设计：张晓光
出版发行：作家出版社
社址：北京农展馆南里 10 号　　　邮码：100125
电话传真：86 - 10 - 65930756（出版发行部）
　　　　　86 - 10 - 65004079（总编室）
　　　　　86 - 10 - 65015116（邮购部）
E - mail：zuojia@ zuojia. net. cn
http：// www. zuojia. net. cn
印刷：北京尚唐印刷包装有限公司
成品尺寸：148 × 203
字数：250 千
印张：9.5
印数：001 - 6000
版次：2010 年 11 月第 1 版
印次：2010 年 11 月第 1 次印刷
ISBN 978 - 7 - 5063 - 5563 - 6
定价：23.00 元

作家版图书，版权所有，侵权必究。
作家版图书，印装错误可随时退换。